无处诉说的生活

李浩 著

上海文艺出版社

目录 | Contents

1　将军的部队

13　爷爷的"债务"

49　一只叫芭比的狗

60　旧时代（三篇）

81　蜜蜂，蜜蜂

94　在路上

109　给母亲的记忆找回时间

136　一次计划中的月球旅行

181　那支长枪

204　父亲，猫和老鼠

218　无处诉说的生活

266　灰烬下面的火焰

将军的部队

我老了，现在已经足够老了，白内障正在逐渐地蒙住我的眼睛，我眼前的这些桌子，房子，树木，都在变成一团团的灰色的雾。眼前的这些，它们已在我的眼睛里逐渐地退了出去，我对它们的认识都必须依靠触摸来完成——有时我看见一只只蝴蝶在我的面前晃动，飞舞，它就在我的眼前，可我伸出手去，它们却分别变成了另外的事物：它们是悬挂着的灯，一团棉花，一面小镜子，或者是垂在风里的树枝。

因为白内障的缘故，我把自己的生活处理得混乱不堪。几乎所有的物品都不在它应该的位置，水杯和暖水瓶在我的床上，拐杖则在床的右侧竖着，而饭勺，它应当在我的床对面的茶几上……我依靠自己在白内障后手的习惯来安排它们，所以我房间里的排布肯定有些……有许多本来应该放在屋里的东西，因为我的手不习惯，它们就挪到了屋外。就是这样，我的屋子里还不时会叮叮当当，我老了，自己刚刚放下的东西马上就可能遗忘。我说我的生活处理得混乱不堪还有其他的意思，现在就不提它了。好在，这种混乱随着我走出屋去而有所改变，我离开了它们，我就不再去想它们了，我觉得自己还有许多的事情可想。我坐在屋檐下。别看我的眼睛已被白内障笼罩了，但我对热的感觉却变得特别敏感，我能感觉热从早晨是如何一点点地升到中午的，它们增加了多大的厚度和宽度。

我坐着的姿势有点像眺望。

我坐着的姿势有点像眺望，是的，我是在眺望，别看我看不清眼前的东西了，可旧日的那些人和事却越来越清晰，我能看清三十年前某个人脸上的每一条皱纹，我能看清四十年前我曾用过的那张桌子上被蜡烛烧焦的黑黑的痕迹。我坐在蜡烛的旁边打瞌睡蜡烛慢慢地烧到了尽头可我一无所知。我甚至没有闻到桌子烧着后焦煳的气味。

我坐在屋檐下。我坐在屋檐下，低着头，低上一会儿，然后就向一个很远的远处眺望。当然，白内障已不可能让我望见远处的什么了，我做这样的姿势却从来都显得非常认真。我的这个动作是模仿一个人的，一个去世多年的将军的，这种模仿根本是无意的，只到三个月前我才突然地发觉，我的这个动作和将军是那么的相像。

我越来越多地想到他了。

想到他，我感觉脚下的土地，悄悄晃动一下，然后空气穿过了我，我不见了，我回到了将军的身边，我重新成了干休所里那个二十一岁的勤务员。

想到他，我的患有白内障的双眼就不自觉地灌满了泪水。我已经足够老了，我知道我的时间已经不多了，我能听到死神在我身边有些笨拙和粗重的喘息。我没什么可惧怕的，更多的时候我把它当作自己的亲人，一个伴儿，有些话，想起了什么人，什么事，就跟它说说。想起将军来的时候，我就跟它谈我们的将军，谈将军的部队。别看它是死神它也不可能比我知道的更多。

将军的部队装在两个巨大的木箱里。向昔日进行眺望的时候，我再次看见了那两个木箱上面已经斑驳的绿漆，生锈的锁，生锈的气味和木质的淡淡的霉味。

对住在干休所里，已经离休的将军来说，每日把箱子从房间里搬出来，打开，然后把刻着名字的一块块木牌从箱子里拿出来，傍晚时再把这些木牌一块块放进去，就是生活的核心，全部的核心。直到他去世，这项工作从未有过间断。

那些原本白色的，现在已成为暗灰色的木牌就是将军的部队。直到现在，我仍然无法说清这些木牌的来历。我跟身边的伴儿说的时候，它只给了我粗重的喘息，并未作任何的回答。我跟他说，我猜测这些木牌上的名字也许是当年跟随将军南征北战的那些阵亡将士们的名字吧，我的猜测是有道理的，可后来，我在整理这些木牌的时候，却发现，上面有的写着"白马""黑花马""手枪"，而有一些木牌是无字的，很不规则的画了一些"O"。也许，将军根本不知道那些阵亡战士的名字？

我用这种眺望的姿势，望见在槐树底下的将军打开了箱子上的锁。他非常缓慢地把其中的一块木牌拿出来，看上一会儿，摸了摸，然后放在自己的脚下。一块块木牌排了出去。它们排出了槐树的树荫，排到了阳光的下面，几乎排满了整个院子。那些木牌大约有上千个吧，很多的，把它们全部摆开可得花些时间。将军把两个木箱的木牌全部摆完之后，就站起身来，晃晃自己的脖子，胳膊，腰和腿，然后走到这支部队的前面。

阳光和树叶的阴影使将军的脸有些斑驳，有些沧桑。站在这支部队的前面，将军一块块一排排地看过去，然后把目光伸向远处——我仍然坚持我当年的那种印象，将军只有站在这支部队前面的时候才像一个将军，其他的时候，他只能算是一个老人，有些和善，有些孤独的老人。将军从他的部队的前面走过去他就又变成一个老人了，将军变成一个老人首先开始的是他的腰。他的腰略略地弯下去，然后坐在屋檐下的一把椅子上，向远处眺望。他可以把这种眺望的姿势保持整整一个上午或一个下午，我不知道他在想什么。现在我也老了，我也学会了这种眺望的姿势，可我依然猜不透将军会用一天天的时间来想些什么。可能是因为白内障的缘故，我眺望的时间总不能那么长久，而我有时可以什么都不想，只是坐着，待着，用模糊的眼睛去看。我想将军肯定和我不一样，他经历了那么多的战争，那么多的生生死死，他肯定是有所想的。

我老了。尽管我不明白将军在向远处望时想的是什么，但我明白了将军的那些自言自语。他根本不是自言自语，绝对不是！他是在跟身边的伴儿说话，跟自己想到的那个人，或者那些人说话,跟过去说话。就像我有时和将军说会儿话,和我死去的老伴,和死神说话。当年和将军我可不是这样说的,尽管他对我非常和蔼,可我总是有些拘束,和他说话的时候用了很多的精心。现在,我觉得他就像一个多年的朋友似的,我和他都是一样老的老人了。

帮将军把两个木箱搬出来,我就退到某一处的阴影里,余下的是将军自己的事了。将军摆弄他的那些木牌的时候,我就开始胡思乱想。这种胡思乱想能让时间加快一些。在没有胡思乱想时,我就用根竹棍逗逗路过的虫子和蚂蚁,或者看一只蝉怎样通过它的声音使自己从稠密的树叶中显现出来。将军的那种自言自语一片一片地传入我耳朵,其中,因为胡思乱想或别的什么,不知自己丢掉了其中的多少片。我耳朵所听到的那一片一片的自言自语,它们都是散开的,也没有任何的联系。

将军说,你去吧。

将军说,我记得你,当然。我记得你的手被冻成了紫色。是左手吧?

将军说,你这小鬼,可得听话呀。

将军说,我不是叫你下来吗。

将军说,马也该喂了。

将军说,……

在我回忆的时候,在我采用眺望的姿势向过去眺望的时候,我没能记住将军说这些话时的表情,但记下了他的声音。他的声音会很突然地响起来,然后又同样突然地消失。我常在他的声音里会不自觉地颤一下,突然地放下我的胡思乱想和手中的竹棍,我不明白这是因为什么。

有两次将军指着木牌上的名字问我,赵××你知道么?王××呢?你清楚刘×的情况?……我只得老实地回答,我不知道,将军。

哟。将军有些恍然和茫然的样子。那两次问话之后我都能明显地觉察出将军的衰老。看我这记性。将军一边望着他所说过的名字一边摇头:人真是老了。我怎么想也记不起他们来。可我总觉得还挺熟的。真是老了。

他用手使劲地按着眼角上的两道皱纹。

有时将军也和我聊一些和他这支部队相关的陈年旧事,他选取的不是战争而是一些非常微小的细节。譬如某某爱吹笛子,吹得很好,有点行云流水的意思,只要不打仗了停下来修整的时候他就吹。后来在一次战斗中他的右手被炸掉了,笛子也丢了,某某很长时间都不吃不喝,闷闷不乐。他被送往后方医院。两个月后将军又偶然地见到了某某,他正在吹笛。因为没有右手的帮助,他的笛子吹得很不成调。他对将军说笛子就是原来的笛子,他用了三天才把它找回来。譬如一个战士特别能睡,打完一场战斗,将军一发出休息的命令,即使他站着也会马上鼾声如雷。他脚还特别臭。将军说我原本想让他当我的警卫员来着,可我受不了他的臭脚。说到这里时将军的声音很细,并且有种笑意。他笑得有些诡秘,他笑起来的样子让他年轻了很多。当时我是想对将军这么说的，我有点冲动——可最终我却没有把它说出来。现在想起来我是应该说的，我在向旧日的时光眺望中望到这一细节的时候，我就跟他说了。将军愣了愣，然后粗犷地笑起来：你这小鬼。我不是小鬼了，我已经老了。

将军还跟我说过逗蛐蛐、抓毒蛇、吃草根一类的小事，说过某某和某某的一点琐事，他很少跟我谈什么战争。我不知道他为什么不谈。要知道将军一生戎马经历了无数次大大小小的战争，要知道将军在这无数次的战争中很少失败，要知道他现在指挥的这支木牌上的部队，很可能是在战争中牺牲的将士啊。

在将军去世之后我搜集了不少和将军有关的资料，只要是哪本书上提到将军的名字，我就毫不犹豫地把它买下来。原本我还想把将军的两个木箱也留下来的，后来我想将军比我更需要这支部队。那些木牌，燃烧的木牌，在将军的墓前变成了一缕缕的烟。它们升腾的样子就像一支远征的部队，我甚至听见了人喊马嘶，听见脚踩在泥泞中的声音，子弹穿过身体的声音。将军会把他的部队带向哪里呢？他重新见到自己的这支部队时，端出的会是怎样的一副表情？

……

我悄悄地留下了两块木牌，那是两块没有写字的木牌，上面画的是"O"。原来我留下的木牌是三块，那一块木牌上写的是"白马"。对我这样一个从农村里出来的孩子来说，白马让我感到亲切。不过后来我把白马给将军送了过去，我看见那匹白马从浓烟中站起来，回头望了一眼，似乎还有一声嘶鸣，然后甩下一路嗒嗒的马蹄声绝尘而去。白马是属于将军的。

在我的眼睛还没有被白内障蒙住之前，我时常会翻翻我所留存的资料，找出那两块木牌。那些书上或详尽或简略地描述了将军一生的戎马，在那些书上，列出的是战争的残酷，将军作战的英勇和谋略，以及在艰苦生活中将军所表现的种种美德。书上没有将军和我所讲的那些人和事。说实话，读书上面的将军时我总是无法和我所接触的将军联系在一起，我总觉得，他们不是一个人，至少不完全是。我所知道的将军是一个离休的老人，有些古怪，但几乎完全没有什么英勇和谋略。这也许是时间所消磨掉的吧。时间要想改变什么东西是非常轻易的，就像我从二十一岁走向了现在的衰老。

如果下雨，下雪，外面的天气过热或者过于寒冷，将军就会叫我在他的书房里把木箱打开，他把那些木牌一块块拿出来，从某个墙角排到书桌上，然后又排到椅子上，再放在地上。两箱子的木牌摆完，将军就把自己摆出了书房，那些密密麻麻木牌在房间里那么排着，它们带有一种让人不敢呼吸的肃穆。将军在摆完后站起身来，晃晃自己的脖子，胳膊，腰和腿，走到这支部队的前面看上一会儿，随后就是叫我搬来椅子，坐下来，把目光伸向窗外。他所看的绝对不是窗外的树枝，雨打在树枝上的颤动或者树枝上沉沉的雾。不是。现在我也老了，我也有了这种眺望的习惯，我已经明白将军是在眺望过去的岁月。就像我现在，透过我的白内障，清晰地看见将军在那把红褐色的椅子上侧坐着，他的眼睛紧紧地盯着窗棂。只是窗棂。空气中有股潮潮的气味。有一些灰白色的光。昏暗如同一层层潮水，漫过了将军和他的椅子，向着书房的方向漫去。书房的门敞开着，里面的光线昏暗，那些或高或低的木牌在昏暗中静静地待着，一言不发。

对于将军那些木牌名字的来历，我曾经做过调查，当然这种调查是随意性的，我只是偶然地向有关的人提及，他们对我的问题都只能是摇头。似乎没人曾向将军提供过什么阵亡将士的名单，至少将军离休后没有。

那么木牌上的名字是如何得来的呢？它们是在什么时间成为木牌，装满了整整的两个木箱？……

倒是干休所的王参谋向我提供了一个细节。他说他见过一次将军发火，那时我还没有来到干休所。他看见将军紧紧抓住一块木牌，对着它大声说，你就是再活一次，我还得毙了你！当时王参谋吓得大气都不敢出。将军把那块木牌扔出了很远，木牌划过地板时发出了一阵很脆的声响。过了很久，将军突然对王参谋说，你把木牌给我捡回来。将军接过了木牌，用手擦了擦上面的尘土，然后小心地把它放回了那些木牌之间。王参谋说他记不太清了，他记得好像他把木牌递到将军手上时，将军的眼红红的。

对于将军的晚年，对于他每日里摆放他的这支"部队"，在我搜集的资料中，没有得到记载。曾有一个宣传干事向我了解过将军的晚年，我向他叙述了将军在晚年的种种显得怪异的举动，尤其向他讲了将军每日如何摆放他的部队。——他是不是怀念自己的戎马生涯？是不是想继续战斗，消灭敌人？

我用很长的时间来思考如何回答。不，好像都不是，将军在晚年基本上没想到战争，他好像只是，只是……怎么说呢？他好像就是把木牌摆出来，想一想过去的事，就这样。就是这样。

那个干事对我的回答很感失望。我该怎样来写这件事？你想想还有没有别的？

人一老了就爱回忆过去的事，就爱胡思乱想。其实我年轻的时候就爱胡思乱想，老了，没什么事了，就更爱胡思乱想了。我坐在屋檐下，低着头低上一会儿就抬起头来，向一个很远的远处进行眺望。当然，白内障已经不可能让我望见远处的什么了，可我把这个姿势却做得异常认真。我越来越多地想到将军，我觉得他的某些部分正在我身体内的某些部分里得到复活，有时候，一个生命是会成为另一个生命的，可我毕竟老了。

我在自己的晚年想通了将军当年的很多事，但也有不少，我可能一生都不会理解的，直到我死去。我想到了死。我不知道我的死亡会在一个什么样的时间，会死在一个什么样的环境中，但我对死亡多少是有点期盼的。我时常想我的死亡肯定会在一个窗外下着小雨的早晨,就像将军死时的那样。我越来越像他了。

经过近两天的昏迷,将军在那个窗外下着小雨的早晨醒来了。他对医院里的一切都好像有些陌生,甚至是恐惧,他紧紧地抓住了我的手。他的手在颤。他的手很烫。——你是叫某某吧?我不知道他叫出的是不是他的那支"部队"中的一个名字。我犹豫了一下,我说不是。那么你是某某?我再次对将军说,不是,我是您的勤务员,我叫某某。

他放开了我的手。他的脸侧向了一边。他手上的力气一点点地消失了。

——你帮我,把箱子,箱子,拿来。

在将军的面前我打开了他的那两个箱子,在他昏迷的时候我早已把箱子给拉到医院里来了,我知道将军少不了它。我把那些木牌依次摆开。将军欠了欠身子,他望着那些原本白色、现在已变成暗灰色的木牌,突然淡淡地笑了:

哈,看你这小鬼,真是,真是……

将军的手伸得相当缓慢。他的手指向了排在地上、茶几上的木牌,但我未能看清他手指确切的指向。现在我想,在一个人最后的时间里,他指向了谁,他想到的是谁都不算重要了。

将军带着那种淡淡的笑意,他走了。

屋檐下静静地坐着,我听见蜜蜂采蜜时的嗡嗡声,我听见又一树槐花劈开花蕾长出小花来时的声音。我听见阳光的热从树上落下时的声音，我还听见了许多我没有听过的声音。可能我听过，只是我忽略了它们，我记不起是什么东西可以发出这样的声音了。不一会儿，我就不再想它们了。我越过了它们，向一个远处眺望。

我的手指，抚摸着我一直收藏的那两块木牌。在我混乱的生活里它的位置却是一直都没变过。而现在，我抚摸着它们，感觉上它们变小了，但比以前更重了。

爷爷的"债务"

对某些事件来说，有时的平静只是一个幻象：看上去，那似乎是一个极为平常的早晨，邻居金峰叔家的公鸡刚刚叫过，黑暗中，疏落的星星还有些冷，仿若凝在草叶上的露水，我的爷爷已经起床，背上他的柴草筐准备上路。在貌似遥远的上个世纪，八十年代，或者更早，我爷爷的每日都是如此，他会拾些柴草和牛马的粪回来，所以那日和以往并无不同。我说过，有时外表只是一个幻象，正如，我用这样一个平常的开始作为开始：那日，爷爷在天不亮的时候就已出门，而奶奶，则在半小时后下炕，收拾屋子，为这个早晨烧火做饭。一年三百六十五天，在我爷爷活着的时候他们几乎天天如此。那一日，金峰叔家的公鸡叫得一如平日，黑暗也不较平日更重，星星也不比平日少或者多——略有不同的是，那日，是辛集的集市。考虑到，三年前自辛集恢复集市以来每五天便有一个集市，这种不同似可忽略不计。

然而不能不计。

做好了饭，爷爷却没有回来。在以往的时候他早应当回来了。奶奶在满是烟火和土灰气味的灶膛边坐着,直到气味散尽,直到阳光铺厚了半间屋子,爷爷也没能回来,以往他可不是这样。那一日,我记得我被父亲派去给奶奶送火柴,火柴是母亲在集市上买来的,他叫我早去早回,回来吃午饭——我跑到奶奶家的时候奶奶正在院子里忙着什么,我把火柴递给她的时候奶奶多少有些心不在焉,她没有像往常一样给我半块馒头抹一点儿自家的蜂蜜,而是说,你爷爷怎么还不回来。她说了两遍。

我说了些什么现在早就忘了,在完成必须的任务之后,在确定没有抹了蜂蜜的馒头之后我也同样心不在焉。气喘吁吁跑回家,吃饭的时候大约父亲问了我,你奶奶如何,你爷爷在家么,我也随口答了,这些都已了无印象。还有印象的是,那日吃着吃着父亲和母亲就吵了起来,父亲甚至为此摔了一个碗,而母亲也毫不相让,她将手边的两只碗一起挥到了地上——对我来说,对我们家来说,看上去,一切都似乎极为平常。

有时,外表只是一个幻象。生活有那么多的枝条,那么多的线,那么多的头绪和偶然,那么多的埋伏和所谓命运,我们怎么能猜到其中的发生呢。何况,那时我还小。只有六岁。

黄昏,爷爷才拖着疲惫和阴沉的脸色返回家里,他没有吃饭。奶奶重新热过了粥,它已经热过两次了,有一股焦煳的香味儿——可爷爷并没有走到饭桌前,他已经饿了整整一天,要知道他那时还有着一个惊人的好饭量。奶奶问我爷爷,听说你捡了一个布包，里面全是钱？爷爷嗯了一声，用鼻孔里的气息。奶奶再问，你当时就给人了？爷爷又嗯了一声，还是。奶奶发了一阵叹息，感慨，然后又问，听金峰说，有人在集上瘫了，你给送回去了？他说人挤没看太清。

嗯。爷爷还是，用鼻孔里的气息，甚至比之前的更轻，多少带一点儿不耐烦。"那你也不至于不吃饭啊，"奶奶洗着碗，她的手上用着力气，那些碗在锅里发着声响，"咱不稀罕人家的东西，我不是说咱稀罕人家的东西，这些年咱一直这样过不也过来了，那时，咱吃上顿没下顿，也没稀罕过人家的东西……可，你就那样把钱还人家了？他就，他就……"

爷爷故意关闭了耳朵。黄昏回来的爷爷心事重重，他似乎丢掉了一半儿，他似乎有什么东西没有带回来，譬如魂儿。奶奶就是这么说的，她说，你爹就是不说话，早早就睡了，像丢了魂一样。母亲说，谁让他那么好心来着，谁让他那么正直来着，现在，事到头上了吧。我就说过不能这样。

那日的事情我是听母亲说的，她在言说那日事件的时候带有强烈的个人情绪，这是可以理解的，爷爷使用的和她所使用的不是同一种逻辑，不是同一类"道德"，何况，爷爷的所做也的确给我们家带来了"后果"。在介绍那日事情的时候，我会尽量减少受她情绪的影响，保持某种的客观——

那日，开始的所有都和往常一样，我爷爷甚至走上的也是往常的路线，包括他的基本步幅——在经历了少年、青年时代的诸多荒唐之后，晚年的爷爷渐渐变成了足够标准的勤劳农民，村上的人都如此评价。那日，爷爷拾满了柴草筐，时间还早，他就在一棵槐树下休息了一小会儿，然后从五队的果园中穿过去，回家——这是他唯一的一点儿改变，平时他都走果园外面的路，那天小有不同，这份小小的不同也是可以理解的，因为他曾在五队当过多年的队长，这些果树是他当队长的时候种下的，那年，已近盛果期，而他的队长也刚刚换掉。母亲说，爷爷在槐树下休息的时候看到一只狐狸，毛色鲜红，它和我爷爷对视了一下，在跑开的时候像人一样重重叹了口气——我不知道这是不是母亲的杜撰，我承认她有这样的习惯，不只是在一件事上。我母亲，一边坚持着她的无神论一边强烈地相信着神秘，她的坚持时常取决于哪一点儿更对她有利——愿我的母亲得到安息。好，接下来继续那日的发生：比平时略晚一点儿的爷爷一出果园，就在路旁的草地里发现了一个布包。灰绿色的布包，尽管阳光已经足够强烈但它在草丛之中并不凸显，仿若草叶的暗影，不仔细看根本看不出来。我爷爷之所以能够发现它，是因为爷爷觉得那片草长得茂盛，出于勤劳的习惯他见不得茂盛的草，他想把草割下来收入自己的筐……爷爷捡到了那个影响到他、影响到我们家和几个人家的灰绿色布包，那时，布包是安静的，它就像某个童话里未被打开的魔瓶，上面只有一层灰土、露水打湿的痕迹和粘得很薄的阳光。出于好奇，是的，像童话故事里的那个人，我爷爷出于同样的好奇将布包打开，里面还有一层纸，再里面，则是，钱。在上个世纪八十年代看来很是不菲的，钱。

尽管那时的早晨已经不算很早太阳已经辉煌地升起但路上并没有人。后来，讲述那件事的时候，母亲反复强调，四处无人，一个人也没有，连影子也没有，整条道路空空荡荡。那么多钱，是你父亲三四个月的工资。母亲的感叹里成分复杂，"也就是你爷爷。""他要是不等，要是到集市，也许……"

可我爷爷等了。他等了大约一袋烟的工夫，这是我爷爷计量时间的方式，虽然他从五队队长的"职务"上退下来就戒了。他等了大约一袋烟的工夫，终于看到来了一个人，有些慌张的人，骑在一辆旧自行车上。爷爷不急，在树林里盯着他。这个中年人，他似乎在寻找什么，看上去的确如此，而且，在果园的边上他竟然停了下来，东张西望，然后朝草丛中走去——就是他了。肯定是他了。爷爷怀着惊喜，冲他喊了一声。我爷爷，和我的家人，都在事后对他的那声呼喊追悔莫及。

"你在找什么？"

那人用慌张的眼神看着我爷爷。他咬了咬嘴唇。

爷爷笑了笑，努力打消他的疑虑，"别着急，你是不是丢了东西了？"

那人咬着嘴唇，慌张的表情没有半点儿的减少。他打量我爷爷两眼，然后轻轻点了点头。

"那你丢了什么？"

过了一会儿，中年男人松开了他的嘴唇，"布，布包。"

"是不是这个？"爷爷将它拿到胸前。他点点头。

"那，你说，里面有什么？"

在那个中年男人回答之前有一段较为漫长的沉默，而我爷爷忽略了它，只把它看成是男人的紧张和对他的不信任。这也不能怪他，爷爷认为。"你说，里面有什么？"爷爷将那个包抖了抖，那时，他已确信，这个布包就是面前这个人的。

"钱。"他的声音有些干涩、忐忑，仿佛被什么东西卡了一下喉咙。这一显见的异样爷爷再次忽略了，他想到了别处，"你爷爷就是那样的人，一辈子……太正直了，太容易相信人了，吃了多少亏就是不开窍。要是换作我……"母亲当然有这样的自信，她当过村上的妇女主任，受到过省革委的表彰，然后是供销社售货员，经历风浪多多，阅人多多，自然养起了超常的自信（打击她自信的事件出在后面，她调到县里，成为供销社一家饭店春华楼的经理。在她的手上春华楼每况愈下，直到工资都发不出来。除了哀叹人心不古，世风日下，她从未对自己的经营有过任何指责，但不指责并不意味她就毫无反思。当然这件事的出现还要晚上十多年）。"没有人能在我手上把包骗走。"父亲使用着鼻孔，哼，是没人。要是你捡到了，肯定没人拿得走，就是失主也不行。他用报纸遮挡着自己的脸。"你说什么？你什么意思？"母亲的声音高了八度。

在村头，爷爷遇到了真正的失主，而那时，另一袋烟的时间也已过去，他遇到的中年男人早已不知去向。爷爷走到村头时还为刚才的发生有些忿忿：那个中年男人没有一丝的礼貌，他接过布包，打开，重新包好，没一句感谢也没任何感谢的表情，骑上自行车便飞快离去，爷爷伸长脖子在后面问"你点点看少了钱没有?"——然而他竟头也不回，把我爷爷孤单地剩在了那里。

那日的秋风有些凉。

等爷爷遇到真正的失主，他的忿忿就不是刚才的忿忿了，他受到了欺骗，而且此刻他面对的是一个……一个痛哭中的老人，一个脸色惨白的老人，一个坐在地上那么无助的老人。"十二家人凑的钱。让我来买线，织网……十二家人凑的钱。让我来买线，织网……我给丢了。我怎么不丢了自己啊。"老人在围绕的人群中反复着这样的话，仿佛自己的舌头被什么拴住了，仿佛他把一颗硕大的苦果含在嘴里，即不能吐出也无法咽下。七嘴八舌。这时我爷爷挤了下去，他已经清楚了，已经清楚的爷爷却感觉自己的头脑有些大，有些木。"老哥，你的布包，是什么颜色的?"接下来，爷爷又问，"里面还有包么?再里面是什么?"越说越是了。爷爷看了一眼那个老人眼里的小火苗，"唉，老哥，我受人骗了。我捡到了你的包，但，让一个骑自行车的人骗走了。"他把这句话勉强说完，那个老人，眼里刚刚闪过的火苗突然地就熄灭了。它本来就相当微弱。

"你，你怎么啦，"爷爷喊，"老哥，我给你追回来，我给你……"

"你说你上哪里去追?"母亲说。"你爷爷也真是。有热闹非要去看，你知道自己受骗了，反正也没丢自己的东西，干嘛和人家说，那话不说能，能憋死你？"她当然要遭到我父亲的反驳，父亲说，咱爹当然没你那么多心计，也没你的心长得那么偏。以你的心来猜他的心，太难了。"我的心怎么了？我的心怎么了？我的心不这么长，这个家还要不要？就你们那点儿心计，饿不死你们！"母亲说的也是实话，她是我们家的恩人，至少她这样自居：在挨饿的那几年，如果不是我母亲……都是些旧事，可她从来不肯忘却。父亲又接了句什么，然后是……他们之间的战争又开始了。

不说这些了，接下来我继续说那日的发生，我的爷爷，和金果叔，和刘海叔一起把那个瘫坐在地上的老人送回了家，他的家，在七里地之外的巩家村。事后，我母亲打听到，他们把老人送回去然后和他的家人一起把老人送到医院，来来回回四五个小时，那个老人除了腿不能动之外思维还算清楚，在这四五个小时里，他除了重复前面的几句话就是对我爷爷他们点头，也许他不准备把我爷爷捡到过布包的事说出来，然而……母亲在叙述到这里的时候用了许多表达情绪的语词，并配合着表情，我将它们都统统滤掉，削繁就简，剩下的主干就是：爷爷主动向人家的儿子儿媳交代，他捡到了布包，却交给了另一个人，那是个骗子。他向人家信誓旦旦，我一定把钱给你们找回来，你们放心。我叫某某某，住在辛集村。母亲仿照金果叔的语调，说，我在后面拉他都拉不住。"这就是你爷爷。"母亲的话里有话，包含复杂。

"他要是不说，要是管住自己的嘴，哪有后来的那些事哟。"

后来的事,如同旋转起来的涡流,它有一股向下的、内在的力量,它潜在暗处,却有巨大的吸力,让你生出摇摇欲坠的感觉,让你生出某种的恐惧,它在每一个"明日"早晨的门口,蹲着,比金峰叔家的公鸡起得还早——那年,我六岁,只有六岁,但许多莫名的感觉便潜入进我的骨头里,经久不散。它甚至让我感觉自己有某种的苍老。何况,我的父亲母亲天天都为此事争吵,发愁,他们的争吵吸走了屋子里的空气和好心情——我小心翼翼,想办法迅速从他们身边消失,然而这些都有些无济于事,"后来的事"就像一张挂在黄昏里的蛛网,把我们罩在了里面。

还是一点儿一点儿,一件一件来说吧。

老人的儿子和儿媳来了。这没什么难度,他们按照爷爷留下的信息找到了我们家。开始的时候他们极为客气,多少显得怯懦,坐立不安:不,不用,不用,真的不用。没事,没……爷爷和奶奶仔细地听着,他们的叙述有些混乱,前言和后语之间缺少连线,有时只有半句,但最终,意思还是清楚了。老人是村上的会计,憨厚正直,在村上有着很好的口碑,当了十几年的会计从来没算错过一笔账,从来没沾公家一分钱,更不用说个人了,所以一村人都相信他(后来,在听奶奶向她复述的时候,母亲用声音表示了她的不信。别听他们的,谁不往自己的脸上贴金,谁会说自己不是?)。可他这次,栽进了泥坑里。村里穷，人们想干点什么事总想不出点子，老人一次听到辛集的一个人说村上有人放网，织网的人挣了多少多少钱，他就动心了。十二家人，拿了四百二十块七毛二（母亲再次表示了她的不信，肯定没那么多，他们知道钱没有了，我们也没看里面到底有多少钱，所以就信口多说点，我还不知道他们的伎俩），老人自告奋勇前来买线织网。要知道，老人一生谨慎，从来没丢过一分钱，哪想得到……

爷爷一遍遍向人家道歉。他问，老哥身体……人家告诉他，病了，在炕上躺着呢，腿一直动不了，现在，嘴也不太会动了，吃饭都得喂。你看你看……爷爷直搓自己的手，仿佛他的手上粘着什么不干净的东西。你们放心，我一定要把钱找回来。你们放心。对不起老哥啊。

临走，奶奶追在后面问了一句，万一，我是说万一，要是找不回来怎么办？奶奶问得忐忑，小心，含着明晃晃的不安。

儿子仿佛没有听见，他收拾着自己的手推车，显得异常专注。他的女人回过头，眼里满是泪水：我们的日子真是过不下去了。没法过了。她瞄了我爷爷一眼，你们就，行行好吧（母亲离开条凳上站了起来：行行好？我们不行好，会有这回事？会让他们粘上？都是些什么人啊！爷爷哼了一声，而坐在一旁的父亲则直接跳了起来：说的什么话！你看你说的什么话！母亲挺直胸膛，她没有丝毫的惧意：我说的不对么，不是人话么？）。

……那件事像一种强力的胶，真的粘在了爷爷的手上，他甩不掉，更大问题是，他不想甩，就没有要甩的意思，这一点儿，让我母亲很是忿忿。我们就是捡到了，让人骗走了，也和这事没关系了，反正我们没有把钱昧起来，反正我们没有故意也没得到任何好处，他们找我们根本就没什么道理……不理他！爹，我们得过自己的日子，咱们不能让他把自己的日子毁了，你说是不是？

爷爷没有说是，也没说不是。

他已经，有了自己的计划。这不容改变。

爷爷走村串巷。他向人们打探，听没听说过谁家拾到了一个布包，里面全部是钱，听没听说谁家有一辆旧自行车，当然是"大铁驴"，听没听说谁家突然有钱了，听没听说……爷爷去了巩堤头，苑堤头，然后是东王，韩照，西马。爷爷找到各村的大队，当年他经常参加公社里的会议，与一些村干部还算熟悉，至少面熟。爷爷找了散在各村的亲戚，朋友，到人家坐一坐，然后言归正传，你知不知道谁家拾到了一个布包，灰绿色的，里面是钱。有四百二十多块呢。不坐了不坐了我还得去……这事儿你们给经点心，我，我把人家给害苦了。爷爷向所有的亲戚端出他的愧疚，这当然惹得我母亲很不满意：我们是偷了抢了？我们不是做好事做的么？谁愿意有这个结果？干嘛非要往头上扣那个屎盆子？四婶在这件事上和我母亲完全一致，她也认为爷爷完全没有必要，家里有那么多的活儿，他一点儿都不操心却把心思全用在外人的身上，真不知道他是怎想的。"他也找到我们村里了。我娘说咱爹了,没见过你这么帮人的,都这么大岁数了还……"四婶只说了半句,她偷偷瞄了我父亲一眼,"哥,你和老四也得说咱爹,他也真是……"

爷爷早出,晚归,并且归得越来越晚:他走得也越来越远了,一直打听到海堡和盐场,但是,毫无结果。"你也不想想,谁骗了你的包还到处嚷嚷,我骗了一个布包,里面全是钱?谁能像咱这么傻?找吧,找吧,这可真是大海里捞针了。再说,你找到了人家,钱都花完了,你有什么办法?"

母亲说的,也不是完全没有道理。可是,又能怎样呢?

"你们等着瞧吧。麻烦事在后头呢。不信就试试。"

是的,麻烦事说来就来了,他们就蹲在屋门的外面,像一团阴郁的暗影。奶奶打开门,他们进来,一个在条凳的前面蹲下了,另一个则直直地站着:是那个老人的儿子和儿媳。事后奶奶说,我一见到他们,心里就被乱麻一样的东西给堵上了。

老人的病一直不好。拉尿都在炕上,动不了,总是哭,嘴也歪得厉害,正常的话不会说了,就会两个字:屁,钱。钱,屁。儿媳说,这还不算最烦心的,不管什么原因,老人病了当小辈的都得伺候也没什么,可是家里的钱全拿走了,都给丢了,病看不了不说,吃饭穿衣的钱也没了,马上要秋后了,冬天了,这日子该怎么过?这还不算是最烦心的,当时,老人带的是十二家的钱,他们家的丢了也就丢了,还有另外十一家呢,人家也都穷得叮当响,不然也不想一起来买线织网不是?让人家怎么过?现在,这十一家的人,天天在门口堵着,倒还没说什么难听的话,可这也让人受不了啊。"他爷爷,一辈子说说道道,现在……"奶奶陪着哭了半个下午,她告诉人家说,我们家老头子这些天天天出去给你们找,应当快了,快有眉目了。

那个瘦女人拉着我奶奶的手,看得出,大伯是个好人,我们,我们也是没办法啊。我们天天……真的是过不下去了啊。

父亲陪着爷爷去了两次巩家村,回来直叹气,真是惨啊。真是惨啊。我们是得,帮着他们把钱找回来。母亲说"要找你们去找。家也不用你管啦,日子也不过啦!我自己带着儿子更舒心。"

父亲说,你是没看到那个情况。三间旧房,屋子倒是还算干净,就是总有一股臭烘烘的味儿——也没法不臭,那个老人瘫在炕上了,他根本控制不了自己的大小便。瘦得不成样子,要是找不回钱来,可能年都过不了。屋子外面整天蹲不少的人,乱哄哄地,都是讨债的。父亲没说,他和爷爷一到就被人围住了,在得知是爷爷将捡到的布包交给骗子的之后那些人又哭又骂,说了许多难听的话,他们差一点儿都走不出来。父亲没说,他和爷爷带过去的点心(是我母亲花的钱,她在供销社里,供销社有自己的点心房,她去买可少花两三角钱,但因此,钱也得她来出了:她怎么能跟我爷爷去要钱呢?这事,让父亲很长时间都矮着半头,和母亲吵架都显得不好意思)根本没能拿进屋,就被守在屋外的人们分了。父亲说的是,老人的儿媳见他们来,就像看到了亲人,哭得那个惨烈。父亲说的是,老人见到我爷爷,竟然露了一丝的笑容出来,他咧开嘴,流了更多的唾液在自己的衣襟上。父亲说的是,他们家的家具,桌椅,包括大门都被讨债的人给弄走了,要是老人能卖钱,他们也会把他给分了卖了(母亲插话,这事不说也想得到,要是咱家出这事儿,就是老四、金峰他们也得把咱家的东西都拿去给分了,绝对好不到哪里去。到事上,谁都是顾着自己。她对我父亲提出严重警告:我告诉你,不许再可怜这家人,丢钱的是他不是咱,不是咱让他丢的,别让他们赖上咱,这种人,最会得寸进尺,不信你看)。

事后母亲坚持认为,让她说中了,她的预见是对的,她的所有预见都是对的,只是别人理解不到罢了。"你看吧,不由你不信。"

她的意见再次得到了四婶的支持,她们俩如此一致的时候并不是很多,更多的时候是——"咱爹这种做法,早晚吃大亏。早晚,得让人家赖上。现在怎么样?"

……不管怎么说,事情的发展多少与她们的预想有些相似:爷爷找不到那个骗走布包的人,他找遍了周围的村村落落,甚至到漳卫新河那边的山东,一直问到滨州一带。没人提供给他真正有用的线索,有几次,他满怀希望过去,结果去是一种扑空,不是,不是那个人,不是他要找的那个人。上个世纪八十年代,初期,在我们公社拥有自行车的人并不很多,这本来是一条好线索,然而我爷爷顺着这条线的全部枝蔓一一摸过去，结果还是扑空。他记得那个中年男人的模样，但我们公社里，所有自行车的主人都和那个男人不一样，爷爷对自己的眼光有着特殊的坚信。莫非，他是外地人？这让爷爷，父亲，四叔，和一些热心的亲戚们感到更多地渺茫。

那两个巩家村的人，儿子和儿媳，成了我们家的常客，因为老人需要照顾他们有时会来一个人，另一个，过一两天再来，相互替换。儿子倒没什么，他只是在墙角或者屋里蹲着，吃饭的时候递上一张嘴；不过儿媳来了就不同了，她有时会哭闹一番让你心烦，有时还说几句听起来刺耳的过头话，后来发展到，临走，她会席卷一件两件我们家的东西——当然这是在我爷爷在家的时候，爷爷不在家，她是拿不走的。她在我爷爷的面前已经颇为趾高气扬，仿佛我们亏欠她许多，仿佛我们做了亏心事递给她了把柄，她只是拿回自己应得的东西，理所当然。母亲和四婶最见不得这份嘴脸，就是不拿这份嘴脸她们也有了一肚子的气——

"你把它给我放下！"母亲指着瘦女人的鼻子，一前一后，四婶也跟了进来，她们早就商量好了。

这肯定在瘦女人的意料之中，预想之中，可当它真正出现她还是有些慌乱，措手不及。"我，我没拿什么……"随后她瞄了一眼我奶奶，尖起了嗓子："我不该拿么，我没法过啦！"

"你没法过了怨谁？该，就该你没法过，谁让你这么赖皮来着，算是老天有眼啊！"四婶插话，她一把夺下了女人手里的东西。"我爹他是好心，还帮着你们往回找，要是我，我才不管呢,又不是我丢的又不是我让你们丢的,凭什么天天上我们家来混吃混喝,还想拿,看你不要脸的!"

……院子里站满了人。看得出,那个瘦女人根本不是能吵架的主儿,何况是在我们村,何况她要面对的是七嘴八舌,一圈不断游动的舌头。她哭了,哭得那么痛心,无助。她能反复的只有一句:"我不找你找谁去。布包是你们最后见到的,我不找你找谁去。"

就在这时,爷爷出现在院子里。

事情,再次出现了转折。

爷爷承诺,家里的东西只要她需要,就可拿去。人心都是肉长的,她公爹变成现在这个样子,都是他造成的,要是没有他把布包交给骗子,也就没有这些事了。"你拿东西,我心里倒还略略地好受些。"爷爷的眼圈突然红了。

"凭什么啊?这个家我们也有份儿,我们拿过什么?就是蜜,都舍不得给孩子们吃……"母亲拉了拉四婶的衣袖,制止了她的继续。

爷爷承诺,再给他二十天的时间,如果到时候他还没有找到那个骗子,布包里的钱由他来还。他说话算话。"凭什么啊?凭什么我们还?"这次,轮到四婶拉我母亲的衣袖了,"你不用拦着",母亲甩甩手,"大伙都在,你们给评评理,我们是偷了还是抢了,我们得到什么了?以后,这好人还怎么做啊?要知道是这个结果,爹,当时你就该把钱自己拿回来……"

瘦女人走了,她没有带走曾经拿在手里的东西,出门的时候,她依然尖着嗓子,挤出一句"我们也不是坏人……"她说得很不响亮。

"爹,你怎么,怎么能……看你到时候拿什么还。"母亲丢下一句。

"反正我们没钱。我们没人挣工资。"四婶又丢了一句,母亲准备搭话的时候她已经飘到了外面(为此,母亲耿耿于怀了许多天)。

二十天,看上去并不算短,甚至有些过于漫长:它有二十个早晨,二十个正午和二十个黄昏,它有四百八十个小时,两万八千八百分钟——在这二十天里,我爷爷更是早出晚归,四处打探;在这四百八十个小时里,他很少能够让自己睡得踏实,奶奶听着他在黑暗里翻身,辗转,悄悄叹气,仿佛黑暗中生着刺猬的刺,它们一下一下在刺他的背,刺他的胸,刺他的腿。两万八千八百分钟,我的爷爷,他的每一时刻几乎都用来思考:那个骗子到底到了哪里,他如何能够重新找回那个布包和里面的钱?这占去了他的全部心思,全部的智力。

母亲也在找,她再次找到公社派出所的所长,得到的答复是,还没有进展,他们不是不尽力,而是,这事的确有些难,所有线索都断了。父亲也在找,他叫自己的学生们留心,把他们一一叫到自己的办公室,推心置腹,让他们仔细打探。四叔四婶,包括辛集三队、五队的人也都跟着在找,包括邻村的亲戚和大队的干部们……然而这并不能令我爷爷感到欣慰。时间一天一天，一小时一小时，一分钟一分钟地过着，二十天的时间眼看就要用完了，它很不经用。时间一天天过着，我们依然一无所获。好在，巩家村的人没有来，他们没再给爷爷的煎熬增添另外的杂质。可是，时间马上要用完了。我那年六岁，连我都能感觉时间即将用完之前的紧迫，它压在屋子里，把里面的空气都压走了。

爷爷来到我们家。他是一个人来的，之前很少如此，和我父母沟通的多数是我奶奶，所以他的到来还是让我母亲有些……不安。爹，你，有事么？

爷爷是来借钱的。他在我母亲寻找种种理由拒绝之前固执地说了下去：我也知道你们很难，之前咱日子穷，没给过你们什么。我说的是借，有借就有还，肯定。我就是砸了骨头卖也会还的，这样，你也别为难，有多少先借我多少，让金龙给我写个字据。一定要写。爷爷用的是和平常很不一样的语调，他既没看我的父亲也没看我的母亲，他看的是别处，他看的是，墙上的斑点或者一只蛾子的影子。

话说得如此，母亲也无话可说了。她拿出了三十一块钱，这时我父亲插话，你不是准备了买手表的钱了么，把它也添上吧，我们先不买了。"你要不说我还真忘了。看我这记性。"母亲打开衣柜，从底层掏出一个红色的小布包，它是一个袖章改做的，上面还有剪了一半儿的字。母亲把钱递到爷爷的手上，"爹，你可别说什么借不借的，还留什么字据……不让人家笑话？"

不,一定要留字据。爷爷说得,斩钉截铁。

爷爷把钱送过去的时候才知道,老人已经死亡。这个消息仿佛是一种电流,爷爷被击中了,他愣在当场,像一块摆晃的木头。

老人的儿子拒绝了爷爷的钱,不过,他把爷爷送去的两块布被留下了。他说,大伯,这个我收下,要不是你非要做礼账我也不敢收的。你的钱我绝不收,我父亲要是地下有知,他会骂我的,骂死我的。他一辈子,最看中的就是名声。

那天他说了很多的话。之前,他给我爷爷、我父亲的印象就是一个闷葫芦,没想到,有那么多的话在他的肚子里翻滚。你们真不欠我们什么,真的。我父亲的债由我来还,今年还不上明年,明年还不上后年,到老我肯定能还得上,我父亲一辈子站得直立得正,在这事上,我已经给他脸上抹黑了,你的钱说什么我也不能要,一分也不要。

爷爷拉着他的手:"我对不起大兄弟啊,要不是我做错了事让人骗了,他也不至于,不至于……我一定要找到那个骗子,一定要……"

大伯,找不到就算了吧。你已经费心啦。这本来,就,不关你的事。他也跟着抽动着嘴角,泪水不断地涌出来。

不,爷爷不能把它放下,他把这事当成是自己的债务,现在,他的压力更大了,毕竟,一个人死在了自己犯下的过错上。他接受不了别人的宽解,我的父亲母亲也知道,无论他们说什么都不起作用，不会起到作用。这个债务，甚至把我爷爷的腰压得更弯，让他抬不起头。

秋天结束了，接下来是寒冷而漫长的冬天，北方的田野上剩下些光秃秃的树，它们看上去很冷，在更北的风里簌簌发抖。没有了农活，爷爷还是天天到田间去，从远处，他就像另一株寒冷的树，他就是树的样子。那年我六岁，在我的记忆里那年的冬天特别的冷，却几乎没下过雪。在我记忆里，那年，爷爷变得更加沉默，心事重重，他留在心头上的那块石头还在生长，他的样子有时让人感觉恐惧。之前可不是这样，虽然，父亲、四叔和村上的人都说爷爷是一个很有脾气的人。不止一次，我看见爷爷站在果园的路口，向远处张望。难道，爷爷会那么天真地心存幻想，等那个骗子走到自己面前，将布包递给他：大叔，我错了，这个包不是我的，钱也没动，现在还给你吧……

没人将灰绿色布包送回来，也没有这个布包的任何消息。公社的人倒是来过两次，他们一是向我爷爷了解更细的情况，二是担负着劝阻他的使命，他们说，现在把事交给我们吧，我们会尽力的。这里，没有你的错，你没必要为此自责……我爷爷静静听着，努力点头，但警察们走后他还会继续他的打探，前往周围的村庄，前往各个集市，前往……他寻找那个留在他记忆里的人，寻找那辆印象略有模糊的自行车。"咱爹要这样下去，唉。"母亲感叹。四婶也同样的感慨，"这样下去，人家会怎么看他？是疯还是傻？家里有多少活儿，咱爹也不做，光想着……以后的日子怎么过啊。""让孩子们也抬不起头啊。那天刘七婶婶就说咱爹,烧的,就怕自己家过得舒服。"两个女人,她们也搭起了戏台,并在其中扮演着多重的角色。"应当找个人,劝劝咱爹。""谁能说得动他?!""老婆子也是,"四婶提到我的奶奶,"冲我们总是劲儿劲儿的,我们拿她根草叶她也得心疼三五天,前几天我借了一个碗忘了还,昨天就拿话点我。哼,人家来拿东西,她的劲儿呢?她的能呢?"……

接下来,我要说到那年的春节了,春节当然是个大事。我记下来的大事有:母亲给我买了一件新衣服,海军服,把一向懦弱的我打扮得威风凛凛;我借了树哥哥的木枪,当然前提是给他当两天的马,并在"战斗"中扮演失魂落魄的日本鬼子;我把爷爷买给我的灯笼烧毁了,这个灯笼我只打了不足半个小时,为此我痛哭一场,一直心疼我的爷爷却没承诺再给我买一个新的。我还记下了另外的大事,那就是,二十七,二十八,巩家村有四五个人来我们家堵门,他们说想讨回他们的钱,在死去老人绿布包里包着的钱。"我们欠你们钱么?我们什么时候欠下你们的?你们凭什么来找我要?"这样的事,当然得我母亲出面,何况二十七那天爷爷不在家,他早早地出去了。他们倚着墙角,一言一语甩着大概早想好的话。"你们说什么?大点声!别装得像杨白劳似的!这样,你们出个代表,来和我说!其他人,都给我离开这个院子!"那些人大概没见过这样的阵式,真的全退了出去,待了一会儿却又全都进来了。"你不还我们钱,我们的年怎么过?"他们反复的就这一句。

"我们凭什么给你们钱？我们是借了你的还是拿了你的？有什么证据说我欠你们的？你们说！使赖法子来了！算是人么？对得起自己的那张皮么？……"母亲越说越气，她的手指指过每个人的脸，她的手指所到之处，那张脸就会略略地偏向一边。"去，把你四叔，金峰叔，老李家人都叫来！把大队的人也叫来！"那些人，竟然给我让开了一条路。

"反正，不还我们钱，我们就不走。"我返回来的时候听到他们在说。"我们不是来打架的，"对于围满了的黑压压的人，他们显得气力不足，"我们是来讲理的。你们要仗着在自己村……""我们要不是过不了年，也不会来这。哪怕少还一点儿，我们也就……"

四婶也来了，还有梅姐姐，秋哥……我母亲的话更加滔滔不绝，也越来越难听。"你说捡了包给了一个骑车赶集的，谁看见了？我们不来找你要找谁要？"一个大约十八九岁少年挺出来，硬着他的脖子——"什么混账话！"他的脖子很快挨了几巴掌，是巩家村的人们打的，"我们没这个意思……"

"哼，这就是你们的意思，尾巴露出来了吧！我们的好心在你们那就是驴肝肺，你们以为我们昧起了你们的钱！你打听打听，我们是那样的人么，我们是那样的人家么！凭什么由你们泼脏水扣屎盆子，你们也太欺侮我们辛集好惹了吧，你们也太欺侮我们李家没人了吧……"

二十八，被打回去的那些人没有再来，来的是一些女人，孩子，她们还是来讨要"她们的钱"。爷爷在家。他说，钱，不在他这，真不在他这里，他没有捡钱不还的意思，他不是那样的人。他说，他正在找，找那个骗走了布包的人，如果找到了一定给大家一个交代。"要是找不到呢？都这么长的时间了。"爷爷咽了口唾沫，"那我还。你们可找人问问，我是不是个说话算话的人。"——这些，是奶奶过来转述的，她是想搬我母亲这个救兵，那些人还在奶奶家的院子里。"不去，"母亲气哼哼地扫着院子里的灰尘，纷纷扬扬，"话都说到这个份上了我还说什么？娘，你也太由着他了，你也太……不过，我把丑话说到前头，你们要还这笔冤钱，可别找我，我肯定一分不出，一毛不拔！也太欺侮人了！"

那些女人一直待到中午才走，她们的离开和我母亲依然有很大的关系，她带着公社的警察出现在院子里。"爹，我把丑话说到前头，你们要还这笔冤钱，可别找我，我肯定一分不出，一毛不拔！也太欺侮人了！"守着我爷爷，父亲，警察，以及那些巩家村的女人，前来看热闹的辛集人，我母亲又重复了之前和奶奶说过的话，她说得更为坚决，蛮横。在我父亲、四叔、金峰叔他们眼里、话里，我的母亲多少有些"泼"，不过还从来没用这样的方式、这样的语调和我爷爷说过话，但那天，她……说了。

对那年春节，我还记下了父亲和母亲的"战争"，不过这不算大事，因为他们的战争经常发生；我还记下二十九的晚上下了一场小雪，并不很厚，不过那天晚上爷爷很晚才回来，他在傍晚的时候就消失了，回到家里的时候大约已近凌晨。父亲，四叔都曾出去找过他，找遍了村子里的角角落落，所以爷爷说他只是在五队的打麦场里坐了一会儿肯定属于撒谎，只是没人愿意拆穿。爷爷说，他想到了我早逝的槐叔和巧姑，他们俩分别死于正月初五和正月初七，一到过年就……回来的路上，母亲说爷爷的这句话也不全是真的，都多少年了，再说，每年也不这样——父亲接了一句什么话，突然，母亲的声音便又高了八度，两个人再次吵起来。对于那年春节，我还记得，初一是我生日，母亲一大早就把我打发去了姥姥家，直到初三才把我接回，我还记得当时我哭着喊着要姥姥"救命"，姥姥也哭了，紧紧把我搂在怀里……

那个春节，家里一直被一种什么东西给笼罩着，让人感觉压抑，灰暗，空气稀少。虽然，我的爷爷，奶奶，父亲和母亲，包括四叔四婶，都尽力地端出少见的笑脸，说着吉祥或可笑的话。那种粘粘的，挥不去也理不清的东西却一直在着，在着。

让爷爷牵肠挂肚的"布包"终于在初四那天出现了转折，真是柳暗花明，真是拨云见日，真是……嫁到赵堤头、带孩子回家的杨环随口跟自己的母亲说，村里一直很穷的赵风亭家（请原谅，这是一个化名，我大概忘记了那个人的真实名字，虽然我可打电话问我的父亲，但最终我决定不打这个电话，以后就是知道了那个人的名字也不会将它如实写出来）前些日子葬了母亲，也不知哪来的钱，竟然给老太太做了松木的棺材，据说老太太临死之前馋饺子，他们竟然一连三天让老太太顿顿吃饺子……说者无心，但杨环的母亲却把它记在心里，她叫自己的儿子把我爷爷叫了过去。"我也不知道和你的那事有没有关系，不过，孩子说到了，我告诉你，让你留一下心也不是坏事。"

爷爷问到了自行车。杨环坚定地说，没有，他们家没有自行车，绝对没有。他们家买不起，叔你大约没去过他家，穷得叮当响，去年过年还到我们家借面呢。他们就是拆东墙补西墙地过。

杨环的坚定多少扑灭了爷爷的火焰，仿佛是一盆冷水。

"不是就算了。唉，我还以为能帮到你呢。"同样感到失望的还有杨环的母亲，她也感到了那盆冷水的凉。"以后有什么消息我也给你留着心，大哥，这事可把你这个好人害苦了。"

他们家没有自行车，从来就没有过，那他就不会是我爷爷要找的人，这条线索等于又断了。不过，他多少有些不甘心，多少有些自欺欺人，多少有些心存幻想，于是，在初六那天，他还是去了赵堤头。

我爷爷也觉得自己是在自欺欺人，他对自己的这次查访并不抱太大的希望，不然，他肯定初四就去了，或者初五就去了，他肯定希望自己能早一天放下压在心里并且还在增长的那块石头。然而真的是柳暗花明，他竟然真的找到了他要找的那个人，为找他，爷爷朝思暮想，踏破了铁鞋——

问到赵风亭家在何处，爷爷并没急于过去，当时，他并没把这个赵风亭当成是自己要找的人，并没把杨环所提供的线索看成是有用的线索，他来，一是出于自欺欺人的幻想，二是出于给自己一些交代，让自己显得有些努力。爷爷把自己说成是赵风亭的一个远房亲戚，多年没有过联系，这次来走亲也想到他家看看。那些晒太阳的老人倒是满腔的热情，很快，爷爷就打听到有关赵风亭的一些情况，关于贫穷，关于他少年丧父，关于他母亲这几年的病……去赵风亭家看看，查证，爷爷并不急于，他其实早就把赵风亭排除在嫌疑之外了，没有自行车就是最有说服力的证明。所以他一直和那些老人们聊到时近中午。在一个老人的指点下，爷爷很快就找到了赵风亭的家，那个低矮的小房很好认。

爷爷敲了敲篱笆门，似乎一个男人探了下头马上又缩了回去，然后一个女人走了出来。"谁啊？你找谁？"她的表情很不自然，但爷爷并没在意。他甚至，把刚才有个男人探头也当成是幻想或者错觉。"我找赵风亭。是住这里吧。"

女人的慌乱更加慌乱，显然，她并不善于掩饰：赵，赵……他不在家。

爷爷还没在意。"邻人盗斧"的故事中那个丢失斧头的人总感觉自己的邻居一举一动都像个贼，而在我爷爷这里，他因为已经预先排除了赵风亭的可能，所以对任何的异常也都不放在心上。我爷爷向女人说明了来意，他讲到那个集市，那个早晨，那个布包——"我们家可没见什么布包！我们没拿过人家东西!"爷爷对她的打断感到好笑,是啊,我没说你们拿了,我只是……要是你有什么发现,听没听说过谁家拾到了一个布包,里面全部是钱,听没听说谁家有一辆旧自行车,当然是"大铁驴",听没听说谁家突然有钱了,听没听说……"没有没有!我什么也不知道!"他的话再次遭到打断,女人表现逐客的意思,爷爷只好收住他的话头。"你家男人什么时候回来?也许,他能知道得多一些……"

"他走亲去了。挺远,在山东呢。可能四五天回不来。"

爷爷告辞。就在他转身的时候,一个孩子从他身边挤过去,窜到女人的身边。"娘,这是谁?是咱家亲戚么?"爷爷看了孩子一眼。只一眼,就足够了。

女人坚持自己的男人不在家,不在,出门了,走亲去了。爷爷也没多说,转身,离开,但出了村子不久他便又返回了赵堤头,躲在一个暗处。那个男人,终于在下午三点多钟的时候出现了,他想去茅房。爷爷从暗处现身,朝着他冲过去……

"没错,就是他!"

爷爷说,尽管他现在嘴硬,不肯承认。"我终会叫他承认的,我会让他把钱还上。不过,唉。一条人命已经没了。"母亲接过话题,既然已经找到了骗子,知道他姓自名谁家住哪里,爹,你也就该放松了,把包袱卸下,后面的事让公安来办吧。四叔四婶和我奶奶都是这样的看法,爷爷也没有坚持。好吧。他长长地出了口气,这口气,使那天的夜晚似乎有了特别的光，有了特别的温暖和舒心。这口气，大概也是我们一家人一起出的，包括已经七岁的我。

然而。然而那个人还是被放了回来，他拒不承认自己见过什么灰绿色布包，拒不承认自己曾在那天到过辛集，而且在此之前也没见过我爷爷，何况自己也没有什么自行车。"就是他，没问题！"我母亲把所长叫到一边，"你们就这样放人？他说没有就没有？"所长对我母亲说，我明白你的意思，我明白。可他就不承认，他是个硬骨头。我也拿他没办法。手段都用过了。

"这，怎么向老头交代？"

……巩家村的人又来了，这次，包括死去老人的儿子。我的爷爷，陷入了包围。他缺少七八张嘴，就是有，他也没有办法很好地使用它们……我爷爷竟然出现了短暂的昏厥，在巩家村的人走后，他病了，发起高烧，他的大脑里有一团四处冲撞的火焰，这股火焰窜到他的肺里，心里，胃里……"你说你做的哪门子好事哟！都说好人有好报，可你现在看看你的报应！"奶奶一边给爷爷擦汗一边埋怨，"以后不许再这么傻啦！咱什么好事也不做，谁爱做谁做去！你也该长长记性，这辈子，吃的亏还少么！"蹲在灶边烧火的四叔也跟着浇油，"你觉得是做好事，人家可不这么看，你没听见么，人家以为你……你要是把钱拿回来，买点什么大人孩子不高兴，不说你好！"

"滚，都给我滚出去！"爷爷抄起一个药瓶，向四叔砸过去。"看看，还不让说了！"四叔一边嚷着一边跳起来，"自己错了还不承认,还说不得……"奶奶探出头,冲着四叔喊,少说两句当你是哑巴啊!添什么乱!(事后,四婶找了奶奶,也找了我父亲母亲,看,给老四头上打的包!有脾气干嘛冲我们撒啊!我早看出来了,我们没人家有能耐,不挣工资,在他眼里就什么都不是!)

三天之后,爷爷的病情略有好转,他就又出门了,目的地当然只有一个,就是赵堤头,赵风亭家。我父亲想陪他去却被骂了回来,他有那么大的火气。

一天。

两天。

三天。

可以想见爷爷的坚持,他配得上"锲而不舍"这个词。同时坚持的还有巩家村的那些人,他们隔三差五地来一次,这实在让我们心烦。

正月过了。二月二,龙抬头。那年,春天似乎来得早些,虽然寒冷还会继续很长的时间才能散尽,但,河里的冰已经慢慢化了。河上,时不时会有一声浑浊而悠长的声响,它源自冰的内部,不断扩散着。

二月二,是一个节日,在当时的农村一个很重要的节日。那天,我爷爷没守在家里,他又去了赵堤头村。赵风亭的女人把我爷爷堵在外面,"我说了他不在!他没拿你的钱,你别烦我们啦!"她拿着一个筐子走出院子,一出来就锁上了篱笆门。这个动作让我爷爷感觉可笑,篱笆门的锁应当是刚安的,是安给他看的，是用来挡他的，不过，如果他想进去其实也简单，低矮的院墙根本挡不住人。"人做事得讲良心。他不亏得慌么？他睡得好觉么？明明就是他。你们还是把钱拿出来吧。不是你的就不能成为你的……"

女人跟我爷爷在门外打转儿。爷爷也跟着，反复着。最终她烦了，竟朝河边走去。爷爷想了想，看了看门里，也跟着女人走向了河边。

我说过冰已经化了，河边一片泥泞，冰的断裂声此起彼伏，走在前面的女人鞋上已满是污泥。"你别再跟我们过不去了好不好，又不是你的钱！"女人哭了，她把手里的筐子甩向河中——"你要再追，我就跳河！我就死给你看！"

爷爷继续。向前一步，两步。

女人真的跑向河的中央。冰断裂的声响更加巨大。她哭得，那么难看。突然，她在一个断裂的冰面停下来，一跳，两跳……冰断开了，她落进深深的水中。

爷爷那天是被抬回来的，他一身污泥，湿淋淋地，而且丢掉了两颗牙齿——他身上的污泥和水是因为去救那个女人弄的，而牙齿的丢掉则因为那个赵风亭，他从躲藏的家里跳出来，用一把铁锨狠狠砍向我爷爷的头——"他还打人！不能就这么算了！打死他！一定让他血债血还！"母亲和奶奶用力拉着暴跳的父亲，而四叔，则在一旁冷笑。他坐了一会儿就回家了，临走，他对我奶奶说，柳叶发芽了。是的，他说的，就是这么一句莫名其妙的话。

第二天四婶哭着来找我的母亲,"不好了,他四叔……出事了。"

四叔一大早就来到了赵堤头,径直走向赵风亭家,也不知道他是如何知道那就是赵风亭家的,也不知道,他是如何"认识"赵风亭的,这一直是个谜。那天,四叔的手上拿着一把铁锨,形状、大小与赵风亭击打我爷爷的那把大致相同。四叔跳过赵风亭家院墙,冲着屋里喊,"赵风亭,你给我出来,有种你就出来!"

喊了几声,赵风亭真的出来了,他似乎对此有所预见。不过,他的手上没拿任何的东西,而我四叔的铁锨分明地放在胸前。四叔一见,二话没说,挥动铁锨朝赵风亭的腿上砍去……赵风亭竟然没躲。

四婶来找我母亲的时候四叔应当还在赶往公社派出所的路上,他的肩上扛着已成为"凶器"的铁锨。他是通过路过的金钟叔向家人传递消息的,四叔说得轻描淡写,不慌不忙。在他背后,赵堤头的许多人都远远地跟着,一直把他送到派出所,直到他被关押起来才慢慢散去。多年之后,四叔的行为被描写成一个英雄,对此,四叔听完,吐掉口中嚼着的草叶,"扯淡。"之前,我的父亲母亲,在言语间,在行动间,似乎对我的这个四叔都有些不屑,但从那之后,大大改变。

晚上,一家人坐在一起,独独缺少我的四叔。缺少四叔似乎缺少了许多,他空出的位置只得被昏暗和沉默填满。母亲打听到的消息是，赵风亭的腿断了，住在公社的医院里，本来医院已经叫了县医院的救护车，但赵风亭坚持不转。

"这可怎么办？你们说，他这是想什么？老四……要坐多少年啊？"

那个晚上大家坐到很晚，很晚，整个晚上似乎只有四婶的声音，她说得也极少，更多的是沉默，一家人围在巨大而狰狞的沉默之间，仿佛是涡流中的草叶。我也跟着，简直是种煎熬，脑袋里被一些混乱的粘液填得满满却不敢睡去。一闭眼，我就看见血，看见飘忽的魔鬼和巨大的牙齿。

我们离开奶奶家，路上，母亲说，她打听过了，像四叔这样的情况，得判三至五年。所长说让在受害人的身上想想办法，他要是不咬得紧，或者可以轻判。"我们得把老四救出来，不管多大的代价。"——怎么救？他犯的是法。他们在深一脚浅一脚地走路，我能听出母亲的不屑。代价，什么代价？这个代价谁出？他们惹事让咱去擦？老四家会说你好？要在平时，父亲肯定反驳，他们肯定争吵，但那日，父亲只是重重喘气，不发一言。

赵风亭躺在医院里。他的腿断了，如果他接受公社医院的建议去县里，情况可能好一些，可是他没去。他的腿可能会留下残疾，我们医院没有做手术的条件——医生的话让准备前去探望的四婶一下瘫倒在地上，母亲和奶奶也未能拉得住她。"他是想要老四的命啊。他是想不让我们好过啊。"

我和父亲再去医院的时候，赵风亭正在用一个粗瓷的碗在喝水。他的女人一直把后背留给我们，仿佛我们是空气，并不存在。父亲那天显得木讷，笨拙，他费了很多的力气才说明来意，其实这个来意我母亲和四婶已表达过两次了。冤家宜解不宜结。老四是个混蛋，不是东西，你别和他生气。他是应当受到惩罚。现在惩罚也惩罚过了。你好好治病，好好养，医药费我们全包了。至于，至于那个布包……也许是个误会。就当没那回事，不，我父亲看错了，冤枉你了，我们给你恢复名誉……

赵风亭毫无表情。他只是一口一口地喝着水，他咽水的声音很响。这让我父亲更加木讷，笨拙，他的汗水都下来了。这时，赵风亭的那个儿子出现了，他推了我父亲一把，滚，滚。我都听得见他咬牙的用力。父亲摇晃着站起来，他一脸尴尬，挂着僵硬的笑容：这孩子，这孩子……上几年级了？到中学，到我班上……那个孩子就像发怒的刺猬：狗才上你的班！滚，快滚！

……一轮轮的外交都宣告失败，我们绝望了，尤其是我的四婶，奶奶。其实日子最不好过的是我的爷爷，他遭受着大家的指责，之前还从来没有谁敢这样对他……母亲有更多的抱怨，我们为"营救"四叔花了不少的钱，一提起来她就感觉牙痛："他是什么东西！算什么东西！四包点心，六斤油条，还有大枣，红糖……喂狗狗还叫两声呢！""你说老四家，这么大的事，又是老四惹的，一到花钱的时候她就退，一到花钱她就退，我们的钱就是大风刮来的？不花白不花？净装糊涂！真不知道她的心是什么东西做的！我要是狠得下心来，也不花，看她怎么办！"

就在我们以为必须接受最坏的结果，所有努力都付之流水的时候，事情有了突然的转向，四叔被放了出来。之所以出现这样的结果，是因为，赵风亭找到派出所，撤回了对我四叔的全部诉讼，他说，他的腿和四叔没有任何关系，是他在干活的时候不小心弄断的。是被一头激怒的牲口给弄断的（为此，剃了光头的四叔很是不平：凭什么说我是牲口！给我安个别的名义还能接受）。警察问过多次，可赵风亭就是如此坚持，并在口供上签了字，当然，派出所他们也乐得是这个结果，这些日子我的父母可没少往他们那里跑。"他们没打你么？没不管你饭么？没……"四婶那时，完全是一个小女人。

还没有结束：布包也被送了回来，是赵风亭的女人送回来的。钱花了一些，但布包没丢，包括里面的纸：女人说，他们得到这个布包，本来一直准备等有了钱再还回去的，不丢布包就是证明。"花的钱，都用在了他奶奶的身上，老人一辈子不容易"……女人又哭了，后来母亲说，她长了一副哭模样，这样的人命都不好。女人还纠正了我爷爷的用词，她说，我们家风亭不是骗子，没想骗你，是你自己非要把包塞给他，后来，后来他就动心了，因为他想到自己的娘。她说，那天，他借了孩子三舅的自行车来辛集赶集，本来是想买些红薯，还准备了一个口袋，可骑到果园的时候突然发现那个口袋不在车上，忘家里了,而当时他也有些内急,想去一个僻静的地方撒尿,结果被我爷爷当成了丢东西的人。

"我们人穷可志不短,我们做事从来没做过亏心事,要不是孩子他奶奶……临走就想吃顿饺子,她一辈子也没为自己张过嘴……"我奶奶,母亲和四婶,都跟着这个女人哭了起来。

"钱就剩这些了,我们也还不上……"三个女人一起制止,不用还不用还,我们还——我母亲想到赵风亭的医药费,"大哥的腿,你们尽管花钱治,可别心疼钱落个残!花多少钱,我,我们听着!"一听这话,那个女人又哭了,她哭得更为难看。过了很久,她才说,不了,不用。风亭说,那是他应得的报应,怨不得谁。

临走,女人向我们提出一个要求:我们孩子还不知道这件事,我们一直没和他说,我们不想让孩子……她说,这个布包里的钱,一分一厘也没用在孩子身上,一分一厘也没用在别人身上。

放心,放心。一向坚硬的母亲,已经哭成了泪人。

事情到此,已经到达它的尾声。爷爷的这一"债务"最终得到了偿还,巩家村的人不会再来纠缠,而赵风亭一家也没再和我们有任何联系。仿佛事情已经得到了解决,曾经笼罩过我们家的乌云或者其他的什么也已散去,日常恢复到旧日当中,我的父亲母亲依然继续他们的争吵,母亲和四婶、奶奶的明争暗斗也在延续,她们绵里藏针,指桑骂槐,斤斤计较,有些时候则又同仇敌忾；四叔学会了打麻将，他在麻将桌上消耗着自己的日日夜夜，堵塞起自己的耳朵，对四婶的抱怨、爷爷的指责和训斥置若罔闻，不久，我的父亲也加入到麻友的行列……母亲得到消息，赵凤亭的腿到底还是残了，做不得重活儿，一到下雨，阴天就痛得厉害——她只在饭桌上说过一次，她是对我四叔说的，没想到，正进门的爷爷将她的话装进了自己的耳朵。

（据金峰叔说，我爷爷曾悄悄去过赵堤头村几次，他曾偷偷塞给杨环钱物，让她想办法转交给赵凤亭的女人……"他的钱哪来的？还不是我们的？我知道你爹，肯定偷给他不少钱……他要是真有钱，多给孙子点儿，孙子们也愿意上他那里去……"母亲的话当然招来父亲的不满，他也不是一个好脾气。）

事情到此，已经到达它的尾声。只是，一次，在果园里金成大伯遇到我爷爷，两人闲聊，我爷爷抓着大伯的手，"我的身上，还欠着人命呢。"他说得凝重，郑重，仿佛里面依旧有一块放不下的石头。

一只叫芭比的狗

我们家终于有了一只狗。一只毛色棕黄的小母狗,它的样子很漂亮。至少我们全家这样认为。我哥哥给它起了一个名字,芭比。芭比芭比。

我父亲觉得这个名字不好,太怪了,他对这个名字表现了不屑。他说叫它大黄或者小黄或者黄黄吧。但芭比最终还是成了那里狗的名字,我哥哥在这件事上出人意料地坚持。芭比芭比。

它一听见我们叫芭比,就马上兴奋起来,像一条影子一样跟过来,使劲地摇着尾巴。

我们喂它浸了肉汤的馒头,小片的火腿,米粥。我母亲还每过一段时间就给它洗一洗澡。芭比爱喝一种有甜味的奶,它喝的样子有些滑稽,但很陶醉。

我们的芭比。我们都这样叫它,这种叫法在我父亲看来也有些媚外的性质。后来我父亲也这样叫它了,虽然他一直不喜欢这只狗的洋名字。有时他还偷偷地叫它大黄,小黄,黄黄,可我们的芭比并不认识这个名字。它看看我的父亲,然后又趴下去，弄得我父亲很落寞。

芭比成了我们家的一员，是我母亲的女儿，我和哥哥的妹妹。

第二年三月，芭比在春暖花开中恋爱了，它的恋爱比我和哥哥的恋爱来得早了许多年。

早晨，我们一打开院门，许多只狗或坐或卧，它们在门外蹲着，于是我们出门不得不绕过狗腿的丛林。有一些不安分的狗竟然还冲着我们低低地吼叫。

更让人讨厌的是晚上。狗的叫声此起彼伏，常常弄出很大的响动，而芭比也表现得狂热而急切。我们的睡眠时常会被突然地打断，有时真恨自己生了耳朵，它还这样灵敏。

我哥哥时常在饭桌上抱怨，他对我们这个妹妹的态度也很不好。

那年我哥哥正准备高考。他的成绩一直都不算理想。

终于有一天傍晚，我哥哥忍不住了。他将一只带有黑色斑点的白狗放进了院子，然后闩上了门。那应当是一只凶恶的狗，然而进入院子之后它就成了温顺的猫，它在芭比的身边嗅着。我母亲没能制止住我哥哥，或者她根本没有想要阻止，一天到晚的狗叫让她也烦透了。她眼看着我哥哥拿起了门边粗大的木棍。她眼看着那只带有黑色斑点的白狗从芭比的身边倒了下去，从嘴角慢慢地渗出血来。她眼看着，那只狗的腿在不自觉地抽动，后来就不动了。她骂了我哥哥两句，然后叫我哥哥将这只狗拖到南房的檐下。她烧水去了。

她走出来，面带一种严肃的表情。她将一把刀递到了我哥哥的手上。

我看着他们。我是从窗口看她们的，他们说了些什么我并不清楚。

第二天早上，我们的饭桌上就出现了大盆的肉。我们谁也不说话，大口地吃着。对此事一无所知的父亲竟然没有问这肉的来历。

他不问，我也不好说什么了。

我给芭比端去了一碗肉。这相当奢侈。可芭比只看了两眼，闻了闻，就在一边趴了下去。它闭着眼，像睡熟了一样，像这碗肉并不存在一样。

又有了第二只狗。第三只狗。我哥哥甚至喜欢那些狗们在门外的出现了。如果不是我母亲阻止，他也许会在某一天将那些狗一只一只放进来，然后一只一只打死。那些处在爱情煎熬中的狗们好像也知道了什么，我哥哥一打开门，它们就飞快地跑开，站在远处朝他狂吠。

一个小男孩在我家门外。他怯怯地问我母亲，他家的豆丁呢。我母亲费了好大劲才知道豆丁是一只狗的名字。我母亲努力的摇头。

又有了第四只狗。我哥哥的解剖技术也越来越熟练了，在第四只狗的时候，他竟然剥出了一张完整的狗皮。他钉了一个士字形的木架，将狗皮支了起来，放在窗台的下面晾晒。

风吹过狗皮的时候它发出呜呜的响声。有一天我父亲突然问，哪里来的狗皮，他问过之后就去忙别的事了。他再也没有问这个问题。

我还给芭比送狗肉。它勉强地吃几口，好像饭量很小，又心事重重。

我们担心的事还是来了。一个秃顶的矮个男人找到了我们家。他说他家的狗不见了，前些日子它一出门就往我们家的方向跑，拦也拦不住。他说他儿子看见狗进了我们家。但没有看见出来。

我哥哥说我们家只有芭比，从来没有过其他的狗来过。他没看见那个男人家的那只狗。我母亲和我都说，没有，没有看见。可能是我哥哥说了一句什么话，那个男人和他吵了起来，后来，那个男人竟然哭了。

他说，他儿子这些天不吃不喝，天天哭着要他的豆丁。他这个当父亲的心疼啊。他说，他竟然说，你们太没人性了。

我母亲也跟着他哭了。我母亲说，我们的确没有看见啊，我们不能给你变出一只狗来啊。我母亲一边哭着一边朝我使眼色。后来我明白了，她是叫我将那张在窗台下晾着的狗皮藏起来。

那个男人和我哥哥的争吵越来越激烈。

芭比冲着那个男人吼叫着，它的眼睛里带着血丝。它显得凶狠。平时它可不是这个样子。

我父亲也回来了，现在，我们是三个男人一个女人。那个矮个男人终于退下来了，他恶狠狠地抛下一句，你们等着，我们没完！他推起自行车走了。我哥哥还有些不依不饶，他被我父亲拉了回来，都给我进屋去！

芭比突然冲着那个男人的背影狂叫起来，发疯了一样。

它追赶着那个男人。它让那人显得极为慌乱。我们叫不住它。它不像平常的芭比。我和哥哥只好去追赶它，芭比芭比。

晚饭吃得没滋没味。剩下的半碗肉被我母亲倒掉了，她将那些肉深深地埋了起来。

吃过晚饭我父亲就出去了。我听见我哥哥和母亲在说狗皮的事儿。我哥哥坚持那个男人没有看见，但我母亲说他肯定看见了，他朝那里看了好几眼。于是我哥哥说，那怕什么，反正这不是他家那只狗的皮。这不是证据。

我母亲一副忧心如焚的样子，你说他会怎么报复呢。

她叫我哥哥将狗皮弄走或者远远地丢了，她一看见这张狗皮心里就不好受。

她说，他会怎么报复呢？

她说，你这个孩子。也真是。

大约是三天过去了，我们没有等来报复。至少表面上如此。我哥哥说他这样的人就是吹牛，让他来试试。芭比在桌子下面叫了起来，我哥哥踩着它的脚了。

一个男孩在门外哭着。我母亲问他，他说我要豆丁。我母亲劝他说豆丁不在我们家，它没有来过。可他还是固执地，我要豆丁，我要豆丁。我母亲说等我们家芭比有了孩子，再送你一只好不好？他哭得更厉害了：我要豆丁，我要豆丁。于是我哥哥冲了过来：哭什么哭！这里没有你的豆丁！

孩子不哭了。他睁大了眼睛看着我哥哥。他不哭了，可眼泪却没有止住。

三月还没有过去，芭比的恋爱还没有结束。它显得更焦躁，更热烈，它的爪子将我们家的大门抓出了许多深深的痕迹。我哥哥这样对它并没有造成它和我们的疏远，我们叫它芭比，它就像影子一样贴过来，摇起尾巴。

一只硕大的黑狗又进来了。它的鼻子凑近了芭比的尾巴。我哥哥悄悄地走了过去。我母亲在窗口冲着他喊，他看了我母亲一眼，笑了笑。

第一下并没有将那只黑狗打死。那只黑狗既没有扑过来也没有逃窜，它好像很不解地看了我哥哥一眼，然后抬起前腿，搭在芭比的身上。我哥哥愣了一秒钟，然后更猛烈地挥动了他手里的木棍。

芭比凄凄惨惨地叫着，窜出了院子。院子里剩下我哥哥和那只被打碎了眼睛的黑狗。夕阳照得院子里一片暗红。

我母亲一边烧水，一边说，我怎么养了你这么个儿子。我母亲一边烧水，一边说，你要害死我啊，你要吓死我啊。我父亲冲着她喊，够了，清静一下好不好，他马上就要考试了！我父亲对我哥哥说，以后你再给我打狗我就剥你的皮！把这只狗埋了，不许吃！

从那天开始我们的芭比就失踪了。墙角那只碗里的馒头长出了长长的绿色的霉斑，一群群的苍蝇起起落落。

我母亲的女儿,我和哥哥的妹妹,可爱的芭比失踪了。我们的日子一下子空落了许多。我母亲对我说,不许提芭比,不许指责我哥哥,他快考试了,不能影响他的情绪。

我们都不提芭比。仿佛它从来都不存在过似的。

可一听见狗叫。每天早晨我们都装着若无其事的样子去开门,装着若无其事的样子在它常常经过的路上转上一圈儿。我们都不提芭比,仿佛它不存在似的,仿佛从来都不存在过芭比似的。芭比,芭比。

我哥哥忍不住了。他说肯定是那个男人,肯定是他。我母亲说好好学你的习!于是,我哥哥专下心来,气鼓鼓地对付着碗里的饭。

他倒掉了发霉的馒头,又重新放了一块浸了肉汤的馒头在碗里。他还将一个小瓷碗洗得干干净净,盛满了清水。我们都看见了。

可是,我,我母亲,我父亲,都有一副什么也没看见的样子。

我哥哥认定,是那个男人藏起了芭比,或者是杀死了它。他竟然打听到了那个男人的住处。

他天天回来得很晚。我母亲没完没了的斥责对他毫无用处。有一天晚上,他悄悄地对我说,他认定芭比已经死了。他盯着头顶上的灯光,我今天打碎了他家全部的玻璃。他盯着头顶上的灯光,我真想一把火烧死他们。

日子开始风平浪静。

日子开始风平浪静，我们认定芭比已经死了，它不再是我们家庭的成员，我们渐渐将它忘却。只是有时候，我母亲将一块骨头或者什么掉在地上，她叫芭比。随后是一股苍凉。有些巨大的苍凉。

可是，它突然又回来了。

回来的芭比：它的毛很乱，已经是一条肮脏的灰狗了。散发着臭味的灰狗。它的一条腿断了，它尾巴上的头也没有了，并且，更惨的是，它的两只眼睛已经瞎了。它大约是依靠嗅觉和记忆回来的。

这只丑陋的狗。它有我们想象不出的丑陋。

我们怀着惊讶和更为复杂的心情看着它。看着它拖着那条僵硬的腿进了院子，在它以前吃饭的那只碗的前面趴下来，舔着自己的毛。那时，我们虽然觉得它可能是芭比，但不能确定。于是我母亲生涩地叫了一声：芭比——

它摇着那条光秃秃的尾巴，使劲地摇着。它似乎想再成为一条影子，可现在它笨拙多了，它碰倒了面前的碗。

我母亲向后躲了躲。我哥哥踢了它一脚，它叫着停了下来，尾巴也垂了下去。是的，它是芭比。

可它不再是原来的芭比了。我哥哥脸色铁青，他发誓一定狠狠地报复那个恶毒的男人，他的话竟让我父亲暴跳如雷：滚，滚一边去！

它不再是原来的芭比了。它不再是我母亲的女儿，我和哥哥的妹妹。它是一只肮脏、丑陋、残废的狗。它是粘在衣服上的鼻涕，是一块发霉的馒头，是，一只恶心的苍蝇。

一天，一位我哥哥的女同学来找他，她被芭比吓得尖叫起来，我哥哥没有再追上她，返回到院子的哥哥脸色异常难看。他在院子里站了一会儿，突然抄起了一把扫帚。芭比一阵一阵凄凄惨惨的哀鸣。

尽管它已不再是那个芭比了，但它肯定想让我们叫它芭比。一听见我们的脚步，它的头就抬起来，耳朵就支起来，光秃秃的尾巴也使劲摇晃。可我们没人叫它。我们忘记了芭比这个名字。它的尾巴晃着晃着，慢慢地慢下来。其实，聪明的芭比是知趣的，只是它希望有人再叫它，仅此而已。

我们想把它丢了。我哥哥将它丢了两次，但它还是找了回来。我们也想过杀了它，我哥哥几次举起木棒，然而他下不了手。我们就更不行了。

它遭受着冷落。它一天天肮脏下去，身边围满了苍蝇，可谁也没有想给它洗澡。肮脏也许会带给它病菌，病菌在它体内飞快繁殖然后像炸弹一样爆炸——

然而它没有生病的迹象。假如已有的伤残不算的话。饥饿、干渴、干馒头、有味的汤和我们的斥责、脚踢都没有使它的身体变得更糟。它不再爱喝那种有甜味的奶了，我想。我再没有喂过它那种奶。

那段时间，我们全家人的脾气都在变大，一粒芝麻也会当成西瓜，西瓜之后再变成另外的东西。那段时间，我家的每一间房子，院子的每个角落都充满了火药的气味，它让人窒息。

芭比也闻到了那种气味。就算它的鼻子不灵敏。我们的进进出出它不再抬头，不再让自己变成谁的影子。但尾巴还是会摇。光秃秃的尾巴。它竟然不再长毛了。

它那么一副样子。

在门边，它那么一副样子。它越来越瘦，却没有生病的迹象。

一天晚上，我哥哥领着芭比来到了马路上。他叫芭比，来。那只瞎掉的母狗显得无比兴奋，它努力地摇着尾巴，拖着它的残腿。我哥哥领着它来到了路中间，用脚蹭了一下它头上的毛，芭比。趴下，不要动。

芭比用它空洞的眼睛看了我哥哥一眼。它真的趴下了，在路中间。它的尾巴不再摇了。那天晚上有着细细的月光，芭比趴在那里，像一只早就死去的狗。

有车过来了。芭比应当可以听见，它的眼睛瞎了，可耳朵没有问题。但它还是那么僵硬地趴着，一动不动。那天晚上的月光在它身上闪了一下。

车开过来了。车开得不算太快。

……那天我做了一个梦。我梦见，我哥哥领着芭比来到了路上。他叫芭比，来。那只瞎了眼的狗真的跟他去了，好像它也在等这一天。

我醒来时已经是第二天凌晨，阳光一片一片地贴在窗棂上。我的身上满是汗水，我的手脚却有些冰凉。我跟我哥哥说，我做梦了，他哼了一声翻了个身又沉沉睡去。

拉开一半窗帘,我看见阳光灿烂的院子。那只叫芭比的狗还在那里瘫着,它肮脏,丑陋,百无聊赖。它紧闭着已经失去的双眼。

旧时代（三篇）

消失无用

很晚的时候我父亲才从会上回来，那时，屋子外面已经完全黑了，零零散散的星星根本起不到什么作用。父亲一回来，我母亲就急不可待地凑过去：怎么样，是什么会啊？

我父亲并没有马上回答。他点上了一支烟。我，我的哥哥，和我五岁的弟弟也都凑了过来，我们想从他的表情中发现点什么，可是，屋子里的灯光也很暗，父亲的表情藏在黑暗的里面，什么也发现不了。

是什么会啊？我母亲又问。

等我父亲把烟吸完，他说，镇上来文件了，说要消灭无用。现在无用的东西太多了，消耗太大。我父亲说，镇上已经下决心了，凡是无用的一律消灭，一个不留。

第二天早上一醒来，我床边的一个生锈的锁就被我父亲放进了一个塑料袋的里面，那个袋子里面已经装了许多这样的东西了，看得出，我父亲和我母亲已经为消灭无用想了一夜，要不然，他们不可能会有这样迅速的行动。

我弟弟屋里的一些小石块也被装进了塑料袋，同时被装进袋子里的还有一个破皮球和三个乒乓球。我们村乃至我们镇上都没有乒乓球台，所以乒乓球也是无用的，虽然我弟弟并不那样认为。不过，他很快就高兴了起来，几乎只用了一秒钟的时间他就高兴了起来，他把这种高兴的情绪带到了我们家消灭无用的运动中，他把许多的东西塞进了那个塑料袋里面，并在我父亲去拿第二个塑料袋的时候，率先消灭了一个旧花瓶。旧花瓶摔在了地上，那些瓷片晶亮地晃动着，然后就死心塌地地被消灭了。我弟弟消灭那只花瓶可能出于无意，不过，他很快找到了理由：我们家又没有花。我父亲看了他两眼，什么也没说。

我和我哥哥也行动了起来，我们仔细地找寻着屋子里的每个角落，把确认无用的东西集中到一起。相对而言，我弟弟比我们的热情更大一些，他越来越热衷于往我父亲的塑料袋里塞东西，跑得满身汗水。他把我哥哥房间里的闹钟塞了进去。我哥哥将闹钟拿出来：你胡闹什么！这个怎么没用呢！我弟弟当然有他的理由：我父亲的房子里有一块同样的表，要看时间，有一个就够了，两个钟表，时间不还是一样的吗？

后来，凡是我弟弟拿来准备消灭的无用的东西，我们只好重新从塑料袋里翻出来看一看，免得造成不必要的损失。

就在我们忙着消灭无用的时候，村长带着两个人来到我们的院子里。他看了看我们消灭无用的成果，然后一边和我们谈消灭无用的意义，一边指挥那两个人在墙上刷上标语：一定要消灭无用！消灭无用光荣，保留无用可耻！

我母亲的几件旧衣服被当作无用的东西放进了准备消灭的袋子里。我父亲的理由是，我们家没有女孩子，而这些衣服她又不能再穿了。——我可以将它改成拖布啊，可以做鞋垫啊，我母亲说，她只是说说而已，并没有坚持。只是在对待我哥哥的一个日记本上出现了一些分歧，我哥哥坚持它是有用的，它是资料，资料是不能丢的。我看过我哥哥那个日记本上的内容，那里记的不是什么资料，而是一些乱七八糟的诗。我父亲和我母亲也早就看过了。我父亲说，什么狗屁资料，不就是诗么，写得还不通顺。你说它有用，它能当饭吃么？能当衣服穿么？能盖房子么？能变成钱么？要是不能，就别说什么有用！

它当然不能。无用的日记本被我心满意足的父亲收走了，放进了塑料袋里，我家里的塑料袋已经不够用了，我母亲又找来了一个纸箱和一条麻袋。我哥哥阴沉着脸走回了屋里去，门在他背后摔得很响，显然，他对我父亲不满，对将他的笔记本当成是无用的东西不满。——随他去吧，我父亲摆了摆手。我们还从我哥哥的那屋找出了一件很奇怪的东西，它的上面有一些齿轮，我们不知道它有什么用处。我父亲说，它是我爷爷的，不知道怎么没有丢掉。反正这么多年了也没看有什么用处，干脆，把它也消灭了吧。

我们借来了一辆小推车，将所有无用的东西推出了院子。在消灭地点，我父亲叫我将那些塑料袋和麻袋捡回来，后来想想还是算了，既然它们装的都是无用的东西就一起丢掉吧。

丢掉了那么多无用的东西，我们家显得宽敞多了，空旷多了。我父亲又来来回回地转了几遍，我弟弟像尾巴一样跟着他，不停地摇动着。看得出我父亲对这个结果还算满意，他找不出无用的东西了。于是，他点上一支烟，坐在门边慢慢地吸着，从他的方向看去，正好可以看见那条标语：消灭无用光荣，保留无用可耻。

村上的消灭工作组检查过了。他们没说什么。我父亲追在工作组的屁股后面，请留下宝贵意见，请留下意见吧。他们好像没有听见，只是最后一个走出门去的人嗯了一声。——嗯是什么意思？我父亲一副百思不得其解的样子，他问我母亲，问我哥哥和我。我们不知道。我们自然不知道。

在村上的消灭工作组来过之后，我四叔来了。他说我们家的猫太老了，又不拿老鼠，应当消灭。后来他又指出，我们家的自行车也是无用的，因为我母亲不会骑，而我父亲和我们都用不着。——看在我们是兄弟的份儿上，我就帮帮你们，给你们消灭了吧。就这样，我四叔骑走了自行车。

——他就是冲着自行车来的！我母亲的牙痛病又犯了，可她依然不依不饶：他早就想好了，我们怎么没用？我们没用他就有用了？

这有什么办法呢？我父亲说。我父亲还说，我四叔现在是村消灭工作组的协勤人员。我母亲不再说什么了，她的牙痛得厉害。

下午我父亲开了一次会,晚上又去了。

会的内容还是消灭无用的事。晚上回来,我父亲手里多了一沓纸和一张奖状。他将一面墙细心地扫了一遍,准备把奖状钉在墙上,可是我们只找来了锤子却没找来钉子。原来我们家是有钉子的,可那些钉子生锈了,并且放了很长时间也没什么用处,所以我们就将它们当成无用给消灭了。——那就想想别的办法,或者,你们再找找,有没有丢下的没有被消灭的钉子。我父亲坚持。他坚持,当天晚上一定要把奖状放到墙上去。

我父亲拿来的那沓纸上有字。上面写着需要消灭的无用的东西,很详细,大约有四百多项,六百七十多种。我父亲说这是镇上发的,要求每家每户都仔细对照,上面列出的无用要坚决消灭,一点儿都不能留下。

我哥哥那么随便地翻看,他突然叫住我父亲,你看,烟不能吸了。香烟是无用的东西。

——是,是啊。我父亲的脸色有些难看,他说我戒,我一定戒。脸色难看的父亲把手伸向了烟和火柴,他似乎是对自己说的,我再吸最后一支。

他并没有吸。虽然他已经将香烟拿在了手上。想想,他就又放下了——是该消灭。早就该消灭了。

那天晚上有很好的月光,月光清澈并且明亮。月光照在墙上的标语上,闪着蓝幽幽的光。

我家的三只老母鸡也面临着被消灭的危险,只是它们并不知道。消灭工作组的人来问过了，他们问你家的鸡还下蛋吗，我母亲毫不犹豫地回答：下。有时还下。我母亲竟然出汗了。她的脸涨红，用了些力气，仿佛她是老母鸡中的一只。

可问题是，老母鸡的有时还下不知道得等到什么时候。它们的屁股总是只拉屎不下蛋，我母亲急也没有办法。后来，不知道是听谁说的，我母亲相信，用剪刀剪掉老母鸡的一小点舌头，它们就会重新下蛋的。她不管我们的怀疑，你们看着吧。

我们没人帮她，她只好一个人干。她满院子追鸡，费了很大的劲儿才将三只鸡全部捆了起来。她一只一只地来将鸡的嘴巴撬开，然后伸入剪刀。她的脸上净是血和鸡毛，她的身上净是血和鸡毛。在她洗脸的时候才发现鸡的爪子在她脸上抓出了许多的伤痕，她脸上和身上的血有一部分是她自己的。

——真不知好歹。我母亲说鸡。

经过我母亲的剪舌运动，鸡们倒是没有什么生命的危险，可是还是一如既往地不下蛋。我母亲天天盯着它们最后她也失望了。杀了吧。杀了吧。

——我们家有鸡吃了。我们快把它们消灭吧！我五岁的弟弟，有着用不完的热情。

以前，杀鸡的任务是由我父亲来做的，我母亲怕血。可那天，我父亲好像无动于衷，一副漠然的样子，自从他戒烟之后就一直这样。我母亲催促他，他的手向兜里伸了伸，然后又空荡荡地伸出来。他那么无精打采。

看来，杀鸡的活得由我和哥哥来做了。

在杀鸡之前，我母亲嘱咐我们一定要小心，别让鸡血溅到标语上。

我弟弟不知为什么哭了，他显得伤心，止也止不住。

他哭着，旁若无人地哭着。

我哥哥有些急了，他已经忍了很长的时间了，从开始消灭的那一天起他就厌恶了我们的这个弟弟。他拿起一把扫帚来打五岁的弟弟：哭什么哭，哭有什么用。

可我弟弟哭得更厉害了。

于是，我哥哥只好继续用扫帚打下去：光知道哭，哭。干脆，把你也消灭了算了。

屁　　股

事情完全是由我父亲的粗心引起的，他必须负全部的责任。在这个问题上，我母亲，我和哥哥，我们的看法是一致的。

那天下午父亲在村上回来，拿回了一沓纸来，那是一份关于卫生清理的文件。他随手丢在了一边儿。他把我母亲，哥哥和我叫到了一起，说镇上要搞一个卫生检查，村上已经开过会了。我父亲说，我们来分一下工。

我和哥哥对他的分工表示了不满，但我母亲是和他站在一边儿的，这样的情况很少见。在我们的争吵之中，我父亲突然感到肚子痛。肚子很痛。他觉得他肚子里面有一些什么东西快速地下滑，他的屁股只是挡了一下，随后就挡不住了。我父亲慌不择路地跑出去，院子里一阵鸡飞狗跳。他没进厕所就解开了裤子，我一回头，看见了他白白的屁股。

我们没有看见他拿纸。可是他拿了，慌不择路地拿了，他拿的并不是卫生纸。回到屋里，我父亲的慌张没了，他看着我们争吵，然后摆了摆手：你们听着。看看文件上是怎么说的。

念到最后我父亲突然不念了，从他的表情来看他没有念完。他的手有些颤抖：怎么没有了呢？

文件少了一页。他念到"沿着胜利的道路继续前"之后就没了声音，后面的字没有了，它们在最后一页上。

我父亲重新回到了厕所。他找出了那张被他用过的纸，可是结果让他失望。上面有一些乱七八糟的污迹，有一片被抹成块状的油墨，可是却看不到任何一个字。

我父亲在洗屁股。他感觉屁股发痒。一定是油墨渗到他的屁股里去了，他一边洗一边抱怨，说我们的争吵把他的脑子吵乱了，要不然，他是不会拿了纸也不看一下有没有字就去厕所的。他洗着他的屁股，用凉水，热水和盐水，一遍一遍地洗着。仿佛，他要是把自己的屁股洗干净了，那些被他的屎污损和抹掉的字就会重新回到那张纸上。

后面是一些什么字呢？我父亲苦苦思索。

——不就是打扫卫生吗，扫过了不就是了，后面写什么和你有什么关系？我哥哥说。他对我说，咱爸爸一直都这么神经过敏，胆小如鼠。后来我哥哥对我说，他瞧不惯我父亲的样子。

当时，听了我哥哥的话，我父亲用鼻子哼了一声，你知道个屁。我父亲叫住我哥哥和我，他说，他来给我们分析一下，他这样在意后面是什么字到底有没有关系。

我哥哥停在了门口。他身子的一半在屋里，而另一半已经站到了屋外，外面的阳光照着他的半张脸和半个身子。他也哼了一声，不知是用嘴还是用鼻子。

我父亲说，村长爱发文件，爱让村上的文书写文件，这是他的爱好，而这爱好是和镇上的爱好一致的。我父亲说，村长说了每家都要写一份关于卫生扫除的汇报材料来，没交的村长会亲自来查的。我父亲说，村长对写汇报这件事很重视。

操。我哥哥咽了口唾沫。他的身子已经退到屋子里来了。

我父亲说，其实，他这是为了我们全家，他才不光为自己呢。我父亲说，他早想给我哥哥要一份宅基地了，可说过多次村长一直没有表态，这次汇报是个机会。我父亲说，以后婚丧嫁娶、计划生育、农业税工商税，离开村长怎么行。

他说了很多很多的理由，让我们无可辩驳。现在，我哥哥和我老老实实地待在父亲的屋子里，后面是些什么字呢？

在"前"的后面，那个字肯定是个"进"字，这没什么疑问。问题是"进"字的后面还有什么。我哥哥找来村上的一些旧文件，上面有许多的都是以"沿着胜利的道路继续前进"结尾的，只是标点不同，有时是句号，有时则是叹号。

——就是前进，就是个进字。我哥哥断言。但他没有说服我父亲，我父亲的怀疑是有道理的，因为，在他用过的那张纸上，油墨的痕迹有很大的一片，不能是一个字，而应当是一段字，不短的一段字。

我们就写到进不就得了？汇报，又不是让你重抄一遍。我哥哥很不以为然。

我父亲叹了口气，你们还是太年轻啊。

晚上，我父亲又开始洗他的屁股。他先用盐水，后来又让我母亲去医生那里买了一瓶高锰酸钾。他一遍一遍地洗着，一遍比一遍的时间长。我母亲受不了了，她一脚踢翻了父亲的盆，我父亲跳了起来！干什么！我就是痒，我一停下它就痒，你想害死我啊！

那天晚上，我母亲搬到了我们的屋里。

第二天早上我父亲早早地就出门了。他去了张长家。我们猜测得出来，我父亲肯定会去张长家的，因为张长一直以来都以能背诵文件著称，他是我们村上的才子。那天我父亲去了他家，先和他谈了一些天气之类的话题，谈那些的时候张长的眼皮一直向下沉着，一副很疲惫的样子。后来我父亲和他绕到了那件关于卫生检查的文件上，我父亲说文件写得真好。我父亲说着，开始了背诵。我父亲在背诵文件的时候用就是家乡普通话，他很费力气，后来他背诵到："沿着胜利的道路继续前——"

他停下了。他看着张长。

张长的眼睛睁开了，他看了看我父亲。我父亲肯定让他惊讶。可是，他只是表露了一下惊讶的意思，随后又沉下了眼皮。

我父亲，只好重新把那篇文件又背了一遍。他又停在了那个前字上。张长很奇怪地看着我父亲，你是什么意思？和我比赛么？

我父亲只好悻悻地回家。

第二天他又出去了。他去的是村支书的家里。我父亲去村支书家里的时候，文书正在起草一份新的文件。真累啊。文书抬了抬头，伸了个懒腰，然后又俯下了身子。

我父亲，有些尴尬地坐着，他只坐了一半的椅子，他有些坐卧不安。你，你真是忙。我父亲，他欲言又止地坐着。

文书对我父亲视而不见，他看起来是真的很忙。过了很长的一段时间，我父亲站起来，他看着窗外，外面的阳光相当灿烂，它照着树木的影子。噢，你在。文书好像重新发现了我父亲一样，好像我父亲才出现一样。

你看我。文书晃了晃自己的脖子，忙得我焦头烂额的，一大早就得忙。我父亲欠了欠身子：你是太忙。全村的工作，你，你都得考虑。

顺着我父亲的话题他们感慨了一番，然后父亲抬了抬手，抬了抬手。——你有事么？文书又俯下了身子，他又重新回到了自己的工作中。

我父亲的计划又失败了。他的这次失败给了他很大的打击，他的表情相当昏暗。在回家的路上他遇上了村长。——你怎么了？村长问他。村长用眼睛看着我父亲的表情。

很快就好，很快就好。我父亲的背后有些凉。

回到家里我父亲又开始漫长地洗他的屁股。他就是觉得痒，那种痒一直渗到他的骨头里去。我母亲叫他吃饭，他说你们先吃吧。屋里一片水的声音，我母亲冲着屋子喊，你就洗吧，早晚就给你洗烂了。

在我们快到吃完的时候父亲才出来。他出来的第一句话就是，现在不光痒，还有些痛了。他是冲着我母亲说的。我母亲没有理他，我们也不理。我们当然不能表示什么，我父亲的尾巴会翘起来的，他总爱把一当成三，或者是五。——这是什么破油墨。我父亲把他的脸埋在了碗里。

——村长今天找我了。我父亲看了我们几眼，他一一扫过我们的脸。我们得尽快地想个办法。

我父亲敲了一下桌子，你们也帮我想想。别不当一回事，我可是为了咱们的家啊。

他真的把自己的屁股给洗烂了。有一段时间，我父亲总喊他的屁股疼，越来越疼，后来我母亲没办法，只好把医生给叫来了。

医生看了我父亲的屁股。他按了按，我父亲夸张地叫了起来，医生皱了皱眉：你是怎么弄的？

我父亲隐去了原因，他和医生说他的屁股粘上了脏东西，可越洗越痒，后来又开始疼了起来。——你把屁股上的皮都洗没了，不疼才怪呢。

父亲的屁股上涂上了厚厚的药膏。按照医嘱，我父亲只好趴在了床上，褪掉了裤子。他的屁股上不能盖任何的东西只能晾着——要是发炎了就不好办了。

太阳从窗子的东头升起，然后在窗子的西边落下，在我父亲的那几天看来，太阳就是从窗口开始从窗口结束的。我们一回到家里我父亲的呻吟就此起彼伏，我们烦透了。

每天躺在床上，我父亲的脑子没干别的，他想的还是那个汇报的问题，它压得他透不过气来。

村长带着工作组来检查卫生了，他走进屋里，首先看到的是我父亲涂着药膏的光屁股。

——快好了吧？你这样会影响卫生的。

快好了，快好了，我父亲用力地点着头，你放心我不会影响我们村的荣誉的，绝对不会。

等村长走了以后我父亲把我和哥哥叫来，他叫我们擦擦他身上的汗，村长又来问了。我们得把汇报材料尽快搞出来。

别的你不都弄完了么？干脆这样算了，多点少点没关系。别那么神经。我哥哥，没轻没重地说了我父亲一句，神经。

——你懂个屁！我父亲显得急躁，你没有看过村长喜欢的那些汇报材料，开头和结尾都是和他发的文件完全一致的。不一致，我们搞和不搞都没用。我们还得在村上生活，还想要宅基地呢。

我哥哥说好，好，你看我的吧。

不知道通过什么途径，我哥哥竟然拿来了村上的那份有关卫生检查的材料。不是那一页，而是全部的，一页都不少。

我父亲翻到了最后一页。

那上面，只有一个"进"字，和一个句号。

——怎么会这样呢？我父亲说，那片油墨的墨迹那么大，根本不会是一个字擦出的。

我父亲叫住我大哥，你再找一份来，我再核对一下。这太奇怪了。

可疑的斧子

那个很不平常的夜晚我们被一阵急促的敲门声惊醒。那个很不平常的夜晚静得可怕，更可怕的是敲门声，它在静寂中传出了很远。我们支着耳朵，外面，敲门声急促而坚韧地响着。

我父亲喊我们去开门。他用的是一种很不耐烦的语调。于是，我和哥哥一起起来了，我们摔摔打打。在这种时候被叫起怎么会不让人心烦呢。

是我二叔。他站在门外。

——村长让人给砍了。我二叔压低了声音，他还朝四周看了看，他的四周除了黑暗就是黑暗。我哥哥说二叔你进来吧，可他摆了摆手，我不进了，我马上就走。随后，他再次压低了声音：村长是被人用斧子砍的，砍人的人拿着斧子跑了。现在，他们正在搜查那把斧子呢。二叔说完就消失了，他神秘得像一只蝙蝠。

村长被人砍了，这可是一个不小的事件。你说，是谁砍的呢？谁有这样的胆子啊？被这个事件折磨着，我父亲一夜都没有睡好觉，他辗转反侧，如同一条掉到锅里的鱼。终于忍无可忍的母亲将我父亲推了出来，你不睡也不能让别人也不睡啊，人又不是你砍的，你这么紧张干什么。我母亲还说，你要是睡不着就别睡了，干脆到院子里去想吧，在院子里想得清楚。我母亲真是这样说的，在院子里想得清楚。

院子里的露水很重。但我父亲真的到院子里去了，他蹲在枣树的下面，一支一支地吸着烟。

敲门声又响起来了，这一次，比上一次的声音更响。我父亲一边说着什么一边去开门。那可真是一个不平常的晚上。

——你刚才出去了吧？

——今天晚上你们家没人出去吧？外面有很多的人。人似乎还在涌来。

我父亲说没有，他没有出去，我们一家人都没有出去。说完之后我父亲就朝着身后喊了一声，我们也跟着乒乒乓乓地起来了，连我五岁的弟弟。

——那你为什么不睡？你知道什么了？外面的人都挤进了院子，那么多的人。两只摇晃的手电在院子里来回地摇晃着，惨白的光照着院子里的角角落落。

我是，我是……我父亲一时不知道应该怎么回答才好。我起来是去撒尿的。我父亲找到了理由，他撒了个谎，我刚撒完尿，你们就来了。我父亲对着院子里的人说，你们不信，就搜查一下。你们好好地查吧。

那么多的来人，可是谁也没有再和我父亲搭话。他们分散开了，在院子里顺着手电的光慢慢地走着。我真的是去解手，我没出去过，就尿在院子里了。我父亲急忙辩解，我们一家人谁也没有出去过，你们知道的，我们一直都很安分。

我们也说，是啊是啊我们谁也没有出去，都在睡觉，什么事也没干，可他们还是不理。这时有一个人喊了一声，他们都围了过去，聚在两束手电光的旁边，这时，那两束光变得异常强烈。——看，斧子，斧子上有血！

我父亲的腿突然就软了，软得像是棉花做的。在一阵混乱之后，我父亲想起来了，他说，斧子上是有血，应当有血，不过这血是鸡血而不是人血。前天我们家杀了三只鸡，他追在人家的屁股后面说，鸡是他杀的，他用斧子将鸡头剁下来，而斧子却忘了让水冲洗一下，所以上面会有血。我父亲说着，几乎有些声嘶力竭，可是那些人好像没有听见，他们拿起了斧子。

他们把我父亲也带走了。

天亮了之后我父亲就被放回来了。被放出来的父亲坐在枣树的下面，相当悲戚地哭着，谁也劝不住。我母亲走过去，她想给他一些安慰，她只拉了他一下，我父亲就爆发了，他冲着我母亲和我们嚷：杀完了鸡你们就不知道收拾收拾，就不知道冲一冲斧子，你们这些混蛋！现在好了，现在高兴了吧！我的父亲，他就像一只准备战斗的公鸡。

——鸡是你杀的，你不去冲叫谁去。我哥哥小声说。

你说什么，你说什么！我父亲把他顺手能够拾起的砖头，扫帚，木棍和鞋，一起朝我哥哥的方向扔去。

我父亲一遍遍地写着那天晚上的经过。他写得相当详细。

我父亲叫我母亲把剩下的鸡肉端来，就是只剩下鸡骨头了也行，就是鸡皮鸡毛也行。可是，我母亲找遍了屋子院子里的角角落落，也只找到了几根鸡毛。鸡肉早让我们这些狼吞虎咽的人给吃完了，而鸡骨头也早倒掉了。这能说明什么？这能说明什么？我父亲抖动着那几根鸡毛，他显得焦躁：斧子上的血你们不去冲一下，可倒鸡骨头的时候倒勤快了。你们是想故意害我是不是？

——人又不是你砍的，你紧张什么，用得着么。我哥哥说，我们已经给你解释清楚了，要不，村上怎么会放过你呢。

父亲白了他一眼，你知道个屁。你懂什么？我现在仍然属于怀疑对象，不能算是没事。要是抓不到那个砍人的人，村上也许会拿他向镇上和村长交差的。那把可恶的斧子。——去，给我把鸡骨头找回来！

可我们上哪里去找啊？我们来到我母亲倒掉鸡骨头的地点，那里有破袜子，旧报纸，废电池，啤酒瓶，塑料袋，还有一些别的瓶瓶罐罐，可就是没有鸡骨头。任凭我们怎么仔细，也找不出一根鸡骨头来。临近中午，我父亲叹了口气，你们回去吧，鸡骨头可能让狗给吃了。他叫我们回去，但他去的是另外的方向。他想到别的垃圾堆里找出几块鸡骨头来。

又过了很长的时间，我父亲才返了回来，他手上的塑料袋里空荡荡的，没有一块鸡骨头。他坐下来想了一会儿，然后叫我母亲将她找出的鸡毛放在一起，又从院子里的鸡身上拨下了几根——他带着这些鸡毛向村委会的方向走去。

这次他回来得很快。那些鸡毛没有留下,他很沉重地将它们提回来了。他坐在枣树下,谁也不理,叫他吃饭他也仿佛没有听到没有看到一样。

吃过晚饭之后,我们正准备收拾桌子,我父亲从树下走进了屋里。他端起了碗。——他们就是不信。

在喝过一口粥以后,我父亲表情恍忽地说,有人跟踪我。他们叫人跟踪我了,他们以为我不知道。

摆在我父亲面前的有三条途径:一是证明他和我们全家那天晚上都没有出门,没有作案的条件。但除了我们一家人,谁能证明我们一直待在家里呢?而我们自己的证明没有用处。二是证明斧子上的血是鸡血而不是人血。这应当不是一件太困难的事,可问题是我父亲说过多次了,村上的那些人没有理会。那么,就只剩下第三条途径了。那就是,把砍伤村长的那个人给找出来。

我的父亲,他开始了他的密探生涯。他变得神出鬼没。

一把让人怀疑的、带血的斧子逼出了我父亲的智能。

他不知通过什么渠道打听到,赵强家也被搜出了一把带血的斧子,而到刘之前搜查时,他的斧子却没有找到——他们都很可疑。都有可能砍伤了村长。赵强的可能性更大一些,前些日子村长让写卫生检查汇报他竟然没写,村长就没有给他家分救济粮,他一定会怀恨在心的。我父亲和我们分析。他说没错。肯定没错。

吃过饭后我父亲就出去了。傍晚的时候，我父亲被赵强提着耳朵送回了家，一路上，我父亲杀猪一样地嚎叫。赵强提我父亲耳朵的理由是，我父亲一天都鬼鬼祟祟地围着他家转，还偷看他女儿洗澡。——他要是再去我们家，我就杀了他！

那是我父亲密探生涯中的第一个挫折。挫折一个接着一个。我父亲觉得全村的每一个人都变得可疑起来，每个人，在他面前都晃出一副砍过人的样子来。有一天他竟然偷偷地问我母亲，她能不能确定我哥哥那天晚上一直在家，一直没有出去过。他说，要是我们睡着了没有听见呢？

在我父亲成为密探的同时，他还成了一个告密者。后来村上都烦了，等我父亲一进门他们就问我父亲，你说，你想告发谁呢？全村的人都让你告过两遍了，现在，轮也该轮到你自己了。他们说，你是最可疑的一个人，你根本是此地无银三百两。

可怜的父亲，他遭受了巨大的打击。这个一直谨小慎微的人已经无路可走了。

某天下午，二叔又在我们家出现了，他对我父亲说，哥，人家没有怀疑你，要不然还会把你放回来，让你每天这样大摇大摆？临走，我二叔又露出了一丝神秘来：村长已经没事了。他说砍他的不是斧子，而是一把刀。你想，要是斧子，那么近，村长早就没命了。我二叔曾在村上干过，他的话不能不信。

真是一波未平一波又起。二叔走后，我父亲就行动了起来，他说，斧子的教训已经够了，他不能再犯同样的错误。

他的一整天都坐在一个水盆的旁边。他用水，用磨刀石，抹布，黄矾和酒，一遍遍地擦拭着我们家的菜刀，镰刀，水果刀，螺丝刀。我们家还有一把大刀，那是我哥哥在中学时买的，那时我哥哥迷上了武术。在经过了水、磨刀石、抹布、黄矾和酒之后，这把大刀仍然是我父亲眼里的钉子，他将它藏了许多的地方，可是他还是能轻易地将它找出来。在一个月黑风高的晚上，我父亲偷偷地把这把大刀丢进了离我们村子八里以外的一条河里。当天晚上，我父亲终于睡了一个好觉。

可在第二天早上，他又不安了起来：我去河边的时候真的没人看见？我们家里有一把大刀，这事你们和外人说过么？……

不知是哪一天，我们家的刀又成了我父亲的心腹之患。他盯着它。他盯它的眼神有些紧张。

我父亲叫我和我哥哥找来铁丝，将刀片和它的底座紧紧地捆在了一起，这样，它看上去像是一整块的木头，而不是刀。我父亲长长地出了口气。

受伤的村长已经完全好了，除了头上有一道不太明显的疤痕之外。他带着人，挨家挨户地检查着安全稳定工作，叫人在墙上四处张贴新的标语：严厉打击各种刑事犯罪！加强防范意识，建立联防体系！……新标语盖住了旧标语。他也来我们家了。我父亲弯着腰迎上去，可他看也没看，只用鼻子哼了一声。

我父亲，仍然在一遍写着那天晚上的经过。他改了又改，最后，他也不知道哪一稿更可信些了。可他不能不写。他似乎，已经对这样的事着迷。

我二叔总是那么神秘地出现。他一出现，我们全家就开始紧张。

他说，村长虽然现在不说，可他一直都没有把那事放下。我二叔说，他们正在悄悄地调查呢，这事没有完。在我们的面前，他又一次压低了声音，并朝四外看了看：其实，砍伤村长的就是一把斧子。为了让那个凶手放松警惕，村长才叫人说他是被刀砍伤的。

在我们反应过来之前，我父亲突然地站了起来，隔着桌子，他还是抓住了我二叔的衣领：你说！你给我说实话！到底砍伤村长的是刀还是斧子？！

蜜蜂，蜜蜂

蜜蜂是我奶奶养的，她养蜜蜂为的是获得蜂蜜。那时我还小。

我奶奶说，除了要养蜜蜂，她还要养三只鸡，一只猫，一口猪；她还要养着我的爷爷，养我父亲和我三叔。我奶奶经常在做饭的时候或者喂鸡的时候说这样的话，她直直腰，显得很劳累。

窗子外面蜜蜂嗡嗡，一副繁忙的样子。

在背后，我母亲多次表示过对我奶奶说法的不满，她说我奶奶总是愿意往自己的脸上贴金，干一点儿的活，捡个芝麻就做得像搬走了一座山一样。我母亲说，她才是养活全家的那个人。后来，我母亲越来越把她的不满摆到了明处。

那时候，我们全家都在农村，可我父母都是挣工资的人。我爷爷奶奶，三叔三婶没有工资，只有四亩多耕地，而且相当贫瘠。在背后，我母亲总说我三叔好吃懒做，她叫他寄生虫，为此，我父亲可没少跟她偷偷地打架。

在北面的墙上掏一个大洞，安上门，它就成了蜜蜂的家。蜂房的门上有许多的小圆洞，蜜蜂们从那些圆洞里进进出出，有时两只蜜蜂会在洞口相遇，其中的一只就会将路让出来。从小圆洞里爬出的蜜蜂略略停上一下，然后就嗡地一声，飞走了。我父亲说这是工蜂，负责繁忙和劳累的采蜜工作。它们也采花粉。人的一生应当像它们一样勤劳。

我父亲是中学的教师，他带回了一些和蜜蜂相关的图片给我和弟弟看。当然，主要是给我弟弟看。后来那些图片被我偷偷地撕了，但嫁祸给了弟弟。

去蜂房里割蜜的时候，我奶奶的头上带上一项旧草帽，然后头上、脸上缠满了纱巾纱布。纱布是我母亲从单位上弄来的，而我奶奶总是将它们派上别的用场。她戴着厚厚的手套，衣服和手套的连接部分还用布缠好，在做这件事的时候，我奶奶总显得相当小心。

她从不让别人参与，我父亲不行，我爷爷也不行。

当我奶奶割下带有蜂蜜的蜂蜡，从蜂房里将身子探出来时，她的头上、脸上满是密密麻麻爬动的蜜蜂。

我奶奶将割下的那些饱含蜂蜜的蜂蜡放进锅里熬。蜂蜡化开了，橙黄色的蜂蜜凝在一起。那时候，整个屋子里都散发着浓浓的蜜的香气，它将我们的身体都渗透了。我奶奶将蜂蜜贮藏在一些旧罐头瓶里。那样的蜂蜜并不十分干净，上面经常会带有小块的蜂蜡，蜜蜂的一片翅膀或一条腿，一团说不上是什么的黑灰色物体。蜂蜜很稠，几乎是固体。

她将装满蜂蜜的罐头瓶放在一个有锁的小箱子里。只有我奶奶有它的钥匙。

我和弟弟经常去奶奶家看蜜蜂。我们站在院子里，抬着头，看嗡嗡的蜜蜂匆匆忙忙。那时候，我们一去奶奶就开始变一种脸色，她当然知道，我们是冲着她的蜂蜜去的。

过不多久，通过我弟弟的口，我们说饿了。想吃馒头。要抹上蜂蜜。

我们一遍遍地说。开始我们会遭到训斥，几次下来我奶奶终于软了，她很不情愿地打开箱子。给过我弟弟之后，她也将一块抹了蜂蜜的馒头重重地塞到我的手上。蜜总是抹得很少。

她说，你们这些小家贼。到外面吃去！蜂蜜还有别的用呢，都让你们吃了！

不止一次，我母亲说我奶奶小气。她还说我奶奶心很硬，是铁和石头做的。如果在饭桌上，如果我父亲在场，他会重重地摔一下筷子，闭上你的臭嘴！

我母亲可不吃这套。她的嘴不会因此闭上。于是，盘子和碗会重重地落在地上，地上一片杂乱。那顿刚刚开始的饭就停止了。

蜜蜂。蜜蜂。昆虫，身体表面有很密的绒毛，前翅比后翅大，雄蜂触角较长，蜂王和工蜂有毒刺，能蜇人。成群居住。

养着蜜蜂，被蜇是经常发生的事件。这事件主要发生在我奶奶身上，因为她在蜂箱里收割蜂蜜。层层的纱布和纱布并不能阻挡所有的蜜蜂。被蜇肿了脸和鼻子的奶奶会不停地咒骂，她骂蜜蜂们忘恩负义，没有良心。好像，她到蜂箱里割蜜蜂蜡是一件天经地义的事，是出于对蜜蜂的爱。她有她的角度。她总是那么强硬。

我姥姥也被蜜蜂蜇过。她和我们挨蜇不同，她是自愿的。我姥姥患有严重的风湿，她两只手的关节都突了出来，有人告诉她，蜂毒能抑制风湿。

我奶奶没有不同意的表示。她在屋里屋外进进出出，匆匆忙忙，好像有许多的事要做。后来我奶奶无意中说了一句，蜇过人的蜜蜂自己就活不了了。

远远躲在里屋的母亲一听这话马上从屋里跳了出来。但我没有记下我母亲说过什么。

嗡嗡的蜜蜂进进出出。它们在蜂房的前面跳着8字舞。院子里的枣花散发着浓浓的香气。

我爷爷被蜜蜂蜇了。他的鼻子肿了起来，鼻孔一下子扩大了不少。他变了模样。他变成了丑陋的陌生人。于是，当我爷爷把手伸出想抱住我弟弟时，我弟弟吓坏了，大声地哭了起来。我爷爷手足无措。抹了许多蜂蜜的馒头也没能哄好他。

那天我奶奶来到我们家。她破天荒地冲着我母亲笑了笑，破天荒地端来了一瓶蜂蜜。她对我母亲说，如果蜂蜇真的起作用的话，就叫我姥姥常来吧，反正蜜蜂死上几只几十只也算不了什么。

面对我奶奶的破天荒，我母亲并没有放松她的警惕。后来证明她的警惕是有道理的，临走前，我奶奶终于说出了她的想法，马上要分蜂了，她不想让分出来的蜜蜂成为野蜂或者被别人收去。她想在我们家墙上也挖个洞，养那些被分出来的蜜蜂。

我母亲想都没想，就坚决地说，不行。

我父亲和我母亲又打架了。这次打得比以往更为厉害。我母亲带着我回到了姥姥家，却把弟弟给我父亲留下了。

在姥姥家，我母亲和姥姥不知为什么也吵了起来，她给了我五分钱，去去去，出去玩去。

第三天傍晚，我母亲带着我回到了家。院子里有些混乱，而正房的墙上，出现了一个方方的洞，不知为什么它刚干了一半儿就停下了，并没有完成。我母亲丢下我，丢下她手里的包袱就开始和泥。

等我父亲背着我大哭不止的弟弟回到家里时，我母亲已经将墙上的洞堵实了。她没看我父亲一眼,没看我弟弟一眼,伸着两只肮脏的手,将多余的泥甩到地上。

真的分蜂了。一个蜜蜂的团儿嗡嗡地落在了枣树的枝杈上,随后更多的蜜蜂围拢了过来,空气里满是蜜蜂们的翅膀。蜜蜂的团儿越来越大,茶杯那样,南瓜那样,西瓜那样。我奶奶的头上蒙上了厚厚的纱巾,纱布,带着一张自己做好的网。她站在枣树的下面,抬着头。

后来,我奶奶开始咒骂。

蜜蜂的团儿散开了,它们像黄褐色的云朵一样飘出了院子,我奶奶在后面追赶着。

一只蜜蜂爬进了她的衣服。我奶奶的身体颤了一下,她伸出手,将那只蜜蜂打死在衣服里,然后继续追赶。

在五队的果园里,我奶奶又追上了蜜蜂。她将那团蜜蜂接进了她的网里。村上的刘三婶,赵梨表哥也拿着各自的网子赶了过来,可一看见我奶奶的表情,都悻悻地走开了。

我奶奶看着网里的那团蜜蜂。除了咒骂,她不知道该怎么处置它们。

那么多的蜜蜂。蜜蜂。

我的一个哥哥,邻居家的哥哥气喘吁吁地跑了过来,他一边擦汗一边对我奶奶说，又一群蜜蜂飞走了，它们朝粮站那边飞呢。

我奶奶突然冲着我和弟弟喊，看什么！快滚回去！滚一边去！

蜜蜂：蜜蜂科，膜翅目，昆虫纲。头部为三角形，与身体连在一起，复眼，胸部长有3对足和2对翅膀。腹部有黄黑相间的圆环。在有数千成员的群体中生活，主要食物是花粉和花蜜。

我父亲说分蜂时是一只新长成的蜂王率领部分雄蜂和工蜂离开。后来在一份资料上我发现它说得和我父亲不同，上面说，是老蜂王离开，新长成的蜂王留下。对于这个说法我父亲表示了不屑。他说，你奶奶养蜂的时候一天能分出两窝蜂去，怎么会有两个老蜂王？说完我父亲就背过身去，哗哗哗地翻他手里的报纸。

很长时间奶奶都不给我们哥俩好脸色。抹很少蜜的馒头也没有了。好在，我们可以从爷爷那里得到柳条的花篮，苇叶编的蝈蝈和蜻蜓。

我爸爸和我母亲也陷入了冷战。吃饭时大家都安静得可怕，就连我弟弟都那么安静。

我母亲说，凭什么啊，这房是我自己盖的，我当然有权力决定养不养蜂。我们容易吗，盖这几间房她一块砖头没出，一个鸡蛋没出，一个苇叶没出。那时候我有多难。现在想在我的房上挖洞，哼。她自言自语，一副很气愤的样子。

那天中午，炎热的中午。我母亲拿着一个蝇拍在院子里晒着。啪。啪。我突然发现她并不是在打苍蝇，而是在打落在院子里的蜜蜂。
她端着蜜蜂的尸体，将它们丢到鸡的嘴边。

我的三婶要生了。那年的七月，三婶生下了一个男孩，我又多了一个弟弟。现在先说五月的事儿。对我家来说，那个五月可是一个难熬的，充满火药味的五月。

我的三婶要生了，三婶的母亲早早地来到我奶奶家住了下来，那时刚刚五月。我三叔三婶一直没有自己的房子，他们跟我爷爷奶奶住在一起，现在，又多了一个三婶的母亲。
后来我爷爷、奶奶跟我父亲商量，他们想搬到我们家去住，我爷爷强调，这是暂时的。我父亲说没事，没事。我奶奶哼了一声，你能做主么，跟你说行吗？

充满火药气味的五月。冷战热战一起爆发的五月。我母亲几次领着我或我弟弟回姥姥家去住。她和我姥姥争吵接连不断，有几次我姥姥哭了，我怎么有你这么一个女儿啊。

我姥姥的风湿加重了。她多次一个人去我奶奶家，用蜜蜂的毒针去治疗。我父亲送回我姥姥两次。我母亲对我父亲的态度相当冷淡，仿佛她是一块拒绝融化的冰。第二次，我姥姥送我父亲出门时，我父亲将我拉到面前抚摸着我的头，他说，算了，你也别操心了，我改变不了她也改变不了我母亲。只是苦了孩子。

我母亲终于同意我奶奶爷爷和我们一起住了。她强调，这是暂时的。如果老人一定要将自己的房给我三叔，也行，但得给老人再盖几间。房钱可由二家分摊，我们宁可吃点亏。

她也太偏心了，她总是怕寄生虫长不肥。我母亲说。

这几间房都是我一点儿一点儿攒出来的，她一块砖头没出，一个鸡蛋没出，一片苇叶没出！我母亲说。

我父亲默默地听着。他的脸色很难看的。但那些天，我父亲一次也没爆发。他也没将气撒到我身上。

蜜蜂嗡嗡。它们在蜂房前面匆匆忙忙，回来的蜜蜂的腿上沾满了黄色，红褐色的花粉。

我们又有了抹蜜的馒头。

但我的左手被蜜蜂蜇得肿了起来。我将蜇肿的手缩在袖子里。好在，我并不需要用左手写字：我爱北京天安门。

在我爷爷奶奶搬过来之前，我父母又爆发了一次战争。战争的起因是，我奶奶想将蜜蜂也搬过来。我父亲给出的理由有两个，一是方便照顾它们，二是我三婶害怕蜜蜂蜇了她的孩子，她可是马上要生了。

我母亲说不行不行，她怕蜇了孩子我还怕呢，我的孩子还是两个呢，不能她家的孩子是人我们家的就不是吧？两个人又叮叮咣咣地打起来。

阻止归阻止，蜂房还是在墙上建成了，笨拙的父亲将蜂房弄得相当难看。但在实用上没有大问题。

蜜蜂们搬过来了，然后我奶奶也搬过来了。我们家的院子里有了蜜蜂的嗡嗡声，有了数目众多、起起落落的透明翅膀。

我父母给我奶奶、我爷爷收拾着搬来的东西。我母亲随口问了句，娘，你那个藏蜜的箱子呢？她没让你也搬过来？

奶奶将话岔到了别处。

我生了两个孩子，坐月子的时候可没吃过你一口蜜啊。我母亲拍打着自己身上的灰尘。灰尘纷纷扬扬。

怎，怎么会？我给过你啊。搬到我家来的奶奶像另一个人。像一个做错了事的小学生。她矮了下去。

院子里有了那么多的蜜蜂，那么多起起落落，那么多的嗡嗡嗡嗡。它们有时会爬进屋子里一只两只。

我母亲拿着蝇拍。她打苍蝇，有时蝇拍也会落在某只屋里屋外的蜜蜂身上。她经常会这样,可我奶奶却一次也没发现。

一只工蜂的寿命,在春夏一般是三十八天,冬季是六个月。蜂王的寿命一般在四年左右。
我母亲将一些蜜蜂的寿命大大缩短了。

她总是抱怨蜜蜂的存在。
她总是说养这个干什么。又见不到蜜。
她说,我母亲说,早晚她会将蜜蜂全部弄死。
我姥姥的风湿没有明显的好转。我母亲时常打发我去叫我姥姥,她现在也坚信蜂毒对风湿具有疗效,只是缓慢一些罢了。
蜇过之后,我姥姥坐下来和我奶奶说会话。我奶奶在进入我家之后就不再是原来的奶奶了,她和我姥姥好像有说不完的话。

三婶生下了一个儿子,我又多了一个弟弟。
白天,我奶奶会早早地赶过去,傍晚的时候才回来。我母亲说,我那时她可一天也没这么用心过。
我母亲说,我奶奶搬到我们家来是个计谋,她和寄生虫三叔他们早就商量好了。我母亲说,她是看着咱们家的房子大,眼红。我母亲说,我早就看出来了。
说这些的时候我母亲直直地盯着我父亲,而我父亲的眼在别处。

我母亲也被蜜蜂蜇了。这是她第一次被蜇,而且是有两只蜂先后在同一个上午蜇了她。

想想,我母亲的脾气。

她的脸上、头上蒙上了纱巾、纱布。我母亲还特地找了一件旧衣服穿在身上戴上了手套。从背影上看,我母亲和我奶奶很像很像。

她将半瓶的敌敌畏倒进了借来的喷雾器里。那天上午,爷爷、奶奶,以及我父亲都不在家。我和弟弟都阻止不了她,她冲着我们喊,去外面玩去!你们也想管我!

那么密密麻麻的死亡。蜜蜂一只一只一片一片地摔下来。像一场局部的大雨。

嗡嗡声渐渐稀疏了下来。蜂房里,充满了敌敌畏的气味。一些刚刚归来的蜜蜂扎入到这种气味中,转上几圈儿就昏死过去。它们的身体里含着蜜,腿上带着花粉。

我母亲将死去的蜜蜂扫到一起。那么多,那么轻,那么厚。一些蜜蜂还在噼噼啪啪地落。

她将蜜蜂的尸体装在纸箱里。我母亲一共打扫了两纸箱。

一些蜜蜂还在噼噼啪啪地落着。嗡嗡声不时地在纸箱里传出来，它和平时的声音有很大不同。我母亲走出大门，她抱着纸箱，将那些死去的蜜蜂和还没有死的蜜蜂丢到远处去。

天渐渐暗了，一抹夕阳涂在墙上。
我的爷爷，我的奶奶和我父亲，都快回来了。

在路上

"你——"我向座位上坐下去的时候她的脸上挂出了惊恐,紧紧捂住自己的包。"这是我的座位。"我向她展示了一下我的车票,5号,仿佛她是检票员,然而这并没使她的惊恐有所减少。她朝里面挪了挪,将自己蜷缩在角落里,充当着一只受伤的小兽,虽然这和她的高大并不相称。

那时车里空荡荡的,后面还有许多的空位。车外下起了小雨,雨不大,但天阴得昏暗,在上车之前我的心就被昏暗给充满了。"我上后面去坐吧,应当人不会太多。"我晃着自己的车票向后面走去,尽量让自己和颜悦色,尽量不让自己带出小小的厌恶。而且,那时,我还有另外的心情,我的心早就被昏暗充满了。

该怎么说呢?我不知道为什么要写下它。

在路上。它是没有意义的隐喻,不具备深刻,却有种撕裂感。

我坐在后面的座位上,一个人。望着窗外的雨。玻璃把我和窗外隔开了，把雨也隔开了。同时隔开的，还有。

车上人越来越多。不知道怎么会出现那么多蘑菇一样的人。那个时刻，我和他们没有关系。甚至，我和我自己也没有关系，我被充满着，一种无法说清的滋味。它形成了涡流。

车上人越来越多，看得出，他们多数也相互陌生。我坐下的座位是别人的，那个阴郁的男人冲我晃着手里的票，一言不发。我站起来，挪向最后一排。其他地方，已经被人占满了，真不知道怎么会有那么多人，这样的天。

手机的铃声响了，它让我突然一颤。我打开，是一个什么中奖的信息，我的手机意外获得了三万元和一台笔记本电脑。不是她的，不是。我将它删除，用了手上的全部力气。

我发了一条信息，让它尽量平静。我告诉她，我离开了这座城市。在后面，我加入了些什么词，但在发出去之前删除了它。窗外下着雨，我努力让自己平静，努力让自己像……若无其事的样子。

一个刚上车的男人叫我。我飞快地换出另一幅面孔，和他搭话，然而却叫不出他的名字。我想我换出的面孔有些尴尬，他也同样。他应当是认错人了，我猜测。我们终止了交谈，借放行李的机会，他把头偏向别处，我也朝向另一个方向，但我们之间的尴尬还在，他应当是认错人了。虽然我们都不曾承认。

雨下得猛烈些了，大片大片的雨点打在车窗上，像扑向火焰的飞蛾，把自己摔得粉碎，碎成下落的水流。我将自己关闭起来，不，是我被关闭了起来，心里涌动的情绪使我无法从中拔出，我落在它的涡流里，一直下沉，下沉。

"这是我的座。"一个女声。她说了两遍。我看了看她，她的脖颈上有一道难以掩饰的伤痕。我站起来，擦着她身上淡淡的香走出去，她冲着我的背影说了声，"谢谢。"我张张嘴，但并没说什么。

车里，已经没有空位。

车里已经没有空位，包括应当属于我的。这是现实，这样的现实让我惊讶。

我走到我的座位旁边，座上已经有了个胖胖的男人，他目中无人地打着电话，用争吵一样的语调。是的，他在生气，是一单怎么样的生意，而对方在推诿，他必须依靠语气和对方看不到的表情来表达自己的不满和愤慨。我不知道应当怎么打断他，而车马上就要开了。

邻座的女人还是那么软弱，她缩着，悄悄地瞧着我和她身侧的男人。我故意让自己硬一些，推推坐在我座位上的男人，"这个座是我的。你应当坐你自己的座位。"他依然旁若无人，竟自打着自己的电话。我能看清他的愤怒，也许我刚才的行为更让他的愤怒有所增加。

可我还得继续，因为，车上已经没有任何的空位，除了驾驶员的那个。那个位置肯定不会是我的。男人转过了他的脸，

"我就是 5 号。"他有着特别的坚定。

不会吧。我说。我说，车上不可能卖两个 5 号，一定是我们其中的一个人搞错了。可我，的的确确是 5 号。邻座的女人突然搭话了，她说，刚才我是坐在这里的。

"你自己看。"他把自己的票甩给我。是的，是 5 号。那时我竟然有一种解脱，我觉得自己似乎还有理由继续再粘在这座城市，我没有理由和她离得更远，她没有把我推向更远。然而，一同看票的那个女人又说话了，她告诉那个男人，这是去 A 城的车，而他拿的是去 B 城的车票。

"是啊，"那个男人一阵惊慌，他一边继续和手机里面的声音叫喊，一边飞快地下车，竟然撞在了门上。这个男人的慌乱引起车里几声窃笑，"真没见过这么样的……"女人也笑了一下，她又退回到自己的软壳里去。

该怎么说呢？我不知道为什么要写下它。

"在路上"。它是没有意义的隐喻，不具备深刻，却有种撕裂感。

现在，依然是。

车上已没有一个空座，离开车站的时候驾驶员也冲着上车来清点人数的矮个子女人说，真想不到会有这么多人，又不是节日。是的，真想不到有这么多的人，还下着雨。他们为什么也如此急于，离开？

我决定不理我身边的那个女人，她已经不再像刚才那样蜷缩，却闭着眼，用眼睛的余光在审视我。看上去她应四十多岁了，有一张大嘴，抹着并不适合的口红。是的，对她的观察我也是用余光完成的，我不愿碰到她的惊恐。何况，我有自己的心事，它已经将我填满了。当车开到高速路上去时，我再次陷入到涡流中，努力地低着头。我不愿意被别人看见。

售票员放映了一个香港的片子，《大内密探009》。大约是这个名字，很夸张很喜剧，它和我当时的心境格格不入。我关闭了自己的耳朵，但留着一条小小的缝。我期待，手机铃声的响起。它或许能成为一根稻草。

可她，一直关机。

"我终于失去了你。"

她递过来一张面巾纸。

接过纸，我擦擦泪水，它流得让我尴尬，却不受控制。我用最细的声音说了声"谢谢"，声音是哑的。用掉了这张纸，我再次垂下头去，不受控制的泪水被她看见是我不愿的，因此，我不愿意和她再有任何交流。

可是不，她不。她说话了。她问我，兄弟，你去A城？是在A城上班还是？

离开挣扎的涡流，我点点头，朝着电视的方向。可她没有顾及我的情绪，而是竟自说下去，她，太需要有个人说话了。而我，恰好坐在她的身侧。

"你知道 CC 技术学校么?"没等我答话,她接着说,"我去 A 城,是因为孩子。他在那所学校上学。"

我盯着电视,她说的内容和我距离遥远,我不准备再说什么。电视里,皇帝像小丑一样出现了,他的话引起一片没有内容的欢笑。我也跟着笑了笑,虽然我觉得并不可笑。

"他打架了。把人打伤了。"那个大嘴的母亲摇晃着自己的手机,"老师叫家长过去。打他的电话一直打不通。这孩子。"

该怎么说呢?我不知道为什么要写下它。这是事实。写到这里的时候我还不知道它最终会成为什么样子。它有一部分是写给我自己的,另外的那些,则描摹了现实,而现实往往并无确切的指向。它总是浮在表面,像一层油渍。

似乎,我得顺着时间和故事的顺序先处理掉那层油渍。我谨慎而克制地向她表示了同情,这的确是一件让人心烦的事。需要耐心,需要……"我怕他被开除。在我送他去上学的时候人家就告诉我,别的都没什么,就是,不要打架。一次也不行。"她又露出了那副紧张而惊恐的模样,尤其是她涂了口红的嘴。我想说,这样一次会见,她也许不应涂这么重的口红,这句话在我的口里冲了几下但还是被咽了回去。我说,孩子在这样的年纪,打架应当不算是一件特别的事儿。只要别把人打坏就行。

"老师说,120 都去了。"沉默了一会儿,她的神色更有些加重,"我打了一晚上的电话,可是,他总是不接。真不知道情况会怎么样。"

"在家里上学的时候,他爱打架吧?"

那个女人想了想,坚定地说,"不。"只有一个不,她没为这个作任何解释。

也许已经了然。

我不再说话,路还相当漫长。我盯了一会儿电视然后闭上双眼,窗外雨还在点点滴滴地摔在玻璃上,它模糊着向外的视线。在间歇,我一次次偷看自己的手机,它那么安静,没有任何消息。期待一次次扑空使我有了更深的沉陷,真是一种撕裂的感觉,这里面没有惯用的夸张。这种撕裂也是突如其来,之前,我并没有意味到它会如此。

其实,本不应该期待。我早就知道,她不会再,不会了。

"爱上你,我的快乐与痛苦同时得到了叠加,而被你爱上,你让我感觉自己的罪恶是如此深重……"我将它编成信息,但在即将发出的一瞬间按下了删除。

邻座的女人用她的手捅了捅我。她大概始终注意着我的窘态,再次递给了两张纸。"你,你怎么啦?"

我说出的是一句谎言。"家里,有病人。"这句谎言让我有了小小的轻松,我用力地擦去脸上的泪,它本来就难以掩盖。"你不用着急。孩子打架是经常的事儿,我小的时候,也经常如此。正是这个年龄"。——我不希望她对我追问,于是便抢过话题,而她也丝毫没有追问的意思。"他不想去,早就不想去。前两天打电话说肚子疼想回家，又说自己的衣服脏了。为他上这个学，我们可花了不少钱。"见我搭话，自然引发了她的滔滔不绝，她太需要有个人说说了。

可我不想听。实在没有那个心思。我对她说，你自己必须先要稳住。无论遇到什么事，都先要接受下结果，然后再想如何处理，减轻结果造成的损害。既然事情出了，那你就得接受，不能自己先乱了。现在，你应当换一下脑子，不想这些了，譬如，看一下电视。我指了指正在播放的影片，"这个片子很好看。"

她看了两眼电视。然后冲我点点头。"我从昨天接到老师电话之后就没吃没睡。当母亲的，唉。"

手机铃声终于响了起来，我感觉自己的身子一颤。不是我的，虽然他所使用的铃声竟然和我的一模一样。是身后的那个男人，他有四十多岁的样子，带着一枚巨大的戒指。昨天不是给你发过信息了么，我在 B 城，有一单生意，我必须……不行。我当然想你啦，想得我都……好了好了我回来就去看你当然当然。你说的那事儿……得给我些时间。我，我是有难度，好了好了……

他是说谎，在这辆开往 A 城的车上。窗外的雨停了，但天却更加昏暗，仿佛我们要赶的是夜路。前面的车已经亮起了灯。邻座的女人朝他的方向看了两眼，然后对我说，"真不要脸。"她没有压低声音，也没有惊恐的神色——但我却感到了某种的惊恐。好在,那个男人继续着他甜蜜的谎言,不时抬起他黄金戒指的手。

"别人的事……"我低低地劝告,可她的声音依然没有压低:"我丈夫也是这种人。"

我偏过脸去。背对她的方向。

不想再说什么,一句也不想。

雨又来了,这次更大,更为猛烈而且昏暗,它让我产生错觉,仿佛这辆汽车并不开往 A 城而是另一个陌生的地点,仿佛,我们行驶在水上,它只是一艘有汽车样子的小船,前面的风浪足以将它击碎。

涡流,从我的体内来到了外部。车窗的雨刷迅速不停,一截折断的树枝斜在路上,驾驶员不得不急打方向。是的,仿佛这辆车所驶向的不是 A 城而是另一个地点,就像在科幻片里看到的,我们正在被什么吞没。

车上的人全部心事重重,至少在我看来如此。我又发出了一条短信,让它没入大海或者是窗外的昏暗。不知是否因为大雨的缘故,车前电视里放映的影片被卡住了,皇帝夸张的嘴巴下面是纷乱的马赛克,他仿佛想把这些马赛克吞到自己的嘴里去,但就要完成的那刻,时间停止了。

没有谁理会它的放映,包括售票员。她伸着脖子,注视着车窗外面。

"怎么卡住了?"倒是我的邻座,说了一句。

我的手机里，一下出现了两条短信。

一条陌生短信，它的意思是，只要我提供我妻子、情人或商业对手的电话号码，它就可以使我的电话成为监听器，他们的短信、电话我都可以轻松掌握。联系电话，××××××。另一条是妻子发来的，简短，没有色彩：妈妈病了，三天了。

刚刚的谎言似乎成一语成谶。

低着头，我编好一条短信，删除。然后重新编好，再次删除。另一个涡流更加湍急，在涡流的中间，我挣扎，摆荡，麻木，放弃，完成欺人和自欺……车窗外，雨水连绵，所能见的整个世界都被雨水笼罩，而我身侧的那个女人，抬着头，张大嘴巴，已经完全被影片的滑稽所吸引，放下了刚才的惊恐和不安。

真是没心没肺。

那我呢？那我呢？……那一刻我的确想到了我。可更多的，我偷偷看到的是那个女人。她儿子的所做，也许和她不无关系。我想。

身后那个男人的手机又响了，表面上，我是盯着前面的电视。他说我在谈生意，现在不方便。他故意把声音压得很低很低。真的不方便，回头我给你打。放心。余光中，我瞧见，身侧的那个女人也一副若无其事，她随着剧情露出木木的笑容，表情中有我的影子。

她看到我的余光,快速地把它抓住了。"你在 A 城工作很多年了吧?"

没。我刚来不久。

"那你知不知道 CC 技术学校?听说还挺有名的。可孩子一到,就报怨这报怨那的,不想来。他根本不知道我们为他费了多大的心思。"

我说,这个情况也不能光怨孩子。"是啊,我们当年……兄弟你没我大吧?"

接下来,我和她感叹了一番中国教育,感叹了一番"希望"和"未来",这都已是套话。我没有说话的欲望,可她有,她不想停。哪怕,我故意显现给她疲态和不耐烦。

抓住影片里一个并不非常好笑的桥段,我使劲地笑起来,并指给她看。她也笑了笑,但随后,依旧接续她的旧话题。

雨突然就停了,甚至乌云也变得很淡,它和刚才的昏暗几乎没有过渡。甚至还有了一缕缕的光。车里的喧杂也一下子变得多了起来,它和刚才的静默也没有过渡,我想不清楚它们原在哪里埋伏。

突然多起来的喧杂就像一群纷乱的苍蝇。脖颈处有伤疤的女孩跑到了前面,她问售票员要了一杯水,并向她询问某某宾馆的具体位置,是否需要在中途下车。向后走的时候,她掏出手机,用另一种更为柔软的语调和一个叫"周老板"的人通话,说一路大雨,车慢了点儿,她会到,肯定。嗯,不见不散。

"是个小姐。"女人的语气有着固执的坚定。我想,那个从我身侧经过的女孩也听见了,但她没有任何表示。"我能看得出来。"女人接着说,她用出一种特别的表情。

我不想搭话。我对身侧的这个女人有些厌恶,这份厌恶还在叠加,可她,是那么愿意猜度和判断别人的生活,"你看她的打扮。看她的脖子。"她也注意到了女孩脖颈上的伤疤——我急忙制止住她,接过话题,"你给孩子选择学校的时候为什么没考虑他自己的感受?你强加给他,他如何会给你好好学?他肯定有种破罐破摔的想法,他很可能是摔给你看的,他要让你注意到他,特别是他的感受。"

"他的感受?他天天……他怎么不考虑我的感受?"这位母亲的话题没有得到延续,车停下来,服务区到了。我在她准备继续之前离开座位,匆忙冲她点一点头,仿佛是急于寻找卫生间。

回到车上之前我拨出电话,依然是,你要拨打的电话已关机。这是意料中的结果,可我,还是有着某种的幻想,虽然它已经一次次碎裂。之前,我以为我会为这个结果感到轻松,在三年的时间里它悄悄出现过多次,可是,当它到来。

"我终于失去了你。"

"用来想你的时间和用来遗忘的时间相等,至少大致如此。在用来想你的时间里,想你小鸟依人的样子和骄蛮的时间也大致相等——也就是说,如果,将想你的时间看成是——你可爱的时间占有四份中的一份。

这并不奇怪。在用来想你的时间里，其中也包含着小小的厌倦。"

你知道，这是旧日的词句，而那时，在路上，我想到它们，它们有了另外的意味，包括，我谈到的娇蛮和厌倦。我终于失去了你，它让我百感交集，陷入到自己的涡流。

那个女人也没有再和我说话，她上车，从我身侧坐回自己的座位，她的动作使我们恢复到最初的陌生里去。我也乐得如此，那时候，我沉浸在自己的氛围中，目中无人。

她冲着电视笑得开心，至少表面上如此。而在我看来，剧情荒诞无聊，根本不值得为它发笑。

半小时后，雨再次下了起来，它又一次追上了这辆开往 A 城的汽车。不过，这次是细雨，天色也无最初的昏暗，我接到了妻子的第二条短信，"妈妈的情况不是太好。"她不问我在哪儿，和谁在一起，她不问我是不是回，她什么也不问。

背后座位上那个男人的电话又响过三次，他用着不同的语气，但全部是谎言，他坚持是去 B 城，坚持自己在谈一单重要的生意，坚持自己正在会场，不能多说。邻座的女人用她的眼神和口红表示着她的不屑与鄙夷，我猜测这是展示给我看的，但我装作没有看见。我的心在别处。

"你也不要太伤心了。"终于，她用胳膊碰了碰我，"我知道家里有病人是怎么样的感觉。我母亲，就在去年这个时候……"她的电话突然响起来了,她似乎被这个突然吓到了,而一直攥在手里的手机,在瞬间也变成了一块发红的铁。

"你接电话。"我说。

电话是她丈夫打来的,她小心、怯懦地向那边解释,孩子昨天和人家打架了,打你的电话一直不通。是是,我正在赶往学校。行。行行。我不知道,你是不是……好好我去我去。这也不能怪他,他也……

那个高大的女人是一只软壳的蜗牛,接过电话之后,就更是了。她甚至,对我都有所躲避,她知道我听到了电话的内容,至少是她的那部分。

盯着窗外,我感觉自己在麻木着,不只是身体。我有些享受这份麻木,在两个涡流之间,这也不是第一次了。可它,也许是最后,一次。

"我是二婚。"那个女人有些突兀地说。

该怎么说呢?我不知道为什么要写下它。

在路上。它是没有意义的隐喻,不具备深刻。

在女人说过"我是二婚"之后我们再没有交谈,直到汽车驶入 A 城车站。在车马上进入车站的时候,她突然递过来一张名片:"姓名是真的,电话也是。"她用涂着过分口红的嘴,冲我笑了笑。一路上,她没问过我的情况,在给我名片的时候依然没问。我收起名片,客气地说声谢谢,客气的里面还有别的包含。这时,有短信到来的声音。我下了车,不再看她。

"我需要结束,过一种正常的生活。对不起。我承认,我还爱着你。"

我马上拨出那个已经刻在骨头里的号码。"你所拨打的电话已关机。"电话里,女声的提示柔和而温润,却带给我一片巨大的空荡和荒芜。

给母亲的记忆找回时间

愿我的母亲安息。也请她原谅，我再次拿她病中的日子说事儿，我猜测，她如果还活着，可能不愿意把那段丑岁月示人，要知道，她……现在，我截取最后的一段时间，它的开始，距离我母亲的去世仅有半年。血液的病，血管的病，心脏的病，还有过度肥胖引起的——譬如哮喘，譬如高血压，譬如下肢的瘫痪，譬如……结果是我妻子在医院里拿到的，它和厚厚的收费单放在一起，是一种很单薄的纸片。"给你弟弟打个电话吧。"她甩了一个异样的腔调，不过后面的话，还是咽了回去。

母亲被接回家里，我们告诉她说，只是一种慢性病，会好起来的，就是过程上会慢一些，你需要耐心。我妻子给她摘了树上的桃，母亲贪婪而笨拙地吃着，竟弄得脸上、胸口上都是那种黏黏的汁液。真的像一个病人。这时我弟弟也来了，他对着我妻子，我感觉，更多是说给我父亲听的：胡燕先不过来，现在门市上缺人，一天天累死了，忙死了也挣不到几个钱。父亲阴着脸，他转向另一个房间，那里，体育台正在直播湖人和骑士的比赛。"妈……"弟弟看着我母亲，他伸出手，想去擦挂在她脸上的桃肉——他的眼圈飞快地红了，他的声音，也跟着在颤抖……"你这是干什么，"我妻子竟然变了脸色，"你先出去，别在咱妈面前……"

还有半年的时间，至多半年。还有另一种可能，就是植物人，那样在时间上可能会长一些，不再具备第三种。医生是这样说的，他有些木然地把递过去的红包放进了抽屉。"到大医院也是这样，就是花钱多点儿。薛院长也看过了。"他特意提了一句薛院长，然后用很随意的口气，"市委王主任和你家有什么关系？"他低头翻着病历，"昨天我看到他了。"

母亲回来，突然变成了一个话多的女人，我们猜测，她也许感觉到了什么，或者从我们的话语和表情里发现了什么。不，不可能，我们得出结论是，不会的，她不应当感觉出来，要知道，她从来就不是一个细心人，何况，五年前的脑血栓已让她变得……"除了话多了点儿，你们没发现她和原来一样呆？"父亲说："她是猜测不出什么来的，她没那个脑子，再说我们这些日子有说有笑哄她开心，她也没有一点不高兴的表情，是不？要是她知道了自己的情况，怎么会……""她那么怕死。"是的，我母亲怕死。她刚刚患上脑血栓的时候我们就更清楚地知道了。

弟弟用白眼仁白了父亲一下："不能让她知道。是不能让她知道，她会受不了的。"弟弟的眼圈又红了，"哥哥，嫂子，咱妈的日子不多了,我们当儿子儿媳的,就常来陪陪她,让她高高兴兴地……"

我和妻子都没有接他的话,由他说着。可我父亲,他应当捉到了我弟弟的白眼:"你说,从你妈病重,胡燕来过几次?你来过几次?是你妈重要还是……"

声音大了些,可能是大了些,我们听见,在另一间屋子里的黑暗里,传来我母亲哭泣的声音。"妈,你怎么啦?"我和弟弟跑过去,打开灯,"我们吵醒你啦?"

不是,我母亲说,她记起了一件事儿,记得很清楚,可就是忘了那件事是在哪天发生的。她不能不想。可就是想不起是什么时候发生的。越想不起来,她就越想,把脑子想得都痛了,都紧了,都酥了,可还是想不起来……"看我这脑子。"母亲艰难地伸出手,捶打着自己的头,又一次哭出声来。

从医院回来的母亲,多出了一条舌头:最初的那条舌头用来吃饭,喝水,继续眼前的家常,而多出的那条舌头,则浸泡于记忆里面。她之所以变成话多的女人就因为这条舌头,虽然那条舌头同样显得发木,不够流利,留有血栓后遗症,可这并不影响我母亲使用它。不过问题是,我母亲总是记不起事件发生的日子,她不知道这件事是新近发生的还是已经年代久远……因为没有确切时间,它就会在我母亲的脑袋里引起混乱,因为一会儿我母亲会感觉自己还是个孩子,一会儿就老了,而另一会儿,就又突然年轻起来——我这样向我妻子和弟弟解释，不然，我母亲怎么会有那么多的固执，非要找到那件事发生的时间不可，如果得不到确切的答案，她就哭，就闹，就不睡觉……"我们就顺着她吧，我们就是顺着她，还能有多长……"我说给我父亲左边的耳朵。他没作声。那时候，他右边的耳朵依旧在体育频道上，里面是李宁服装的广告。

"她早就傻了。"父亲是对着电视说的。他的手里拿着遥控器，广告时间也绝不换台，只是调小了一些音量而已。"你告诉她也没用。"

话虽如此。是的，话虽如此，为我母亲记忆里的事件找回时间成为我和我父亲在家里最重要的活儿，它的重要性甚至超过了买菜，喂我母亲饭，喂她吃药，给她换换身下污渍斑斑的床单。是的，请了一个保姆，可她过于瘦小，而我母亲有一百七十斤重，一个人，做不了移动我母亲身体的活儿。她屋子里的味道越来越重，不过我的母亲从来没抱怨过这些。

我们，想方设法，为她的记忆找到时间。尽可能地准确一些。

她的日子不多了。

"是哪一年的事儿来着？"她如此开头，"看我这脑子，真没用。"可怜的母亲换出一副痛苦的表情，"我怎么想也想不起来……"她说的是发洪水，她和我姥姥、二姨冒着大雨，抱着被子向土地庙那里跑，还没跑到，就听见水来了，那声音在夜晚显得十分恐怖，传得很远，我姥姥呼喊的音调都变了，她丢下被子，一手一个把我母亲和二姨拉上了高处，水从她们脚面上涌过去，那力量大得都能把她们拽走，要不是我姥姥抓得紧的话……我父亲说，在他小的时候村上发过两次大水，一次是1961年，一次是1963年，都倒了不少的房子，死了几个人，不知道她说的是哪一年。"你怎么不知道？"我母亲变了脸，病中的她特别容易暴躁，"三和尚拴着绳子，捞谷穗，挺着个大肚子，给淹死啦……"那是1963年9月的事儿。三和尚是1963年死的，1961年挨饿的时候他能挺过来，据说是偷了公社粮库里的绿豆。民兵们查了好多天，最后在三和尚的屎里发现了绿豆皮——我父亲说，三和尚被民兵捆在树上打的时候他在场，打了一天一夜，还让他脖子上挂着一兜子粪——可他就是没有承认自己偷了绿豆，当然也没从他家里搜到。最后这事不了了之，不了了之的原因一是三和尚拒不承认，二是他父亲因为这件事在大队门前上吊死了。三和尚死于1963年，不会有错。他不会游泳，却想学着别人的样子去被水淹了的地里掐谷穗，为此，他找来绳子，把自己拴在一根檩条上……可绳子开了。他就扎进一人多深的水里，直到两天后才漂上来。

"是1963年。"我母亲点点头。她有些心满意足，发出轻微的鼾。保姆来问晚上吃什么。"是哪一年的事儿来着？"母亲睁开眼，她的嘴角垂着一条浑浊的线，"看我这脑子……"

是哪一年的事儿来着？我母亲说，你姑姑演李铁梅，两条粗辫子，人也长得好看。她一上台……1966年，随后我父亲纠正，1967年。随后，我父亲岔开话题，然而这对我母亲的舌头缺乏影响，最后，他不得不用一个桃子堵住我母亲的嘴。父亲不愿意提我早早去世的姑姑，这我知道。要不是我母亲病着，他一定变脸了，他一定……他走出去，和保姆一搭一搭地说着不咸不淡的话，我母亲坐在那里，偎着两个枕头，又睡着了。

"是哪一年的事儿来着？"那时我和我妻子在场，找了一整天时间的父亲悄悄溜出去，到玉祥叔叔家打牌了。"是哪一年，看我这脑子……"她说的是我弟弟和人打架，打破了头，被人堵在门口，都拿着木棍、铁棒、砖头……"可吓死我啦。你父亲待在屋里，我叫他出去看看能不能给人说两句好话，可他就是不动……""有这回事儿？"妻子盯着我，"我怎么从来没听你说过？""有这回事儿。"我说，"那时我上初中，他也在初中上学，我们刚转学到县城不久。""是哪一年的事儿来着？"母亲问，她有些焦急，不知道准确的时间可不行，她的脑子，会被这个疑问给坠坏的。我说，我得算一算，我初三，他初一……是1986年。1986年夏天。

"不对！你骗我！"母亲骤然变得恼怒，"不是那一年！我想了，不是那一年！你随口说说想混过去……"

我们怎么劝解也不行。最后，还是用三遍电话叫来了弟弟。他证实，是1986年，不过不是夏天而是秋天，他和王勇偷人家西瓜被追了三四里地，两天后，他们俩又回到那块西瓜地，用木棍把所有的西瓜一一砸碎。"那时候就爱发坏。不过也没砸多少，都秋天了，瓜都卖了好几茬了。"

母亲这才有了笑容。"那时候，王勇他爸总和你父亲说，你这孩子，看这坏劲儿，要么长大了是个大人物，要么进监狱。"

弟弟接过我妻子手上的梳子，理着母亲头上的三缕乱发："你儿子没成为大人物也没进监狱，看来还是坏得不够啊。"

她登台演出扮演李铁梅的时间也是1967年，那时，她还在生产队里担任妇女主任——我母亲的嗓子不好，扮相也不好，可是，大队排演《红灯记》，演李奶奶的赵四婶婶提出条件：大队干部得带头，我母亲必须要扮演其中一个角色，不然她就不演，无论多么光荣多么难得她也不演。母亲说："你赵四婶婶就是想出我洋相，她恨我。我刚当妇女主任的时候，她不服，总是找茬，最后让我母亲寻得了机会，把她吊在大队的房梁上，一天一夜，尿了一裤子。别看她嘴上服了，心里恨着呢。可要是她不演，这出戏就排不了，别人也跟着起哄……没办法……"那是我母亲唯一一次登台演出，病中的母亲又把它想了起来。"我演李铁梅……当然，还是你姑姑演得好。"

（我知道的是另一个版本，在我母亲讲述之前，我妻子知道的，也是另一个版本，那个版本，是我姥姥活着的时候讲的。她说，我母亲一上台，就木了，就走不动路了，简直是一个木偶——不开口还好，一开口，台下边一片大笑，指指点点，我母亲再顾不上继续，匆匆就跑下去，还跑丢了一只鞋。

姥姥说，当时，她真恨不得有个老鼠洞钻进去，满身的鸡皮疙瘩，两天都没全下去……愿我的母亲安息。这个版本真是我姥姥提供的，她肯定没有丝毫恶意。）

煤气中毒的那年是1971年，不会有错，因为那年我只有一岁，确切地说，只有十几天，母亲说，我在她怀里就像一只瘫软的兔子，或者老鼠——当时，所有的人都以为我已经死了。尤其是我的奶奶。她骂了小半天，骂我，是来骗人的害人的，留不住的，不中用的，稀屎一样的，王八羔。"我就没见过像你奶奶那么心狠的人。"说这句话的时候我母亲的舌头比平日要利落些，她的表情中还带有小小的愤恨。她说，我奶奶把我从她的怀里夺下来，一个死孩子你还护着干什么，哭什么哭，它本来就是路过的野鬼，是害人精……奶奶在我母亲面前晃来晃去，用夸张的手势驱赶看不见的鬼魂，根本不顾她的悲伤，不顾她因为煤气中毒，头就像裂开了一样。"要不是你姥姥"——要不是我姥姥，我肯定早就死了，扔到河滩上喂狗了……我四叔和果叔被我奶奶叫来，准备用旧席子把我裹了，扔得越远越好，这样，总是骗人的害人的鬼魂就不会再找到这家人。可我奶奶舍不得我身下的旧苇席，它看上去还较为完整，另外，她竟然也找不到麻绳，平日里它到处都是，塞满了各个角落。小脚的姥姥跑过来了，她盯着我，突然发现我的鼻翼动了一下，像是呼吸——"嫂子，你看，他还活着……"

"我就没见过像你奶奶那么心狠的人。"姥姥把我塞进她的裤筒，那时的棉衣都有宽大的裤腰，"那么冷的天，你奶奶，就是不让你姥姥进屋。"——四叔曾说过那日的情景,确是如此,我姥姥在院子里坐了两个小时,脸都冻紫了,那么冷的正月。四叔说,你奶奶迷信,她觉得把这么小就死掉的孩子再带到屋里去会带进去晦气,那时,我们的日子过得穷。人越穷越怕,也越信。四叔说,你奶奶是骂了半天,其实也可以理解,按照我们的老风俗,早夭的孩子必须要骂,要打,不然那个鬼魂还会回来,之后的孩子也留不住……"我就没见过像你奶奶那么心狠的人。"重复到第三遍,我母亲偏着头,睡着了,脸上的表情却还在抖动。她和我奶奶,疙疙瘩瘩了一辈子,明争暗斗,从不相让。说这话的时候,我奶奶已经去世,而距离我母亲离开,也只有不到半年的时间。

她越来越嗜睡。我的母亲,大多数的时间都在睡眠中度过,可她还是困,还是倦,她的体内布满了瞌睡的虫子,那么多的虫子都快把她掏空了。早上叫她起来吃饭,她显得异常饥饿,仿佛一直不曾吃饱,仿佛吃过这顿饭就不会再有下一顿……可往往是,她吃着吃着,头一沉,就沉在自己的鼾声里,坐在那里摇晃。

一个上午。太阳晒或不晒,下雨还是阴天,于我的母亲都没有影响,她的眼皮很沉很重。她让自己陷在床上,偶然,被父亲和保姆半拖半架来到沙发上,半仰着或半卧着,鼾声就起了,肥胖的母亲在鼾声中软下去,别忘了,她还有哮喘。那时候,她已不再穿裤子,只有两件由我妻子用被单改做的宽大睡衣，上面沾有斑斑点点——我说过，我母亲的气味越来越重。有时候我父亲会想办法捅醒她，喂，你看——母亲架起眼皮，这个动作木讷而迟缓，似乎很用力气：你说什么？

不等他说完，困倦会再次把我母亲按倒，让她半仰或半卧于沙发里。半张着嘴。因为哮喘的缘故，仅靠鼻孔是不够的，何况它们还得用来打鼾。那真是些丑岁月，我若是母亲，也不愿意它被谁记下来，标明真实的时间或其他印迹。我愿意它从不存在，像从来没有这样的日子一样。

只有傍晚时分，我的母亲才会有些好精神，她才会把自己变成一个话多的女人，以"是哪一年的事儿来着，看我这脑子"开始。她的时间不多了，屈指可数。就让我们尽量，拿出更多的精力，耐心，笑脸，温情，来陪她。

我弟弟也是这么说的。他总是这么说。只不过，他的门市有些忙，离不开人。

就那样，我的弟妹胡燕还说他懒，笨，呆，不说不动，天天就赖在柜台前的电脑旁，打游戏。也不管进货查货，也不管招呼客人，也不管那些两面三刀、嘴勤屁股懒的服务员……

半年的时间，不算太长，的确屈指可数。但，这半年，是从五年的时间里延续下来的，伸展出来的，它和之前的日子没有明显的界线。不可否认，某种倦怠还是来了，它在我们之间传染，虽然对此，我们几个都保持着心照不宣。

我和妻子，过去的时候少了，当然这个减少显得比较自然，并非是对母亲的忽略：我正在办理去石家庄的调动，来往于北京，沧州，海兴，然后石家庄。我会往家里打个电话，父亲那边声音平静：知道了。行。没事儿。只有一次，他突然提高了音调：把你妈这块废物丢给我就行了，你们都忙，忙好啊！

连夜，我从北京赶回老家。那是一个风雨交加的夜晚，车行在路上就如同船行在海上，窗外的黑暗不时会被闪电撕裂，那种短暂的明亮并不能使我们这些乘客感觉安心，恰恰相反，它，增添了些许的恐惧。我想我会永远记住那个夜晚，尤其是，坠在心口的那块巨大的石头。

回到家里已是黎明，妻子告诉我说，老两口打架了。

为什么打架？

因为保姆。

我当然不会是一个称职的裁判。尤其是，当我母亲哭成了一个泪人儿，她那么委屈。

在父亲那里有同样多的委屈。都什么年纪了，她还疑心这疑心那，当初我也想找个男保姆的，不是感觉她不方便吗。我急忙关上门，把我母亲和妻子的声音隔在外面。"你就让她听听，我又没做什么见不得人的事儿。"父亲还是愤愤。

"不就是，我对人家态度好点儿，你不能把自己当成是旧地主，把人家当成是奴隶……我不知道这么多年的教育，她都消化到哪里去了。还当过妇女主任，积极分子，破四旧的先进……在旧社会，地主也不能这么待人，你爷爷是长工，你问问当年杨家是怎么待他的。"

"她是有毛病，我也的确睁一眼闭一眼……她是不勤快，拿我的烟也没跟我说……找个服侍病人的保姆不容易，何况像你母亲这么胖，事儿又这么多……我不哄着，不让人家舒心点儿，人家怎么待得下去？"

"我怎么动手动脚啦？我怎么动手动脚啦？"父亲突然从床上弹起来，打开门，冲到我母亲的房间，"守着孩子们，你说话得有根据！"

父亲指着母亲的鼻子："要不是你病着，要不是你这个样子……我忍了你太久了，我，我……"

要不是我弟弟和弟媳进来，我们还真不知道能如何收场。在我们的位置上，根本劝不住。见到我的弟弟，母亲哭得更厉害了。

辞退了保姆，这个插曲也就画上了休止符。后来保姆找到我弟弟的门市，她说了一箩筐的坏话。我弟弟悄悄加了二百元钱，她才悻悻离开："我还从来没遇到这么不说理这么没好心眼的人家。"在我母亲去世之后，一个偶然，弟媳胡燕说起此事，我父亲马上拿出二百元钱给她："这个钱，不能让你们出。不行。绝对不行。你母亲待人……唉。"

愿她安息。

辞退了保姆，照顾我母亲的责任就完全地落在我父亲的身上。他没有再雇人的打算，我母亲也没有。好在，我母亲多数时候都在睡眠，不会影响到他——父亲在家里设了个牌局，几个邻居天天过来打麻将。这样也好。

母亲的气味越来越重，当然也越来越混杂。我和妻子过去，给她清洗，但一天之后，半天之后，某种难闻的气味就又弥漫出来，好在，母亲已经没有了鼻子——准确一点儿，她的鼻子已经失去了嗅觉，至少从我们的角度看来，应是如此。她从来没对此有过任何抱怨。不只是在那半年里，三年之前，更长一点……她没有抱怨过，关于气味，来自她身体的气味。

"看她那一摊肥肉。"我父亲说，不止一次。

"不就是胖吗。"母亲竟然嘿嘿地笑了，露着三颗牙齿。

是哪一年的事儿来着？母亲又找不到具体的日子了，这让她很难受，它们就像一大团撕咬着她大脑的虫子，看我这脑子……

她说的是我爷爷的死。"我们正在地里干活。听到了锣声。当时谁也没在意，赵瘸巴家的还和刘珂开玩笑，说大队长新立的规矩吧，上级来了指示不敲鼓改成敲锣了……后来你四叔跑过来，阴着脸对我说，咱爹出事了，快去看看吧。"

在我们家，这是一个最为禁忌的话题，从很小的时候我就知道对它必须小心翼翼。我爷爷死于自杀，在此之前，他或真或假地自杀过多次，在此之前，他被风湿、胃病和关节炎所折磨，痛苦像跟随在他身后的影子。或真或假，就是最后那次自杀也应当如此：我爷爷敲响铜锣之后，再向树上的绳索伸出了脖子——他也许还想再敲，唤来众人，把他从死亡的紧扼中救下来，可是，在慌乱中他偶然地提前踢倒了脚下的凳子。

这是一个最为禁忌的话题，关于我爷爷的死，我是从邻居们从我的同学那里听来的，我的父亲母亲，奶奶，包括四叔四婶，从来没谁向我谈起——我偷偷看了父亲两眼，他，竟然出乎意料的平静。

1969 年。1969 年 6 月 12 号。一向好面子的父亲竟然那样平静："我刚从四川回来，顺便来看看你爷爷奶奶，结果我还没到家，他就……"父亲接上另一支烟，屋子里，已经满是呛人的烟味儿，"那时，我是山东省红旗造反派的宣传部长，因为你爷爷的死……政治不过关，就免了，当协调小组的小组长。靠边站了。""咱爹的死算是救了你，"母亲抬抬眼皮，"后来，你们那一派的头头脑脑还不是都被抓了……"

我母亲说，那些人被抓起来之后，我父亲还去找人辩理，给中央写信，给毛主席写信……"你都听谁说的？"父亲竟然站起来，"胡说八道。我从来就没……""我听你说的！你不说我怎么知道！"母亲也不退却，"是哪一年的事儿来着，你在无棣教书，校长怀疑你是 516 分子……"

母亲的右腿肿得厉害，可是不痛不痒。一系列的检查之后也没有任何结论，只是说，保守治疗。母亲突然又想吃桃，可是，季节有些过了。父亲买来的是梨，好在，她并不挑剔，大口大口地吞下去，包括多半的梨核。如果不是我们夺下来，很可能，她也会把剩下的核一起咽下去。"看你那吃相！"父亲有些挂不住脸，另一张病床上是一个中年病人，他正悄悄朝我母亲这边看，"没人跟你抢！像八辈子没见过梨似的！上辈子一定是饿死的！"

"是哪一年的事儿来着？"父亲的话让她想起了饥饿，"我饿得啊，走到门口的力气都没有，得扶着墙慢慢走，走两步就歇一会儿，三伏天，还觉得冷，有股冷风总在你背后吹你的脖子。你小姨还一个劲地哼哼：'娘，我饿，我饿。'你姥姥能有什么办法？她就说：'芬啊，别闹了，省些劲吧。'可你小姨不听，还是哼哼。你姥姥急了，把手里的线穗朝你小姨头上砸去：'饿饿饿，饿了就去吃屎！'"说到这，母亲突然咯咯咯地笑起来，笑得不像她那个年纪，不像距离自己的死亡只剩下不到两个月的时间。

……

回到家的那个下午，母亲出奇的精神，她不困，没有一点儿想要睡觉的意思。"你叫小妮来伺候我两天。"她向我父亲求助。小妮，是我大伯家姐姐的小名。"爸，我看行，你看我妈这个样子……"见父亲没有表示，胡燕揉着我母亲的脚，"大姐一向耐心，我妈也一直喜欢……""人家也是一大堆的事儿，又不是你生的你养的，凭什么叫人家来，看你多大的脸！"父亲瞪了两眼，"我伺候你还不行？有什么不满意，你也说说！"

"行。"母亲的语调也不好听。

"那是哪年的事儿来着？"我母亲问，她问我父亲，公社那个刘书记刘大烟袋，到咱们村蹲点儿，是哪一年来着？事她记得，可时间又想不起来了。"1972年。"我父亲笑了，"我还以为你早傻了呢，没想到，还能动心眼。你是提醒我，那年，小妮当上赤脚医生，然后转正成为公社干部，是你的功劳，她应当感恩，应当过来伺候你，是不是？"

"我问你是哪一年的事儿！你胡扯别的干什么！"母亲显得异常委屈，她的身子都在抖，"想不起是哪一年的事儿，你知道有多难受……我都快憋死啦！"

大伯家的姐姐还是来了。她还给我母亲做了鞋，尽管鞋小了些，母亲说，是她的脚肿。"你来看看我就行了。"母亲拉着她的手，又哭起来，"我怕再看不到你了。"她把我姐姐也给惹哭了："婶婶，没事儿，等我忙过这些天，就天天来看你，住下不走了。婶婶，你也别多想，好好养病，会好起来的，我特别喜欢吃你做的鱼，等你好了再给我做……"

"我是好不了了。"母亲不肯松开她的手，"小妮啊，小妮啊……"

"婶婶，你在咱们家，可是有苦有劳的人啊。里里外外都靠你啦。你可别这么想，我叔还得你……小浩小恒也都大了，你还得多享几年福呢。"

就在大姐姐来看我母亲的那个晚上，我弟弟出事儿了。他喝醉了酒，来到邻居家里——他和我弟弟是同行，竞争关系，平时交往还算正常，过得去。可那天，我弟弟喝醉了酒。

人家报了110。当着警察的面儿，我弟弟还打出了最后一拳。眉骨骨折。

"他花了钱。鉴定是假的,他们三个打我一个,我根本是正当防卫。再说,我下手也没那么重,我控制着力气呢。"在电话里,弟弟要我找一找人,特别是市委王主任,"上面的人搭话肯定管用。"

略去我在电话里的所说,那些话,根本进不了他的耳朵。"哥,我不在家的这些天,你要多找找人……花钱多少我听着,我宁可多花三倍五倍在办事儿的人身上,也不能赔他家一分钱!"最后,他说,咱妈那,我一时不能露面……你就多走走吧。他在那端,声音里面满是水和沙子。

一波又起。我的调动也出现了问题,倒不重要,只是一些小小的细节,小小的疏漏,譬如……可它被放大了,没有余地,只好一次次返回,再一次次送达。我在炎热、烦躁和屈辱中穿行,而到达那些门口的时候,还不得不换上另一副虚假表情。真是崩溃。它出现的时机不对,我弟弟的事已经让我焦头烂额,而它又雪上加霜,让人……

在母亲那里,我们还要向她隐瞒,她肯定受不了那样的消息。我向她说,我弟弟出门了,参加一个业务培训,这对他的经营有很大好处,胡燕也是这样说的。我父亲也是这样说的。好在我的母亲并不具备疑心,她一向都粗枝大叶,何况是在持续五年的病中。她只说过一次,要我弟弟在不忙的时候来个电话,她有点想他。说到这里我的母亲眼泪汪汪,医生说,这是因为血栓后遗症的缘故,患过脑血栓的人,都容易把控不住自己的情绪。

是的,我母亲总是把控不住自己的情绪,她问的"那是哪一年的事儿来着"必须有一个确定的答案,而且还得她接受才行,如果有所敷衍、怠慢,她就会受不了,哭得一塌糊涂,三行鼻涕加两行热泪,像是受了巨大的不公,受了巨大的蒙骗。"看我不把你这摊肥肉扔到沟里去!"父亲的语调确有生硬和凶恶,不过,说虽如此,但在寻找准确时间的问题上,他可从来没有敷衍过。

或许,我父亲也从中得到了某种……乐趣?

在母亲酣睡的时候,我会和父亲谈一谈事情的进展,当然不完全是实话,基本按照报喜不报忧的原则。我们的声音很小,隔壁的耳朵绝不可能听见。而我的母亲,在隔壁的隔壁,在最后的那段岁月里,她没有一个器官是灵敏的。

"胡燕一天恨不得三十个电话,不出事的时候从来都不……也不知道她从哪打听到的,法院里一个副院长是我的学生。我都不记得了。再说这么多年,没个联系,说了也不起什么作用……"

我说,我一天也能接三十个电话——说着,胡燕的电话就来了。

走到外面,我回过去:"你问咱爸爸,他找了他的学生没有,人家怎么说?要花多少钱?"我说,这事儿别为难咱爸了,我觉得他说也没用，要是被拒绝多没面子，再说，以咱爸的脾气……

"我就知道，他什么事儿都不想管，你没听咱妈说他吗，李恒当年打架让人家堵到门口，咱爸都像没他什么事儿似的……他要面子，他要面子，面子值几个钱，他不去找人家，人家还以为咱爸瞧不上人家……反正要抓的是他的儿子，要是把李恒抓起来，看他面子多好看！"

"你能不能冷静一点儿，听我说……"

"哥，你不用说了，我也和你透个底，咱妈的日子不多了，要是到时候李恒回不来，不能参加咱妈的葬礼，我和小敬也不去！既然他不要这个儿子……"

"你说的什么话！"冲着手机，我几乎是在吼叫。

是什么时候的事儿来着，母亲探着头，一脸期待，我在坟地里站岗，脚下是刚刚挖出的三大筐银元和金条，还有金簪子、银簪子，反正都是宝贝。天黑了也没人来接我，天黑了，鬼火就出来了，一片连着一片……可我也不敢走啊，公社的人不来，要是丢了东西我的罪可就大了！站在杨家坟地里，我越想越怕，腿都抖得立不住了……我就默念毛主席语录，端着枪，冲着鬼火喊：杨家的牛鬼蛇神们，你们这些地主恶霸，好好想一想，在你们活着的时候侵占了多少贫下中农的财产，逼迫他们卖儿卖女，无家可归……后来赶来的民兵都不敢近前，说我喊得吓人，根本不是人调……父亲想了半天，不知道是哪年的事儿。这件事,他没有参与。"你再好好想想!"母亲的情绪又有失控的危险。

就在我父亲仔细回想的空白时间里,母亲发出这样的感慨,那个年代,那么多的宝贝,谁也没想拿一件儿。拿一件两件、十件八件都没人知道。当时的人就是傻。

父亲插话,按你的财迷劲儿,要放在现在,你恨不得把一筐金条都偷回家来。

母亲硬硬地晃了晃她的脑袋,嘿嘿嘿地笑了。"现在也没有了。"她,竟然没有再追问,这是哪一年的事儿。在我印象中,这是她唯一一次,没有因为缺少答案而发火或哭泣的一次。

是哪一年的事儿来着?她想到了另一件,这件事里有我的父亲,还有我大姨——他们两个都在大学,他们两个,分别属于不同的红卫兵组织。那年假期,他们竟然在我姥姥家遇到了一起……"你姥姥怎么劝也不管用,两个人像斗鸡似的,也是你大姨坏,从不服软,她从锅台上拿了一把炊帚就抡你父亲,你父亲也不让,拿的是铲子还是蒲扇?反正也拿了什么东西,两个人打在一起,最后,你大姨被打哭了。事后,你大姨越想越气,就叫你成舅去告诉你父亲,说你姥姥气病了,让他过来看看……等你父亲一进门,埋伏在门后的你大姨挥起尿盆就砸过去,盆里有满满的一盆尿……"对于这件事,我父亲给予了部分否认,他承认前面的内容,两个人是吵了,是打了,但过了就过了,因为第二天他就返回学校,尿盆事件根本没机会发生。"那是哪一年的事儿?"

父亲想了一下,"不是1967年就是1968年……1967年,是1967年。"

"你记不得尿盆扣你脑袋上的事儿?"我母亲说,我父亲是装记不得了,这件事,太伤他面子了,他当然要记不住。"那天,我就在家里,我在窗户里都看见了。"

瞎说。我父亲坚决否认,绝没有这回事儿,不信,你打电话问问贵芬。我父亲真的拨出了大姨的号码。不过那边没人接听。

电话打来,弟弟还是被抓住了。他在保定,登记住宿,身份证上的号码泄露他是一名逃犯。"哥,你快想想办法,你救救他!"

我把妻子从单位上唤回,打发到弟弟的门市——胡燕需要安慰,尤其是在这个时候。而我,则赶往母亲那里。希望她一无所知,也希望我的父亲,同样一无所知。

可是,在我进门之前,就听到母亲的哭泣。另一个房间,电视的声音很响,大约是一场怎样的比赛正在胶着,从门上的玻璃可以看见,父亲躺在床上,伸着他的腿和脚。难道……

一看到我,母亲哭得更厉害了,上气不接下气。愿我母亲安息。那个场景真是让人心酸。我走过去,和哭泣的母亲坐在一起,妈,你怎么啦,妈,你别难过啦……事已至此……

是个误会,差一点儿,我把……母亲的哭泣有另外的内容,她向我告状,说,我父亲打她。"你把我接走吧。"

从另一个屋里,我父亲也出来了。怎么能算打你呢?是打吗?

"不是打是什么?你打我也不是一次两次了,你恨不得我早死,你恨不得我……"母亲哭得无法再说下去。

父亲需要解释,他必须解释。怎么算打呢?就是推了她两下。她那么多肉。

我说爸,她的肉再多,也不能打啊。我知道你辛苦,知道你累,要不,就让我妈上我那去过两天吧……那个时刻,我也控制不住自己的百感交集。

不是打,真不是打。父亲喃喃,我,我也没……你问问她,就是没完没了,问这件事是哪一年,那件事是哪一年,有的事儿我也记不清是哪一年的,再说有些她自己的事儿我也不清楚,她就急,就哭,就闹……你问问她,我们告诉她是哪一年的事儿,有什么用,她记得住吗?她有那个脑子吗?……

"我就是想,在我走之前……"

我母亲,一百七十斤的母亲,咧开嘴,就像一个弱小的孩子:"我就是想,在我走之前……"

毫无疑问,那是个多事之秋。在另一篇文字里我也用了这个词,就是多事之秋,没有哪个词能够替代它,比它更加准确。在这个秋天的末尾,在经历了一系列的曲折之后,弟弟被释放出来,而我母亲的岁月,已经寥寥无几。

而这些寥寥无几,还被她用在睡眠中挥霍掉了。她吃得越来越少，虽然还是那种饥不择食、狼吞虎咽的样子，可往往是，吃上几口，头一斜，鼾就起来了，未经好好咀嚼的食物顺着她微张的口又一点点掉出来。对她来说，早晨和夜晚没什么不同，正午和黄昏没什么不同，春天和秋天也没什么不同，她的世界已经越来越冷，越来越暗。我们叫不醒她。推她、拍她都已不起作用，她被困倦黏住了，那是一种很固执的胶。

可我弟弟的归来……"我的儿啊！"笨拙的母亲有些夸张，她竟然伸出双臂，抱住我弟弟的头。他的头，无法掩饰。母亲抚摸着弟弟的光头："我的儿啊……你可回来啦……"

弟弟的归来使我母亲——她的脸上有了一层特别的光，特别的润泽感，还不止如此。整整一个下午，我的母亲都没让自己沉入到困倦中去，她，又一次成为一个话多的女人。最后一次。

她说，当年，人家组织石油工人学毛选，四个老汉学毛选，自己是妇女主任，就跟在人家后面，搞了个四个老婆儿学毛选，词儿是现成的，把老汉改成老婆儿就行了，刘珂的嫂子，你姥姥，春姥姥，还有一个记不得了……结果还到县里汇报演出过，上了报纸，每人发了一个印着字的搪瓷缸。父亲提供了时间，"1966年夏，那张报纸在搬到县城之前还在，你母亲很小心地留着，那是她最风光的时候。"不是，我母亲纠正，我还参加过全国的农民代表会呢，我还和邢燕子一起照过相呢。停顿了许久，母亲忽然感慨，也不知道她后来怎么样了。她说，当年，你爸爸想当陈世美，他在大学里又搞了一个，家里都知道了——听到这个消息,我二话没说,坐车去济南,找到你爸爸学校……我父亲急忙纠正,不是,他没有,只是朋友,一般朋友,是那个同学有意思,就给他写了封信……"那是哪一年的事儿来着?"1968年。我当时,是学校革命委员会副主任。

林彪死是哪一年?那时,她已在公社工作,下午开会,宣布林彪叛逃摔死的消息。当时,公社一个副书记,姓刘,也许是头一天没睡好觉,在会场打盹儿,一愣神,听见说林彪死了,一下子哭了起来:"敬爱的林副主席啊,毛主席最最亲密的战友啊,你怎么说走就走啦……"因为这一哭,被关了大半年,差一点儿没被整死。查来查去,这个人根本和林彪没任何关系,也从没有过反党反社会主义的言论。后来听说放出来了,不过再没回公社……

我母亲还提到炼钢,提到她去泊头学习,提到她在县供销社当采购员的日子。提到我的出生,我弟弟的出生,一家人去农场,然后搬到县城……父亲和我们,负责为她的记忆提供时间——尽可能准确。她的日子不多了。

她又忘记了我爷爷去世的时间。我父亲再次提供了一遍。关于我爷爷的自杀,父亲给出的解释是,他受不了病痛的折磨。当然,在三年自然灾害期间,我两个叔叔的死也是原因之一,之前,我爷爷可是农会积极分子,生产队小队长,民兵排长。"不是因为他姑?"母亲进行反驳,"他嫌她丢了脸,让他抬不起头来。当时还有人说,他姑,其实是让咱爹给毒死的……""一派胡言!"我父亲勃然作色,"咱娘去世的时候只有我在场,不是有人也说是我……"

完全出于偶然,我母亲,提到大伯家的二姐,她是哪一年死的?那么灵透个孩子,人长得俊,嗓子又好……是啊,她是哪一年去世的呢?被母亲如此突然地问到,父亲一时短路,他说,竟然完全没有印象。她死了,也就是三五年吧?

不,时间还长,我给父亲纠正,时间肯定还长,当时,我在中学,记得很清楚,现在,我的儿子都这么大了……看我这脑子。父亲也跟了这么一句话。我就感觉,像前几天的事儿似的。就是想不起来。

母亲又开始哭泣,看得出,她一直试图控制,可是……"你放心,妈,我们一定给你找到。"弟弟给她擦拭着眼泪,"妈,你别哭,我们这就去找。"

我们一家人,先搜索记忆里的相关事件,把它限定在一个时间段内……"我记得相册里有那个姐姐,不知道有没有注明拍摄时间……它会有用吗?"别管那么多,你先拿来再说。就在我妻子准备骑车离开的时候,弟弟追了出来:你不用去了。咱留着一手呢,咱有日历!我去拿!

经他这样一说,我也恍然:那些年,流行过一阵印有明星照片的硬纸年历,可折叠,如同旧式盒带里歌词的卡片——"我不光能找到是哪一年,有可能还能找到是哪一个月,哪一天!"

没想到她会死得那么惨……好好的一个孩子。她要是不去那里……母亲说。是啊，没想到她会死得那么惨，几乎被轧成了一摊血肉模糊的泥，我大伯大娘，几年的时间都没缓过精神——要知道，在那个年月，车辆并不像现在这么多。可她，偏偏遇上了车祸。

她要是还活着……母亲，又变成了一个多愁善感的泪人儿。

弟弟带来一个旧箱子，上面有着一些莫名的污渍以及厚厚的尘土，他说，来的时候还擦了一下。结果还是这么脏。

里面都有些什么！锈迹斑斑的钢球儿，被虫蛀过的小人书，里面塞着众多旧邮票，毛主席纪念章，还算整齐的烟盒，老鼠屎，十几枚嘉庆通宝、光绪通宝，朱明瑛、朱小琳的盒带，厚厚的一叠旧信封，上面贴着纪念邮票或特等邮票，有的信封上还用做作的隶书签着我的名字……"这些，多数是我当年的成果，我说后来找不到了，原来都让你弄走啦。"

"你又没问过我。你的就是我的，我的还是我的。咱哥俩，谁跟谁啊。"

母亲笑了："从小你们就这样。弟弟总占便宜。"

"哎，妈，可不能这么说，我是总占便宜的主吗？别人给我便宜我还不占呢，占，是瞧得起他！"见到母亲的笑容，弟弟也越发得意，得意得有些心酸。

没错儿。在这个箱子最下边，是有一些明星年历，数量还不少，然而，不知是出于受潮还是被胶水或者蜂蜜之类的黏液浸泡过，它们紧紧地都粘在一起。弟弟试图小心地从中扯开，结果是，所有的字迹和图片都形成一块块斑点，面目全非，不可辨认。

不用找了。过几天再找吧。看得出，母亲已经累了，她难以再支撑下去，那么厚重的眼皮。我和弟弟交换了一下眼神，这，大概是母亲最后的回光，之后的时间，任何一天，都不可能再这样。

妈，我回去了。弟弟俯在她的耳边，那样温顺，你先好好睡觉，我一定想办法给你找到……

"也不小了。别再犯傻了……"这么突兀的一句，母亲垂下头，垂在哮喘和自己的微微鼾声里。

一次计划中的月球旅行

1

　　一个大胆的计划必须要有精密的准备作为保证。你可以让你的计划足够大胆，但实施起来就是另一回事了，这就像一枚镍币的两面，或者是水银的两面。在二三九二年，一个秋天的晚上，约瑟夫·格尔突然地向我们宣布，他要进行一次向月球的旅行，他为这个计划已经兴奋了很久了。自从有了这样的一个计划以后，约瑟夫·格尔就开始失眠，他发现晚上其实并不像我们想象得那么安静，许多貌似平静的事物，譬如茶几上的杯子，譬如那台挂在墙上的电视，譬如老式的摇椅，它们在深夜里总是悄悄地说话，或者冒出一些气泡，反正，它们让约瑟夫·格尔心神不宁。

　　他说，他不能再在地球上待下去了，自从发现那些貌似平静的事物并不平静之后。总在地球上待着让他感到厌倦，他厌倦着喝咖啡，吃奶酪，厌倦着看《国际时报》和根本不能激起他性欲的《花花公子》，厌倦坐在沙发上看电视，坐在马桶上看电视，而不是坐在其他的什么上面。厌倦每天总发生那些没有变化的事。当然，他说的也许并不是实话，他说得自相矛盾，他一直是个自相矛盾的人。不过，约瑟夫·格尔这次说的是真的，他真的在计划一次到月球的旅行，他真的向国家旅行局提出了申请，那不，第三天早上蓝制服的人来敲他的门了：旅行局已经批准了约瑟夫·格尔的要求，三个月后约瑟夫·格尔将登上月球。也就是说，他还有三个月的时间和我们和他的那些茶杯、电视和摇椅待在一起。

蓝制服的到来让约瑟夫·格尔激动不已，我想，在此之前，他的计划不过是一种心血来潮，他并没有真的要付诸实施，这个喜欢幻想和夸张的人总是会突然地头脑发热，然后很快把一切忘得无影无踪。他是这样的一个人，我说得没错。不过，蓝制服的到来使他不得不当真了，他在地球上还有三个月的时间。他在我们的面前搓着手：再见了，我的朋友们，我得好好地计划我今后的生活了，我要去月球了。我的时间。我得抓紧时间。

我们也为约瑟夫·格尔兴奋，这个家伙，他要去月球了，不知道他会在那里生活多长的时间，他是不是还要回来，里尔甚至还想到了约瑟夫·格尔的房子应当或者会由谁来继承的问题，但这相对于约瑟夫·格尔的月球旅行而言，它太小了。

2

我们这些邻居，我们来到哥德小广场上，这里能够更好地看到月亮。在晚餐之后，我们迈开步子朝着小广场走去，不约而同。约瑟夫·格尔的月球旅行计划对我们同样构成了事件，它影响到我们的生活，这是我们生活里少见的兴奋因素，甚至，它给玛格丽特·乔尔大妈的血压造成了少见的升高，玛格丽特·乔尔大妈不得不吞食了比平常多五倍的降压药，她还喝下了一种据说有降压之效的中国奶茶——尽管那个有月亮的晚上距离约瑟夫·格尔的月球旅行时间还有两个月零二十九天。不知道玛格丽特·乔尔大妈之后的两个月零二十九天会怎么过。那天晚上只有约瑟夫·格尔没有来到小广场。他不来我们更好看月亮，那将是约瑟夫·格尔的月亮，他要是还在我们身边我们就没有那种感觉，只有他约瑟夫·格尔不在这里，才不会对我们的兴致造成破坏。那天的天气很凉，我们穿着单衣在月光的下面发抖，但是没有谁提前离开，离开我们小广场上空的月亮。

我们看那天的月亮：它是具体的月亮。是约瑟夫·格尔要居住一段时间甚至是永远居住下去的月亮。它带有了约瑟夫·格尔的气味。它和我们每次所能看到的月亮不同。那一天，我忘了我每次看到的月亮是一种什么样子，反正，它和我那天看到的不同，很不相同。至少，它不再显得那么轻，像是悬在天空上，现在不是了。

我们看那天的月亮，它的颜色也有了变化。这变化是约瑟夫·格尔即将的旅行带来的。它的大小有了变化。这也是约瑟夫·格尔的即将的旅行带来的。

月亮：在太阳系中，是地球的行星，围绕地球公转。表面凸凹不平，本身不发光，直径约为地球直径的1/4，引力相当于地球的1/6。当地球运行到月亮和太阳的中间时，太阳的光正好被地球挡住，不能投射到月亮上去，月亮上就出现了月食……

那天晚上约瑟夫·格尔没有和我们一起到小广场来看月亮，他也许在完善他的登月计划，也许，他觉得在小广场上看月亮已没有什么意思，到达和观看是完全不同的概念，它们之间的距离恰恰就是从地球到月亮的距离，两个概念终于有了可以度量的距离，这距离的测量是因为他约瑟夫·格尔才得到完成的。了不起的约瑟夫·格尔，以前，他只是一个有些古怪嗜好、一生一事无成的老头。他的妻子在两年前死亡，至于他曾经有过的一个情人，早在二十年前就和他没有联系了，她的存在应当置疑，有时我们宁可相信，情人的存在完全是约瑟夫·格尔的杜撰，完全用来满足他的虚荣。他的房子还不错。他的心也不错。他还有什么不错来着？

那天晚上约瑟夫·格尔没有和我们一起到小广场来看月亮，不过他房子里的灯一直亮着。灯光和月亮的光相比较，还是灯光容易让人接受一些。

3

我想我应当去看一下心理医生，这是在我得知约瑟夫·格尔的旅行的计划之后的计划，由此你会看出计划与计划的不同。我的计划和约瑟夫·格尔的计划不同。和卡兰特的计划不同。和约翰·乔治的计划不同。卡尔西计划买一辆1643年产的福特汽车,《文学世界》上说一个叫罗列的诗人正在计划写一首大约八十万行的长诗。我的计划和他们的计划不同,这让我拿不定主意,这让我有一种自卑:我的计划只是去看心理医生。或者我可以不去。我可以进行自我治疗,也可以去问一问约瑟夫·格尔,我想他有解决的办法。

在我得知约瑟夫·格尔的登月计划之后,我也陷入了失眠。这不算什么问题,我平时也有时会失眠,这主要是失业和失恋带给我的,它具有周期性,无论吃不吃药,过一段时间就会好起来,然后再过一段时间再次重新开始。我不是因此要去看心理医生。而是,我和约瑟夫·格尔一样,我发现在那些平静的东西的不甘平静,它们真的在夜里悄悄地说话。它们很是烦人。它们有时的争吵过于旁若无人,我大声地喊一声,它们就平静一会儿,然后又开始它们的喊叫。它们真的吐着泡泡,也不知道那些泡泡从哪里来,是由什么组成的。电视的泡泡不会是由水组成的。椅子的泡泡不会由水来组成。电话的泡泡也不会。总之,在夜晚总是一片混乱,如果我能够好好地睡眠我就可以忽略这些,可是我却不能。我想约瑟夫·格尔会有很好的解决办法,这个问题在他那里应当已经得到了解决。

"没有别的办法。你可以和我一样向旅行局提出申请。你用一个计划来覆盖它,用一个让你觉得有趣,而且得努力去做的计划来覆盖它,它就不再闹了,它再闹也没有什么意思。"

"当然，你的计划肯定不会是去月球旅行。你可以有别的计划，反正你不会像我这样想。"

"一个计划会让你睡得平静。睡得充实。虽然我时常被我的计划搞得失眠，但失眠和失眠不是一回事。我想你是明白的。"

"它们闹就闹吧，还能闹几天。我只有两个多月的时间了，我想就是我把它们带到月球上去，它们也不会这样闹了。"

……

我的问题并没有得到解决。不过我想我也许真的有一天也会登上月球去的，我没有把我的想法和约瑟夫·格尔说。我想我在月球上应当有新邻居，要是没有一种全新的生活到月球上干什么呢。我想约瑟夫·格尔和我的想法也一样。在这一点上我们心照不宣。

这得等段时间看看。我会给到达月球上的约瑟夫·格尔打电话的，我要看他在月亮上的情况而定。

4

约瑟夫·格尔的时间表：

9月28日，购买去月亮所需的物品，包括一张折叠床，四双袜子（要苹果牌的，梦特娇的也行），一把斧子（因为有人说月亮上有一棵巨大的树，可以砍掉它多余的枝条取暖，法律没有规定不能砍月亮上的树，众所周知，月亮在没有阳光照射的时候会很冷），两箱蓝带啤酒，火腿肠。一瓶具有治疗风湿症的药，或者两瓶，或者还要再多一些，手机，月球通用信用卡。

9月29日，向月球旅行局发一封信。向乔治太太告别。如果时间允许还要去一趟图书大厦，看有没有卡拉奇·杜罗的新书。

10月8日之前，要去房屋管理局一趟。要去税务局一趟。财产保险公司也要去。要去乔斯特剧院看一场歌剧。

11月3日：购买月球棉衣。去看一下保健医生。

11月8日，和乔伊斯吃一顿晚餐。如果他有时间的话。

在11月21日生日的时候，和邻居们，和乔伊斯一起庆祝一下。可以搞一个舞会，不知道乔伊斯是不是同意。这事得他来办才行。

……

这张表是玛格丽特·乔尔大妈在约瑟夫·格尔的院子后面发现的，它被团成了一团，团成一团的纸团引起了玛格丽特·乔尔大妈的好奇心，玛格丽特·乔尔大妈的好奇心一直相当丰富。这大致和她的遗传有关，她的父亲据说是一个业余侦探，或者是间谍。在约瑟夫·格尔向我们宣布他的登月计划之后玛格丽特·乔尔大妈的好奇心得到了膨胀，如果不是为了抑制不断升高的血压，乔尔大妈一天在约瑟夫·格尔的院子里的出现不会少于十次。因此上有人认为约瑟夫·格尔的这张时间表是有意团成团扔在外面的，他是为了让玛格丽特·乔尔大妈能够轻易地看见，他要利用乔尔大妈的手向我们展示他，以及他的计划。

如果是那样的话约瑟夫·格尔的想法是有效的，不出五天，我们所有的邻居都有了他这样的一张时间表，当然，它是复印的，由乔尔大妈神秘地送到我们每个人的手里。我们每天看着约瑟夫·格尔从他的院子里出来走向他的计划。我们对照着表格：今天约瑟夫·格尔应当去给月球旅行局发一封信了。今天他应当向乔治太太告别。他可能要去图书大厦了，不过我们已经为他看过了，图书大厦没有卡拉奇·杜罗的新书。

在约瑟夫·格尔应当去乔斯特剧院看歌剧的那天晚上我们没有看到他出来。他的灯一直亮到十一点才熄灭，而后来报纸上说，歌剧在十点四十就结束了。约瑟夫·格尔没有按照计划进行，或者说没有完全按照计划来进行，这让我们感到不安。在那个晚上和后来的一整天，我们这些邻居都在传达着这种不安情绪，他为什么不按计划进行？是不是他放弃了登月的计划还是什么阻挡了他？我们拿着他的时间表，可是，他却抛开了他的时间表。也就等于抛开了我们的期待。这让我们不仅是不安，还有些失望。想想，我们自以为拿着他的轨迹，自以为掌握了他，认识了他，可他却和我们的认识不一样。一张无用的时间表让我们有了挫败感，可是，我们还无法断定它是不是真的再也无用了，也许有一天，约瑟夫·格尔会重新回到他的时间表中，按部就班。

事后，我们得知，约瑟夫·格尔在那天晚上不舒服，他有些感冒，于是他只得更改了他的计划。当乔尔大妈告诉我们

"真相"的时候，我们都感觉长长地舒了口气。

不过，约瑟夫·格尔真的有了另一张时间表：

9月29日，向月球旅行局发一封信。

9月30日，给迈克打个电话或者去他那里向他告别。

10月1日，上午，参加华滋街的庆祝活动；中午，睡觉，或者和保尔下棋；下午，去房屋管理局。晚上，看歌剧。

11月3日要继续购物：购买月球棉衣。购买牙刷，牙膏，康保牌内衣，爱希斯牌梳子……购买降压药，镇静药，预防生气的药，预防痛哭的药，预防孤独的药，伟哥，阿莫西林。灭蝇剂（可能考虑到月亮上没有苍蝇或者是苍蝇较少，约瑟夫·格尔将它从购物栏中划去了；大约是觉得它可能具有消灭月球上其他月球昆虫的功效，约瑟夫·格尔在被划掉的"灭蝇剂"下面又画了一个圈，然后在下面添上三个大小不一的点——这是我们根据最近得到的约瑟夫·格尔时间表上的墨迹而进行的猜测，它是我们这些邻居的假想，我们的假想有两种可能：一种是正确的，我们的猜测和约瑟夫·格尔的想法一致；另一种是相反，我们的猜测根本上是种错误，他想到的是另一回事。在任何的事件发生之前的假设都具有两种可能，要么正确，要么错误。）

11月8日，和乔伊斯吃一顿晚餐。（这个乔伊斯是谁？在两次的时间表上这个名字都出现了，而且，在这两次的时间表上凡是和乔伊斯有关的内容均未进行改动。他是约瑟夫·格尔的朋友？私生子？兄弟？同性恋者？一个有着抑郁症的诗人？

作家？画家？或者无业者？我们从来没有见过这个乔伊斯，也从来没有听约瑟夫·格尔谈起过。这个老家伙竟然也有秘密！玛格丽特·乔尔大妈的手在发抖，她对于像约瑟夫·格尔这样的人，和她做邻居做了十一年的人竟然也有秘密而不为她所知而感到气愤。在乔尔大妈那里，个人拥有这样的秘密是不被允许的，这实际是对她能力的一种讽刺，尽管我们并不这么想。对于我们多数的人来说，我们尊重个人的一切。）

在11月21日生日的时候，和邻居们，和乔伊斯一起庆祝一下。可以搞一个舞会，不知道乔伊斯是不是同意。这事得他来办才行。

好了，我们可以等待11月21日这一天的到来，那时，一切都可以明白了，我们可以依次向那个乔伊斯打听他和约瑟夫·格尔之间的关系，他们之间的来往。玛格丽特·乔尔大妈甚至想在11月8日那天跟踪一下约瑟夫·格尔，只要她的高血压不会在那天找她的麻烦。她要先看一看这个乔伊斯是一个什么样的人。

5

在二三九二年的秋天，关于约瑟夫·格尔准备登月旅行的话题占据了我们的生活。我们在喝茶的时候想着它，在睡觉之前想着它，在饭桌上想着它，在刷牙的时候洗脚的时候想着它，在做爱的时候有时也会想到它。约瑟夫·格尔计划登月的话题就像是空气。就像是水。就像是我们的头发，对于不长头发的乔斯·格尔来说就像是头皮。像我们的衣服，我们的床。有时，我们这些邻居共同地避免谈到关于约瑟夫·格尔的计划，可是，我们在谈论着别的话题（譬如天气预报中无上衣秀的女主持人等等话题）时却常常不自觉地谈到月亮。不经意谈到月亮之后即使我们马上停住，可是我们都还是会想到约瑟夫·格尔。他的计划。

我的邻居，一个时常忧伤的诗人房龙在那个秋天写下了大约二十多首有关月亮的诗，每写完一首他就会拿给我们看，以前，他从来不让我们看他写诗，他让看我们也不会看。说实话我觉得他的诗歌属于垃圾。属于大便。属于酒后的呕吐物。它可能还属于什么。可我和我的邻居们还是忍着它的气味，一直看到最后一个字。约瑟夫·格尔的计划多多少少地改变了一些我们的习惯，我们这些邻居之间的联系也得到了加强。

在约瑟夫·格尔的门外，玛格丽特·乔尔大妈改变了她惯常的打扮，她常常出人意料地出现，她的打扮常让我想起《白雪公主》中的那个巫婆，《小人鱼》中的那个女巫。她的自以为是把她突出了出来，在那段时间里，玛格丽特·乔尔大妈对于她愿意从事的间谍工作完全不能胜任，虽然这是因为她极力要做好的结果。

6

对于一个平常的人来说，要是你想突出出来就得制定一个大胆的计划，并至少是做出要实施的样子。原来，我们只知道我们有约瑟夫·格尔这样一个邻居，有玛格丽特·乔尔大妈这样一个邻居，我们在遇到他们的时候相互点点头，说说那天的天气，至于他们做什么从哪里来到哪里去等等一切都没有什么兴趣。我们个人有个人关心的事，这些事与他们无关。现在不同了，因为一个登月的计划使约瑟夫·格尔呈现了出来，随之，玛格丽特·乔尔大妈也跟着呈现了。

月亮也跟着呈现了。诗人房龙有仰望月亮的习惯可以理解，但乔尔也有了这样的习惯。卡拉莱特也有了这样的习惯。就连卡特·乔森也有了这样的习惯。卡特·乔森从来不关心他的身体和他的财产以外的事。他总是在吃一些奇奇怪怪的保健药品，现在，有月亮的晚上他也会到哥德广场去看一会儿月亮，他抬着头，然后伸出他肥胖的手，朝着嘴里埋一些保健药。从另外的方向看去他的这个动作就像是往一个碎纸机里塞什么东西。在哥德广场上，在晚上，时常聚集我们这些平时很少往来的邻居。我们来看月亮。谁知道我们看见了什么。

在月亮不出现的晚上，我们有时也会聚集到小广场上。这样的聚集显得我们越来越无所事事。上面是黑洞洞的天空，有时挂些星星在上面。

"要是约瑟夫·格尔到了月亮上，这样的时候他就背对着我们，他肯定会寂寞的。那时，我就给他打个电话。他要是和我一样爱喝酒多好。我们可以喝两杯。"

"我宁愿去南极旅行也不要到月亮上去。月亮上太冷了。在南极，至少有一些熊，有一些鹿什么的。"

"现在南极有鹿了么?它会比企鹅更耐寒?"

……

9月29日,也就是在约瑟夫·格尔在他的两张时间表中同时列出向月球旅行局发信的那天,一次突然的车祸使我们的邻居卡拉莱特住进了医院。晚上的时候我接到他的电话:"我现在医院里,可能需要几个月才出院。去他妈的医学。我恨透这些医生啦。要是约瑟夫·格尔去了月球,你可得告诉我他的消息。我想知道。"

7

关于约瑟夫·格尔到达月球后的种种猜测:我记下了它们。猜测是一件有趣的事,它比我获得已有的知识、听到已有的趣闻还要有趣得多,因为月亮无限,月亮上的发生可以超出我们的知识之外。我完全可以把我所听过的有趣的故事,以及我所想到的故事加到月亮上的约瑟夫·格尔的身上。猜测让我着迷,就像收集旧邮票让我着迷,和玛格·吴尔芙小姐约会让我着迷,阅读一些小说让我着迷,看限制片让我着迷。在我自己做的一次兴趣测验中,我对猜测的兴趣比收集到一枚好的邮票高出十一个百分点,比阅读卡尔维诺的小说高出十七个百分点,比看限制片高出九个百分点,比和玛格·吴尔芙小姐上床高出一个百分点。它只比与乔斯·赫本共度良宵低三个百分点,但是,我根本没有机会和乔斯·赫本共度良宵。她是一个名人。是最漂亮的女人。她根本不可能认识我,永远不会。

我给它们编上了号。

NO.1：

约瑟夫·格尔来到了月球。他一到月球上，就先向着地球的方向大喊了一声，谁知道他喊的是什么，也许是，操。他一兴奋的时候总爱说这个词。我相信他会把这个习惯带到月球上。当然，他也可能来到一个陌生的环境会先变得文明些。那么他说出的词极可能是，我用我的心来爱你我的月亮。

他的兴奋不会很快地消失。这会冲淡他的孤独，他会有许多天来熟悉月球上的环境。他的乔凡斯牌运动鞋派上了用场。因为月球上到处是石头，不易辨认方向，所以约瑟夫·格尔从来不敢走得太远。有月光的晚上，这实际是月亮的白天，约瑟夫·格尔到一些洼地里去捞月乳，用它来做奶酪。可是他说他厌倦了吃什么奶酪，那么，约瑟夫就把他捞到的月乳晒起来，最后，它们全部干得像石头，堆在约瑟夫·格尔房子的后面。有月光的晚上他应当有一把吉他，或者什么乐器，在月球上生活不唱点什么是不行的，这么多的月光，而且离得这么近，在月球上的月光是有粘度的。可是，据我所知（其实更多的是据玛格丽特·乔尔大妈所知）约瑟夫·格尔是一个枯燥的人，他根本不会任何的一种乐器——那么有月光的晚上他只得向地球上写信。打个电话。上上网。

要是那样的话他会感到孤独的。孤独会像一些虫子生长在他的身体里。特别是没有月光的晚上，大约半个月的时间约瑟夫·格尔都得在黑暗中度过，他不可能用这么长的时间来睡眠，那么长的时间在黑暗中，会把他闷死的。约瑟夫·格尔决定向月亮的那边走一走，朝着有月光的那一边走一走。他想找那些先于他来到月亮上的人，他想人多了孤单就会少一些，于是，他就出发了。

他是在有月光的晚上出发的，为的是好在月亮的这面完全陷入黑暗之前赶到它的背面去。他带着照明灯，月图册，一支激光枪，以及一些必需品，好在这些东西都不是很重。他走啊，走啊，爬过了许多的山冈，走过了许多的沟壑，也不知过了多长时间，月光已经变得很稀薄了，在爬到一座山的山腰的时候月球陷入了完全的黑暗之中。约瑟夫·格尔那些笨拙的脚趾根本快不过月球自转的速度。这时，他遇到了风暴。

资料上说月球的风暴要比地球上的风暴大得多，因为月亮上没有植被，风暴一旦形成就不会遇到任何的阻挡。我给可怜的约瑟夫·格尔安排了这场风暴并不是出于恶意，只是一种客观的估计，同样是资料上说月球上的风暴每天都有，约瑟夫·格尔不可能不遇到。那场风暴卷起巨大的石头，铺天盖月，它很快就卷走了约瑟夫·格尔所有携带的物品，约瑟夫·格尔紧紧抓住一块巨石，也不知过了多长的时间，风暴终于停下了。这时约瑟夫·格尔睁开眼睛，他不得不面对这样的处境：虽然他躲过了风暴，可风暴卷走了他身边的一切，包括石头，月乳，甚至半座山峰。现在，他一个人站在悬崖上，风暴抽走了他所有可能的路径，他既上不了山也下不了山，他站在悬崖的一个凹陷的里面，无论月光怎么照射也照不到他的位置，要是没有谁来解救他的话，他以后的日子都只能是黑夜。

（在我个人的另一版本中，约瑟夫·格尔没有遇到风暴，不过，他走到了黑夜中，从此之后他的速度基本和月球自转的速度保持一致，也就是说，他要是一直走下去的话是走不出黑暗的。他只得停下来，坐在黑暗里打发无聊的漫漫长夜——它有十五天之长——约瑟夫·格尔不间断地向旅行局打求助电话，可旅行局的答复是，在没有月光的晚上飞船无法在月球上着陆，也无法确定他所在的具体位置，他得在这些天里自己想办法。后来我又有了更新的版本：约瑟夫·格尔被困在悬崖上，每天都有一只月亮上的鹰来抓他，想把他抓走，他只得时时做好和鹰进行搏斗的准备。就在他精疲力竭陷入绝望的时候，一个人来到了悬崖的下面……）

NO.2：

约瑟夫·格尔来到了月球，这是他不幸的一个开始，如果不来月球的话，上帝会安排他远离这样的不幸的。可是他来了，因为厌倦。厌倦时常会成为不幸的诱因，这在巴赫·乔斯的一本《论不幸》中早就说过，我想约瑟夫·格尔肯定没有看到那本书，他要是看到了就会是另一种情景。他是一个不爱看书的家伙。他宁可坐在马桶上看电视，宁可在田野里挖掘也不愿意拿本书来看。看书这样的事对他来说毫无乐趣。

问题是约瑟夫·格尔一到月球就看到一群白鹳朝着远处飞去。我们知道月球在二〇八四年就引进了空气和水，二二七五年根据地球的植被种植了大量的仙人掌类植物，种植了马蹄莲，三十多种蘑菇，松树，梧桐，无花果树，冬青树，核桃树等等。可见旅行局早就有开辟到月球旅行和定居的计划。一下飞船就看到飞起的鸟，这让约瑟夫·格尔有了一个好心情，并且对它们飞往的方向充满了好奇。一个人的好奇心往往是不幸的另一个开始。约瑟夫·格尔朝着白鹳飞去的方向走去。月球上的石头相对松软，踩上去如同踩在棉花上一样，如同踩在很厚的树叶上一样，如同踩在腐坏的尸体上一样。

随后是，月球上渐渐地黑了下来。月球上的黑不像地球上的黑，它像是在雾的里面，它是一种混杂了各种灰色的黑。约瑟夫·格尔住进了一间不算很小的帐篷里面，他想给我们打个电话，可是电话里只是一串串忙音。（也许他根本就没有想到给我们打电话，这只是我的自作多情，不过，我想约瑟夫·格尔应当对他到月球上的情况有种急不可耐的想要找个人说说的欲望。）

他只睡了很小的一会儿，他就被一种巨大的而且混乱的声音惊醒：在这间房子外面，火光冲天，冲天的火光使月球的晚上就像白天，一场战争正在开始——就在约瑟夫·格尔走出房门的那一刻，一队人马正朝着他的方向准备放炮。那些人显得有些笨拙，于是约瑟夫·格尔对自己说，"现在我到那边去，帮助他们校正炮位"。要知道在二三八五年的时候他还是一名经验丰富的炮兵，尽管他看出那些人使用的炮是一种旧式的炮。他朝着他们的方向奔去，可是，那些笨拙的或者出于无意或者出于故意，他们朝着约瑟夫·格尔当胸一炮。约瑟夫·格尔飞上了天。

对于约瑟夫·格尔来说,他应当感谢发达的医学,应当感谢月球上几乎无菌的自然环境:他被炸成了两半。可是,他的两半都活了来:在第二天早上,约瑟夫·格尔的一半睁开了唯一的一只眼睛,张开了那半张嘴,翕动了那一鼻孔,然后站起了身子。他看到他的另一半朝着外外的方向走去。

约瑟夫·格尔被分成了两半,他的两半分别在两支对立的队伍里。为了区别,我给他们加上一个定语以便进行区分:左边的一半叫左约瑟夫·格尔,右边的一半叫右约瑟夫·格尔。左约瑟夫·格尔指挥着他的队伍进行偷盗和征战,同时惩罚那些不听他乱七八糟的命令的人,在右约瑟夫·格尔所在的那支队伍节节败退的时候,无所事事的他甚至点燃了自己军营的营帐。左约瑟夫·格尔的所到之处,所有的东西都只剩下了一半儿:只剩下一条腿的月球火鸡,半个的蜗牛,只剩下一半儿的椅子……就是在他的那支队伍中,人们也对他总是唯恐避之不及,他被渲染成一个瘟神和灾星的角色。而右约瑟夫·格尔所做的则是,帮助那些受伤的战士治疗,给只剩下一条腿的火鸡做一种小拐杖,掩埋死去的两方战士的尸体,他还在一次对左约瑟夫·格尔进行的伏击中事先向左约瑟夫·格尔的队伍进行了通报,使他们免遭灭亡的命运……心怀恶意的人没有一个月夜不是恶念丛生,像一窝毒蛇盘绕于心间;而心地慈善的人也不会不产生放弃私念和向他人奉献的心愿,像百合花一样开放在心头。左右约瑟夫·格尔忍受着相反的痛苦的煎熬。

左右约瑟夫·格尔的存在使那两支队伍里的人已经忘记了战争的原因，忘记了应当的愤怒，他们的愤怒集中在了约瑟夫·格尔的身上。于是他们经过秘密的协商，在一个月黑之夜共同发动了哗变，他们把左右约瑟夫·格尔绑了起来，将他们推到了队伍中央。两个外科医生将他们重新剖开，他们将所有的内脏和血管接好，然后用一条一公里长的绷带把他们绑在一起，缠得紧紧的，不像是个伤员，倒像是一具木乃伊……

NO.3：

乘坐飞船是一个重要的事件，对约瑟夫·格尔来说是这样的，对我们来说也是这样的；到月球上旅行是一个重要的事件，对约瑟夫·格尔来说是这样的，对我们来说也是这样的。所以，约瑟夫·格尔会兴奋不已，他依靠安定片，福尔马林，一种叫"沉睡之神"的中国药液，后来是咖啡粒，摇头丸，以及种种的药物来保障自己的睡眠。他后来几乎把自己当成了安定类药物的实验场，然而在最后的几天里一切药品都对他失效。他度过了多个不眠之夜。他一直让自己的眼睛中出现黄的蓝的红的月亮。如果再晚一天的话，约瑟夫·格尔将会陷入精神崩溃之中，在上飞船的那一刻他已经呈现了崩溃的迹象。崩溃就是在自己的眼前总出现月亮。或者是虫子。或者是一块红布。或者是，他就像一块石头那样倒下去，在飞船上死死地睡着，无论怎样喊叫他也无法醒来，最后漂亮的空姐不得不温柔地对他使用了一种高压电棒。可他只是转个身，然后重新鼾声如雷。

在这样的睡眠之后,约瑟夫·格尔将会遇到各种意外——这么远的距离和这么多的未知的情况,如果不出现点意外才不正常呢。对意外的发生我们都得保持警惕,并且充分考虑,即使如此,我们也难以排除意外的发生,它太无处不在了。在约瑟夫·格尔前去月亮的途中遇到了这样的意外:他醒来后发现自己在一个完全陌生的星球上,但它不会是月亮——因为他看见月亮在他的眼睛左边挂着。因为某种疏忽运载约瑟夫·格尔的飞船偏离了轨道,降落在了一个不知名的星球上。对此约瑟夫·格尔并没有感觉特别的懊恼,相反,这个注重实际的人觉得自己得到了巨大的好处:一是他有了一次意料之外的旅行,和他的登月计划相比这一次更让他新奇,并且,他还可以向旅行局提出申诉,他的登月计划将仍然有效;二是他有了两次离开地球的旅行,至少一次是免费的,无论如何,旅行局都无法从他的身上得到到这个不知名星球上旅行所需的费用。约瑟夫·格尔笑了起来。他正要起身,却发现自己被一些细细的绳子绑着,在他的周围,有一些大约有拇指大小的小人在围着他。他来到了小人的星球,他成了小人的俘虏。不知道他是不是看过那本《小人国》,他肯定没有看过。要是他看过,那么他肯定知道,如果他敢挣断那些绳索的话,马上就会招来箭如雨下。可怜的约瑟夫·格尔,他最好乖乖地躺着别动。

当然,他还可能遇到另一种意外,失事的飞船降落在一个巨大的山谷里。约瑟夫·格尔会后悔自己有这样的一个登月计划,同时,他也会后悔自己为什么非要从飞船里出来。他陷入了月乳之中，其实，那并不是月乳，而是一种外星昆虫的分泌物。它很黏。有着一股特别的气味。约瑟夫·格尔想把自己的腿从那些令人恶心的黏黏的分泌物中拔出来，可是已经晚了。晚了。一些巨大的外星昆虫正顺着约瑟夫·格尔的气味迅速地爬来，它们有着锋利的牙齿，有着粗壮的黑色的大腿，有红色的眼睛。在好莱坞一些旧影片里外星昆虫的眼睛是黑色的，其实不对。实际上只要相差一点我们就会远离真相，就像昆虫眼睛颜色的问题。可怜的约瑟夫·格尔，在那一刻他根本不会想什么真相的问题，他要面对他自己的困境，他得考虑自己如何能够改变才能躲过外星昆虫的牙齿。他可以把自己变成石头。他可以让自己变成空气。他可以让自己变成和外星昆虫一样的昆虫……可是，他不能。

再一种可能是，有些近视的某个空姐把一直睡着没有在月球上面走下飞船的约瑟夫·格尔当成了一个堆放太空垃圾的包裹，在飞船离开月球之后，她将约瑟夫·格尔推出了飞船，约瑟夫·格尔在一群旧铁片，塑料袋，吃剩的太空食品，生锈的椅子和大堆安全套，卫生纸，一本撕掉了封面的图书之间，慢慢地在空中飞行。

NO.4：

约瑟夫·格尔来到了月球。这一点不容置疑。他住进了旅行局给他指定的房间。那是一个非常漫长的夜晚，任何的渲染都不会过分，因为约瑟夫·格尔实在太累了，这一点，任何经历过长途旅行的人都可以理解，何况，约瑟夫·格尔到的是月球。在他醒来的时候那两个人告诉他，你已经睡了四十七个小时。

——你们是谁？你们怎么进入的我的房间？我睡着的时候你们一直在场么？约瑟夫·格尔惊讶地张大他的嘴巴，从任何一个角度都能看到约瑟夫·格尔的黄牙。他可能还有口臭。腮腺炎。牙龈出血。前列腺炎和冠状动脉硬化。那是约瑟夫·格尔个人的事。

他们不管这些。他们告诉约瑟夫·格尔，他已经被捕了。这两个人其中的一个还告诉他，他们吃了旅行局送来的早点和午餐。

——为什么？我又没有什么过错。约瑟夫·格尔和他们争吵，我才刚刚来到月球……"你要是没有过错我们找你干嘛。你自己好好想想。"那两个人其中的一个，矮个子的那个，他悄悄地向约瑟夫·格尔提示，月球上的法律和地球上的法律有差别，二者之间的差别在有些条款上还很大。"你自己去想吧。反正我们有得是时间。"

从那天开始，那两个人就像约瑟夫·格尔的影子，就像约瑟夫·格尔的尾巴，就像约瑟夫·格尔自己。他们监听约瑟夫·格尔的所有电话，监视他的一举一动，包括吃饭，睡觉，上厕所。从那天开始，约瑟夫·格尔每日醒来，他就开始思想：一、自己到底做错了什么；二、如何摆脱这两个粘在他身上的人。据我所知，在地球上时，约瑟夫·格尔可不是一个愿意思想的人。不过，到月球上就不同了。这样的遭遇让他不得不想。

NO.5：

对于约瑟夫·格尔来说，这次计划的月球旅行应当出现什么艳遇。不是么，男人们对于艳遇总是期待，特别是在一个陌生的环境中。一个陌生的环境是容易产生艳遇的，至少，它具有土壤，水分和空气，只是看有没有种子。一般来说种子并不是十分的缺少。约瑟夫·格尔会在月亮上遇到三个美丽无比的女人。她们美得让人着迷。在约瑟夫·格尔看到她们时她们正为谁更美一些而争吵，约瑟夫·格尔的到来给了她们一次寻求判断的机会。约瑟夫·格尔拿到了一个烫手的金苹果，他面对的是三个人，可只有一次选择的机会。无论是谁。经过相当痛苦的交战约瑟夫·格尔把苹果给了左边的那个女人，那个有魔力的女人。于是，在月球上，他恢复到壮年时的强壮，拥有旺盛的精力的卓越的性能力，他拥有了一个叫海伦的妻子，拥有了一个又一个幸福的晚上；但同时，他也不得不随时准备种种灾难的降临，不得不在每天晚上月光升起的时候就开始新的逃亡。逃亡的疲惫和恐惧紧紧地跟着他，磨坏了他的脚趾。磨坏了他的力气。磨坏了他对海伦的爱和性欲。他开始悄悄地后悔把金苹果给了左边的那个女人，也许给中间的那个或者右边的那个更好；他开始悄悄地厌恶起他所爱过的海伦，是她，把他引入了连绵不绝的疲惫和恐惧中。约瑟夫·格尔的坏脾气渐渐地显露出来，他酗酒，摔打东西，和海伦争吵，也不知道他想要制造什么……

NO.6：

月光如水。月光就像一种白色的天鹅绒。月光就像月光。约瑟夫·格尔站在窗前看风景，月球上的风景是：对面的窗口。对面的窗口正被一匹黑如乌木的头发所充满着，它像瀑布一样垂下来。"好像是一些头发从那边的窗口里伸出来，"约瑟夫·格尔想，"好像应当给它来点什么，好像应该用一个吻什么的粗暴地来它一下。"对面的长发扰乱了约瑟夫·格尔的夜晚，在月亮上，夜晚和白天连在一起，要是不仔细看你根本无法将它区别开来。"我想我是爱上她了。虽然，我还不知道她是谁。"约瑟夫·格尔爱上了那个有着长发的美人，朝思暮想。他忘了刷牙，忘了上网，忘了给我们打电话。"我想我是爱上她了。虽然，我还不知道她是谁。"

这并不是什么难题。约瑟夫·格尔很快打听到，那些长发归一个高高的黑发美人所有，她叫白雪公主，她的身上长着许多的美人痣。她的肌肤像雪一样白。知道这个女人是谁不是难题，但这不等于约瑟夫·格尔的艳遇会因此一帆风顺，因此没有难题。难题往往在后面，在你准备把某个计划真正实施的时候，它就会突然地变成石头。约瑟夫·格尔要想达到他的艳遇，必须：一、他和白雪公主建立某种联系，以便有接近她的机会，要知道，白雪公主很少能够出门；二、他得向白雪公主展示他的魅力，可是，要知道，约瑟夫·格尔在地球上一直对女人很难构成吸引；三、他得战胜保罗，他一直冒充王子；四、他得战胜那七个矮个子，白雪公主是他们的情人，她在他们那里充当着家庭主妇的角色……约瑟夫·格尔准备的斧子或许能有用场，可是，他拿着斧子进入白雪公主的房间，是不是会使他的行为具有盗窃、强奸、杀人未遂的性质？

为此，约瑟夫·格尔愁眉不展。许多的夜晚他都只得对着窗口自慰，"我就想要白雪公主那雪一样白的屁股！"他得抓紧时间了。因为，月亮马上就要转到太阳的背面去了，那样的话，至少有十五天的时间约瑟夫·格尔要面对的是一片很黑的黑暗。

欲望在某种程度上，和受打击的程度成正比。

NO.7：……

NO.8：……

8

约瑟夫·格尔在月球上会遇到什么？他是为了遇到什么才到月球上去的吗？他一定要到月球上去吗？他到月球上的目的是什么？到月球上，生活或者旅行，这有特别的意义么？有意义又怎么样？约瑟夫·格尔会把意义当成快乐吗？约瑟夫·格尔希望把他的旅行变得有意义呢还是变得快乐？他会不会期待什么奇遇？奇遇会到来吗？奇遇会不会让他的生活变得曲折，他愿意自己的生活充满曲折么？他到月球上也许仅仅是为了让自己感到新奇，就像他到日本的富士山，中国的长城一样？他会把那些层出不穷的石头当作新奇么？有多长的时间，他就会感到厌倦，也就是说，约瑟夫·格尔对一件事物保持新鲜感的时间会有多长？他会在月球上变得孤独吗？会不会比在地球上更加孤独？孤独是他个人的情感呢还是一种公共的情感？孤独和不孤独之间具体的区别是什么？

月光到达地球的时间大约为三秒。那么约瑟夫·格尔在这三秒里做什么？他在这三秒钟里存在么？还是，他早在这三秒之前就存在，只是我们看不到？我们抬头看月亮的时候当然看不到约瑟夫·格尔，无论他在正面还是反面。那么，我们看不到的约瑟夫·格尔存在么？在他的存在里，有没有多种的可能性？

约瑟夫·格尔会不会在月球上一直待下去，一直待到他进入死亡？死在月球上是一件有意义的事么？是一件快乐的事么？是一件难过的事么？约瑟夫·格尔在月球上是不是会忘记一些什么事，他忘记的那些事会不会使他的体重变轻，还是，所有的事都没有重量，他忘了什么也不会对他的体重造成减少？约瑟夫·格尔会期待他的死亡么？像他这样的人，想没有想过死亡这样的事？……

约瑟夫·格尔要到月球上做什么？或者不做什么？你期待在他的故事中，出现什么样的惊奇，还是，根本就不对这个故事有所期待？你打算看完它么？

9

9月30日，具体的时间是晚上，再具体一点，是9月30日晚上8点30分：这是格林威治时间，那时我特意看了一下手表。那时约瑟夫·格尔正在给某个人打着电话。他可能是打给迈克，但下午的时候他已经和迈克见过面了，昨天他们也见面了。不过他还可能把电话打给迈克，一个人的反复有反复的理由，这是个人的事。透过玻璃透出的灯光我看见约瑟夫·格尔在打电话。我站在不远处。我看见了约瑟夫·格尔窗子上的玻璃，它们显得非常光滑。约瑟夫·格尔一边打电话一边挥动着他的左手，仿佛他的左手上粘着一只虫子，或者是一只螃蟹抓住了他的手。我看见约瑟夫·格尔家的玻璃，我看着看着它就碎了。

也不知是谁打碎的。也不知道打碎他玻璃的那个人出于什么样的目的。一个黑影落在了玻璃上，它就碎落下来，就像堆起的多米诺骨牌，被抽出了最下面的一张。

我急忙在约瑟夫·格尔走出来之前躲到一个暗处。他看不见我。虽然不是我打碎的他的玻璃，可在这一时刻我在他的窗子下面出现总让我无话可说。"别动。他看不到我们。"在我背后有个声音。我听不出他是谁。

10

玛格丽特·乔尔大妈，我们也许应当叫她玛格丽特·乔尔女巫才对。叫她玛格丽特·乔尔侦探才对。她努力让自己显得更像一个幽灵。她购买了一本介绍日本忍术的书，购买了黑色的练功服，一把竹刀，铅笔，白色的钉子，毒药。她甚至想要用性来吸引约瑟夫·格尔，使他犯下无话不说的错误。

然而这对约瑟夫·格尔根本无效。玛格丽特·乔尔大妈失败了。其实她的失败是必然的，这个满脸皱纹的难看的老太太，她要是不用性来吸引约瑟夫·格尔的话或许她还真能得到点什么，"约瑟夫·格尔是一个性冷淡的人，是一个性无能的人。是一个性变态者……"

我想也许不是。就不是。

11

我得到了约瑟夫·格尔的一张购物表。不过它团成了一团，而且有些破损，里面的内容相当繁杂，其间没有什么联系，至少是我看不出来。罗列它们没有什么意义，算了吧。

诗人房龙还让我看了他的一首新作。他现在总是这样，来到我的家里，用一种神秘的样子拿出他的诗，但不会马上拿给我看。他等待我来问。在我的家里，我不能不问。

"你又写了和月亮有关的诗？"

"是的，"他抬起头来，是的，他说，他又低下头去，看着他手里的那几张纸。没有丝毫情绪影响到他眼睛里的那种黑色。"你写的是什么？"这时，他就拿给我看。

我想在月亮上居住的人

我想在月亮上居住的人。

我的一个邻居最近到了那里。他成了月亮的一部分。

就像蚜虫是菜叶的一部分，他在那里生产垃圾，吃掉月亮上面的光。

他总是不洗脚，他把这个习惯带到了月亮上。

不过，月亮有足够的大，一时，他还不会让月亮发臭。

我想在月亮上居住的人，不只是想他，还想其他的人。

那些早于我的邻居到来的居民。他们已经习惯在月亮的冷里面生活，他们的血会不会变成蓝色。

会不会，有个青年人，向地球的方向用力，

他想把手中用过的安全套甩出月球，借以毁灭他堕落的证据。

污染，污染。月亮正在丧失它的诗性。像我的邻居

他从不写诗，从来都不。他的鼾声像雷，

现在，他把睡眠搬到了月球上，可没有把梦想带来。

……

"我写得怎么样？"

"好。就是好。"

"那我明天把我新写的再拿给你看。"

"不不不，要是你没有时间或者……"

12

那天约瑟夫·格尔和玛格丽特·乔尔大妈发生了争吵。在他们之间,这应当是早晚的事,它的到来只是个时间的问题,我想要不是约瑟夫·格尔有心思用在他的旅行计划上的话,它早就应当到来了。他们站在门口上争吵。他们在阳光下争吵。他们在下午的四点二十分至四十分之间争吵。他们的争吵相当好笑,在我看来,约瑟夫·格尔像一只企鹅,而玛格丽特·乔尔大妈则像一只斗败的鸡。我一直看到他们之间的争吵结束。我在远处,所以他们争吵的内容我听不到,但我可以想得到。脾气有些暴躁的约瑟夫·格尔推了玛格丽特·乔尔大妈一下,于是争吵得以结束,玛格丽特·乔尔以一副战败的姿态,一副虽败犹荣的姿态逃出了约瑟夫·格尔的院子。

"这个**人!"约瑟夫·格尔说。他的话里有种族歧视的成分。

那天的争吵对约瑟夫·格尔的计划构成了影响,毫无疑问,它对约瑟夫·格尔构成了打断,构成了部分的中止和停滞不前。但它不会对约瑟夫·格尔登月的整体计划构成影响,即使他少做了什么,在那一天我们的邻居都会登上前往月亮的飞船。那它打断了什么呢?干扰了什么呢?它会对约瑟夫·格尔的心情,决定,欲望,产生什么样的影响? ……

13

我们终于见到了乔伊斯。他不是在 11 月 12 日才出现的,他早于约瑟夫·格尔的计划。他和我们一样。我的意思是,他和我们想的不一样,让约瑟夫·格尔这样看中的一个人不应当像我们这样平常,可他是。只是他略略有些秃顶,他用周围的头发掩盖着自己的秃顶,不过喝多了酒之后他就不再注意这些了。他说他和约瑟夫·格尔是多年的好友,他们曾在一起干过许多的不大不小的坏事,后来他们参加了炮兵团。他只说了这些。后来他和约瑟夫·格尔一直在谈大炮,抛物线,射程。仿佛他们在谈世界上最有趣的事。仿佛他们谈的是,世界上最美的女人。

那天玛格丽特·乔尔大妈也在被邀请之列,我没有想到她会到来。她仍然像一个女巫。那种让人生疑的黑色。让人恐惧的黑色。她在黑色中不小心摔倒了,一杯有强烈气味的咖啡洒了出来。

14

我们再一次聚在哥德小广场上。我们来看月亮。距离约瑟夫·格尔完成他的登月计划的时间越来越近了,月亮似乎距离我们也越来越近了。

在我的眼里,月亮就挂在那儿。它的周围围绕着一些细小的星星。可事实是,它是一个相当大的星球。那些细小的星星则更大。我的眼睛欺骗了我,虽然这样的欺骗并无恶意。眼睛对我的欺骗是经常的事,特别是对那些距离太远的事物,它只捕捉光,而不是事物的本身。一个已经死去的恒星也许几万年之后才能被我的眼睛看见。它带给我们的感觉是,它活着,而且活得很好。月光到达地球的用时大约三秒,也就是说,我看到的是三秒前的月亮,它的光和月球上面的事件已经发生过了。

我看小广场上的月亮:而不是我家院子里的月亮。不是格林大街上的月亮。不是地中海上的月亮。不是阿尔卑斯山上的月亮。不是李白的月亮。不是卡尔维诺的月亮。不是布尔加科夫的月亮。很多的时候我只能说出不是,而不是:是。说出是来太难了。

房龙在小广场上拉着琴。他拉得一手好琴,这是我以前所不知道的。同时,也是我没有想到的。我没有想到的事还有很多。听着,我觉得他的诗其实也不错。他所有给我看过的诗,至少,不像我原来以为的那么糟。玛格丽特·乔尔大妈也来了。她显得无精打采,看上去好像正在经受高血压或者什么疾病的折磨。她还有内分泌失调。乔斯·格尔也来了,他还是一个秃顶,在月亮的下面仍然是这样。卡特·乔森来了。还有一些人,他们处在阴影中,我无法看清他们的脸。他们来了。和我一样,来到了小广场。这次约瑟夫·格尔也来了。他看上去很好。他看上去正在按照他的计划一步步进行。

我对约瑟夫·格尔说,因为你要去月球,我们觉得月亮和我们亲近了好多。或许有一天它会真的接近我们地球，我们只要一座梯子就能够到它。我们可以爬上梯子去月亮上看我的邻居。我们可以在月圆的晚上，到月亮上去和你打卡尔斯特桥牌。那时我们根本不用点灯，仅仅用月亮的光就足够了，它可比灯光强多了。等到了后半夜我们再下来，那时，月亮就会向略远的地方转去，我们就和你告别，你继续月亮上的生活，我们继续在地球上。我会和你说，"一个月后再见。"我们一定能战胜乔斯·格尔和卡特·乔森的组合，卡特·乔森的牌打得太臭了，到月亮上去打也不会比现在更好。

"真有意思，"约瑟夫·格尔笑了，"你真有意思，在我们这些邻居中，你是一个最有意思的人。"

15

约瑟夫·格尔的麻烦：他在一周内去了三次旅行局。从他的表情可以看得出他很不愉快，他可能在他的计划中遇到了什么麻烦。一个不顺利的计划。一个有了麻烦的计划。不知道发生了什么，是具体的什么环节出现了问题，譬如某些可有可无的证明，譬如到月球的相关手续，譬如携带物品登记和管理，譬如约瑟夫·格尔未能通过去月球必要的体检。他看上去没有什么妨碍旅行的病。牙龈出血不能算在内。我们只能看到约瑟夫·格尔有了麻烦的表现，可是我们谁也无法猜测他遭遇的麻烦的具体内容，他把麻烦的形式表现了出来，但没有表现麻烦的内在部分。我和卡特·乔森以及房龙都想到了玛格丽特·乔尔大妈，但是她在和约瑟夫·格尔有了争吵之后就再没有打听什么有关约瑟夫·格尔的消息。

"要想了解约瑟夫·格尔所遇到的麻烦，只有你去和他谈一谈了。我们可不是想干涉他的生活，我们只是出于关心。"房龙对我说。"我们只是，不希望他遇到什么麻烦。并且，我，我们都希望能够给他提供可能的帮助，如果他愿意的话。"

……

约瑟夫·格尔看来是真的遇到麻烦了。那些天他的生活全乱了，我这样说是基于他完全没有按照他的时间表来安排他的行程，他整个人都处在一种焦虑和烦躁之中。他在下午出去的时候竟然踢翻了院子里的花盆。那里面有一株中国杜鹃，据说它是约瑟夫·格尔太太活着的时候最喜欢的一束花。晚上，不是很晚的晚上，一个穿蓝制服的年轻人走入了约瑟夫·格尔家的院子，他是旅行局的职员。过了一会儿那个青年人就出来了，他骑上放在约瑟夫·格尔门外的超音速摩托，飞快地从我的眼睛里消失。约瑟夫·格尔狠狠地关上了房门，他家的门发出了很大的声响。月光在他家的门外，他用力的时候那些月光受到了震动，它们似乎被摔碎了，至少是出现了裂痕。

约瑟夫·格尔遭遇了什么麻烦？

他会遇到什么样的麻烦呢，不能解决？

我是不是需要，为了帮助他解决他所遇到的麻烦，而放弃某些个人的原则，或者，我的原则根本就不存在，我只是利用它，只是让它显得存在？

16

"诅咒世界并非是一种对世界的恰当反应。"

唐纳德·巴塞尔姆，1931年4月7日生于费城。他十岁那年决心当一名作家。1953年他应征入伍，当他到达韩国后，从飞机上走下来的那一天，美国和朝鲜签署了停战协定。唐纳德·巴塞尔姆三十岁时成为休斯敦当代艺术博物院的馆长。他曾在《位置》杂志作过执行编辑。1989年7月唐纳德·巴塞尔姆因喉癌去世。在他生命中的最后二十七年里，他与第四位妻子马里恩·诺克斯一起生活在纽约的一栋住宅里，这栋住宅座落在格雷斯·佩利住处的对面，处在圣文森特医院和一家有名的意大利馅饼店之间。

17

"诅咒世界并非是一种对世界的恰当反应。"可是，可是，处在麻烦中的约瑟夫·格尔应该怎么做呢？要他说他一生中遇到的的天气？说他所养的花和热带鱼？说这是命运的安排？说他早上吃过的牛排，以及咖啡中是不是没有放糖？

他也承认，诅咒世界并非是一种对世界的恰当反应，可是——

18

约瑟夫·格尔在旅行局填写了许多的表格。他参加了升月智力考试，体能考试，以及月球行事规则的考试。他参加了月球交通法规考试，可是在月球行事规则中注明非月球公职人员不得使用交通工具。他和三十一个准备去月球的人对月球地理进行了竞答。他填写了个人财产情况，亲属工作情况，个人社会交往情况，有无情人的情况，她们的个人情况和家庭情况，有无心脏病史，有无血液病史，有无皮肤病史，有无性病史……他还参加了测谎检验。

现在，我的邻居约瑟夫·格尔对月球旅行局来说几乎是一个透明人，他们掌握了他的几乎所有情况。可是，他却无法在旅行局那里得到更多，除了到月球的最后时间和他需要交纳的费用。约瑟夫·格尔在旅行局填写的最后一张表格是一张责任表，那里面说，月球旅行局只负责将约瑟夫·格尔送到月球，到达月球后的全部生活所需约瑟夫·格尔必须自己准备，旅行局对此无任何责任；到月球上的一切生活服务都由约瑟夫·格尔自己和月球管理局协商解决，旅行局对此无任何责任；在月球上如果约瑟夫·格尔的生命遭遇什么危险，出现疾病，或者其他的什么意外，都得约瑟夫·格尔自己解决，旅行局对此无任何责任。

我看到了约瑟夫·格尔的那些表格。这不是通过玛格丽特·乔尔大妈得到的，而是，约瑟夫·格尔拿给我看的。他不得不承认，他遇到了麻烦，可在众人的面前他还必须保持那种对他的计划的那种表面热情。"你是一个值得信任的人，"约瑟夫·格尔说，"我现在只信任你，现在，我连自己也无法信任了。"

约瑟夫·格尔说，"我不想去月球了。我讨厌去月球，甚至讨厌别人和我谈什么，月亮。"

约瑟夫·格尔说，"你得替我想想办法。"

在我看过了约瑟夫·格尔所拿给我的各种表格之后，我发现他已经没有别的事可做，他只得为登月继续准备，在他签下的协议中他给自己断掉了退路。要不然，他就得为自己的违约损失一大笔钱，他就得为自己的违约负相应的责任。

约瑟夫·格尔有理由诅咒世界，尽管诅咒世界并非是一种对世界的恰当反应。他是一个粗枝大叶的人。他对自己陷入了麻烦之中感到懊丧不已。

我当然可以为他提供帮助。这是我所愿意的。我和他一起，我们为他到达月球后可能的遭遇做好一切准备，我们先设想可能的困难，然后再找出解决办法。这样，约瑟夫·格尔如果要在月球上生活，旅行，他必须携带：

1. 一顶帐篷。一把铁锹。一只行军用的水壶，足够的水。……

2. 一张床。它可以折叠，与月球的地面得保持一定的距离，并且，要防止它陷入月乳之中。防止某种月球生物爬上床去。一瓶杀虫剂。……

3. 洗面奶。洗发露。力士香皂。……

4. 电话。备用电池。电脑，插头，多用开关。为了排遣寂寞，约瑟夫·格尔还可以带一个小型的游戏机。一些三级片光盘。一些有意思的图书。……

5. 鞋，袜子，黑色的蓝色的衬衣。棉衣。单衣。睡衣。月球上的冷暖会和在地球上有一定的差别，还是准备充分一点好。

6. 现金；信用卡。……

7. ……

如果在月球上发生瘟疫约瑟夫·格尔该怎么办？这样的情况不是不可能出现。我们已经经历过天花。鼠疫。霍乱。SARS。病毒会在月球那样的环境中很快地发生变异，成为一种不知名的新品种。所以，约瑟夫·格尔还必须携带：洗手液，消毒剂，口罩，防护服，维生素C，B1，B2；乙丙球蛋白，卡尔匹林。

为了应付月球管理局可能的检查，约瑟夫·格尔要把护照，财产证明，个人信用证明，个人健康证明，病史证明，到月球旅行许可证，飞船船票保管好。这是为了避免约瑟夫·格尔陷入K那样的境地。当然，这是一件旧事，但我不能不重提。当年，K想到一座城堡里谋求一个土地测量员的差事，那时他还有城堡发给他的任职信件。就是如此，城堡还是因手续上的事以及其他的种种的理由把K拦在了城堡的外面，K只得住在一个小镇上，他虽经一生的不懈努力至死也未能进入城堡。在月球上，约瑟夫·格尔也许会因为某个手续或某个证明的丢失损坏而被困在什么地方。对于任何的可能，我们都得作最坏的打算。

如果约瑟夫·格尔在月球上的邻居是一位虔诚的宗教人士，为了体现约瑟夫·格尔对于宗教的尊重，和邻居建立起良好的关系，他得准备:《圣经》《金刚经》《道德经》《三字经》、《易经》、《美眉必杀经》……

战争也许会在月球上出现，这很有可能，有人类的地方没有战争就会让人难以理解。那么，约瑟夫·格尔就得采取必要的手段来保护自己。他要有一支手枪，一支步枪，一支激光枪，一支原子枪。一件防弹衣，预防辐射的药品和眼镜。一个离子安全罩。一个心跳测定仪。卫星精确定位装置。这些，约瑟夫·格尔必须在地球上办好持有证明，并且要及时地到月球上办理相关更换的手续。

要是约瑟夫·格尔在月球上有了一个两个三个情人，而其中的一个有梅毒，艾滋病，或者传染性肝炎怎么办？他要带有足够的安全套，清洗剂，抗生素。要是到了月球上约瑟夫·格尔发生性功能障碍怎么办？服用脑白金、伟哥、咖啡致幻剂。要是在一个相对较短的时间里约瑟夫·格尔没能找到理想的情人，而他的问题需要解决怎么办？他要携带美国产的性爱波芘小姐、法国产的卡蒂拉尔娃娃、日本的……

如果约瑟夫·格尔在月球上遇到这样的情景……他则要准备……

对我来说这是一项有乐趣的工作，它具体到约瑟夫·格尔则明显不同。我们用三天的时间列了整整写满二十四页纸的单子，上面全部是约瑟夫·格尔需要准备的物品。在购买到第十二页的时候，约瑟夫·格尔的房间里、院子里已经堆满了，它们有四吨重。而更重的物品还在后面的几页。

19

约瑟夫·格尔在看月亮。

他一个人。

他坐在一把椅子上，不，是蹲在椅子上，他在看月亮。

他没有去哥德小广场。他一个人蹲着。

他一遍遍地看月亮。不知道他看见了什么。

他打开了一瓶水。也许是酒。

约瑟夫·格尔在看月亮。

后来他从椅子上下来了。他看见了躲在暗处的玛格丽特·乔尔大妈，他对她说，我要去撒尿。

就是这些。

20

卡拉莱特收到了约瑟夫·格尔的一张贺卡，那时，卡拉莱特仍然在医院里，他的脚不得不和层层的绷带继续纠缠。"约瑟夫·格尔的祝福让我有了一个好性情，"卡拉莱特说，"他的贺卡具有药物的疗效。具有收藏的价值。这是一个将要离开我们到月球上去的人写的,而且是,写给我的。我和这个人曾经是邻居。"

约瑟夫·格尔送给卡特·乔森一把法国式摇椅。他知道卡特·乔森喜欢躺在摇椅上听音乐,一边听一边摇晃。他知道卡特·乔森的旧摇椅已经坏了,卡特·乔森一直想有一把法式摇椅,就像他家里有的那种,可就是没有买到。他知道卡特·乔森过于肥胖的体重对他的摇椅会造成负担,于是,他对摇椅的腿进行了加固。这可是细心的人做的事。要知道约瑟夫·格尔是一个粗枝大叶的人,一直是这样,他留给我们这样的印象,但在去月亮之前,约瑟夫·格尔显得有所改变。

里尔收到的礼物是一副乔朋卡斯的抽象画。据里尔说,他不喜欢绘画,从来都不,无论是谁的画,无论是哪一个画派的。"那他为什么要送我一幅画呢?是说我的生活需要艺术?是让我建立和绘画之类艺术的联系?还是,他无法将这样的画带到月球,而随便地将它丢给某一个人,我恰恰成了那一个?我这样想我的邻居是不是有些不道德?""不过,我还是高兴约瑟夫·格尔能送我礼物。我觉得我会学会喜欢绘画的,就像我喜欢看光碟一样。我会的。不过我可能得先喜欢照片才行。""乔朋卡斯是个大画家么?他的画是不是值很多钱?我不是这个意思。我是在想,我这个邻居在约瑟夫·格尔那里,是一个什么样的位置。"

玛格丽特·乔尔大妈收到的是一件白色的练功服。约瑟夫·格尔送她这样的东西有什么用意?还是,根本只是随意的，随机的，无序的，他只是像里尔说的那样，把不能带到月球上的东西全部送出去？那他是不准备再回地球了？

晚上，我准备去哥德广场看月亮的时候约瑟夫·格尔找到了我。他把一盆花放在我的院子里。"这是我太太活着的时候养的。"他说。我说我知道。你太太是一个爱花的人。"不，"约瑟夫·格尔说，她只是出于嫉妒，她不能容忍卡特·乔森院子前面的花园里有那么多的蝴蝶而她的院子里只有臭虫和屎壳郎。"于是她买了许多的花。可是这些花没有给我们院子引来蝴蝶，我们的院子里还是只有臭虫和屎壳郎。"

我不知道该怎样对待约瑟夫·格尔送我的花。如果他承认他太太是一个爱花的人则是另一种性质。性质直接影响了花的颜色，美感和香。许多时候，我在给花浇水的时候总感觉自己不是在给花朵浇水，而是，在给石头浇水。在给木材浇水。在给塑料浇水。其实，更确切地说我是在给嫉妒之花浇水——现在，性质又发生了变化。我也试着把花只看成是花。可是多数时候并不能。我总是在它的面前想起约瑟夫·格尔太太买花的性质。"负担太多的和它本质无关的东西会使它丧失原来的美。"

21

约瑟夫·格尔在看月亮。

他一个人。

他坐在一把椅子上，不，是蹲在椅子上，他在看月亮。

他没有去哥德小广场。他一个人蹲着。

他一遍遍地看月亮。不知道他看见了什么。

约瑟夫·格尔在看月亮。

房龙在看月亮。

卡特·乔森在看月亮。里尔在看月亮。我和乔斯·格尔在看月亮。玛格丽特·乔尔大妈在看月亮。月亮让我们看得有些……怎么说呢？它有了变化。它已经变化了许多次了，看来它还要继续变下去。

我们也没有去哥德小广场。我们悄悄地出现在约瑟夫·格尔家里。我们没有和他打招呼。谁也没有。我们只是来了。现在，距离约瑟夫·格尔登月计划的最后期限越来越近了。他和我们，这些邻居在一起的时间不多了。

后来，约瑟夫·格尔从椅子上下来了。他走过来，和我，卡特·乔森用力地拥抱了一下，我以为他要说些什么的，他可能要说，谢谢朋友们。或者，我们一起喝一杯。或者，我们打一会儿桥牌？或者，我会想你们的。

他的确说了。不过，他说的是，我要去撒尿。

22

升月倒计时：距离约瑟夫·格尔到达月球的最后期限还有十天。

升月倒计时：距离约瑟夫·格尔到达月球的最后期限还有七天。

升月倒计时：距离约瑟夫·格尔到达月球的最后期限还有六天。

升月倒计时：距离约瑟夫·格尔到达月球的最后期限还有五天。

时间让约瑟夫·格尔坐卧不安。他觉得自己坐在了时间的针上。时间让约瑟夫·格尔变得多愁善感，他发现自己以前忽略了太多的事，做错了太多的事，而现在，他只能一错再错下去。而且，他几乎是第一次真正地去面对时间，他第一次想"时间"这样的事。以前，约瑟夫·格尔根本不用去想什么时间。他只要九点钟去上班，十八点下班就是了。这一个粗枝大叶的人，在他距离自己的计划即将实现的时候，开始纠缠起时间来了。

"我觉得，一个人一生真不该订什么计划。"约瑟夫·格尔说。

他把这句话对我们几乎每个人都说了一遍。

23

NO.31：约瑟夫·格尔费尽周折，终于把他重达二十一吨的行李运到了飞船航运中心。他在汗水中等着。他看上去有些焦急，有些忐忑，有些……他在复杂的心情里等着。他查看了一遍自己所带来的各种证件，表格，证明，给旅行局打了三次电话。飞船航运中心里空空荡荡，飞船还没有来。起飞的时间已经过了。

大约有一千辆超音速摩托从约瑟夫·格尔的面前驶过去。在一千零一辆之后,有一辆摩托在约瑟夫·格尔前面停了下来。那个蓝制服递给约瑟夫·格尔一份文件,"你的登月旅行已经被取消了。我们对此深表遗憾。具体的原因我们无可奉告,不过你可以选择再乘坐我们的下次飞船,我给你的文件上面有下一次飞行的具体日期。"

不等约瑟夫·格尔有任何的反应,那辆超音速摩托车已经绝尘而去……

好在,它只是我的一个想象,我把它存在了我的文档中。它和约瑟夫·格尔的登月计划以及实施没有关系,它只是我个人的,想象。想象和现实之间存在关系,但它们的关系不是非常的确定,有时还会恰恰相反。

在我记下它的时候,距离约瑟夫·格尔到达月球的最后期限还有一天。

那支长枪

我家的那支双筒猎枪早在十年前就已经不知去向。那支猎枪是我爷爷传下来的,它把我父亲造就成了红旗公社向阳大队最有名的猎手,可它却失踪了。我和弟弟李博都坚定地认为,它的失踪与我母亲有关,我母亲一定把它藏在了一个隐蔽之处。

我家的那支双筒猎枪之所以丢失,之所以我们认定是我母亲把它藏起来了,是因为我父亲在猎枪丢失之前开始没完没了地闹自杀。当时,我父亲忍受着家境贫寒和关节炎、糖尿病等种种折磨。是的,折磨我父亲的远不止这些,若不然他怎么会那么的没完没了呢。自杀,几乎追随了他整整十年。

首先发现我父亲想要自杀的是我的弟弟。关节炎在那时把我父亲按倒在炕上,那些日子他的脾气异常烦躁,我们谁也不敢接近他,他所住的那间屋子成了我和弟弟李博的禁区。其实即使父亲的脾气并不烦躁我们也不会经常去他的房间的,他的身上有股难闻的怪味儿。因此我弟弟去我父亲房间的目的大大值得怀疑。后来我在邻居赵海的口中得知,我弟弟那天是去找弹弓的，他翻遍了每个角落也未能找到，于是，他进入了我父亲的房间。（我之所以这样不厌其烦地考证是事出有因的。当时我弟弟因为去我父亲屋里探望，因此阻止了我父亲自杀而落得了一个孝子的名声，大人们在夸赞他的时候根本不会注意到我所遭受的冷落，我在那些夸赞声中往往有些坐卧不安，我觉得对他这样夸赞其实也同时是在骂我不孝。有些事情就怕比较。我曾几次想把真相宣扬出去但最终放弃了，只是在此之后我就开始注意起父亲的行踪，我也成功地阻止了一次父亲的自杀。）

我们闯进了父亲的房间。他正在试图解开绑在猎枪扳机上的绳索，一副若无其事的样子，仿佛他所做的只是像往常一样擦擦枪。那天发生的事情，在我的心灵上造成了巨大的阴影，以致现在想起来依然感到有些恐惧。在进入我父亲房间的一瞬间我的力气被抽空了，跟在母亲的后面完全是不由自主，推开房门，屋里的黑暗和许多怪味朝我们扑了过来，我一阵晕眩。我第一眼望见的是猎枪黑洞洞的漫长的枪口。它似乎在喘息，它随时都准备发出一声巨响，把我父亲、我母亲和我们全家都响到一片黑暗中去。从此，我对猎枪、步枪、机枪等等长枪都开始了恐惧。

我父亲的自杀自然未能完成。屋子里哭声一片，随后我父亲也哭了，他答应我们，以后再也不会自杀了，他必须活着，再怎么难受也活着，再怎么没用也活着，他也舍不得我们。晚上母亲破例给我们做了一次小米粥，这在当时就像过年一样奢侈。晚上母亲早早地走进了父亲的房间，关上房门。以前她可不是这样，她总是没完没了地和我父亲吵架，然后和我们睡在一起。在我印象中，好像是我父亲不再上山打猎被挂着牌子游街之后他们的脾气一致地变坏，变成了两桶火药。我父亲的关节炎和糖尿病也是在割资本主义尾巴之后突然得的，他每天在山上跑，在雪地里趴上半天也没有关节炎，可在家里只闲了半年他就关节炎了，随后是糖尿病。在我父亲自杀未遂的那个晚上我们家好像恢复到父亲得关节炎以前的日子，生活变得像水一样平静。但这只是表象。那只是一个开始，我父亲频频的自杀还在以后，有时候我都有些烦了，我想父亲你怎么总也死不成呢，你怎么不真死一次让我们也轻松轻松。我害怕这样的想法，我没跟任何一个人说过，包括我的弟弟和母亲。

在我父亲那次自杀之后猎枪就神秘地失踪了，包括子弹。尽管猎枪再也没有出现但自杀却跟定了我的父亲，他和自杀整整纠缠了十年。自杀这支长枪。是的。尽管长枪不再出现，但它只是变成了另外的形式，譬如跳井，譬如上吊，譬如喝毒药，譬如……十年中，我父亲的关节炎和糖尿病越来越重，可他对自杀的研究和实践却达到了登峰造极的地步，他几乎尝试了所有自杀的方法。自杀是他的影子，他拖着那条影子走向阴暗的深处。但影子在阴暗的深处依然能够出现。

我是看着我父亲走到井里去的，但他走到井里的那段时间我的注意力被一只蝈蝈引向了别处，因此，他是如何进入井中的我并不知道，我在捉到了那只蝈蝈之后突然发现我的父亲消失了,这发现让我愣了一下,那只蝈蝈乘机狠狠地咬了我一口,我大声地尖叫了起来。

我叫着,爹,你在哪里呀?

我叫着,爹,你可不能死啊。

我叫着,你怎么就突然地没有了呢,你出来吧,爹,我娘等你回家吃饭呢……这时地的下面传来了我父亲的声音,我听见他说,你拉我上来。我吓坏了,我的头发直立着,它们在飘荡,一些汗水用力地钻出来,父亲的声音怎么会从地下传来呢,莫非他已经死了?我父亲的声音再次传了过来,他显然有些不太耐烦:磨蹭什么?快把我拉上来。

我发现了那口井。我发现那是一口枯井,我父亲就蹲在井中,黑暗吞下了他的整个身子,可他的影子却还在。我在那一刻看见了自杀这条影子,但这件事我一直没跟任何一个人提过。

被救上来的父亲一脸懊丧,他狠狠地瞪了我一眼,给我的兴奋浇上了一桶凉水,然后甩手而去。我的母亲,被我喊来救他的人,我的弟弟李博,都愣在了那儿,他狠狠的目光给救他的人都浇上了一桶凉水。他怎么可以这样呢?

在这次枯井中的自杀之后父亲平静了一段日子,他身后那影子淡了又淡,在那段日子里他开始专心致志地对付自己身上的病痛,在他身上的那种怪味中又增加了一些草药的气味,这使他更加难闻。不过那段时间里我父亲的脾气是好的。我母亲偶尔的捶捶打打他都装作视而不见,听而不闻,他专心致志地编织一件难看的粪筐或者把脸沉到盛着红薯叶粥的碗中去，他吃得相当有滋有味。我父亲天生不是编粪筐的材料，他编的粪筐除了难看以外还很不实用，可除了这些他还能干什么呢？很快我家的院子里积攒了半院子的粪筐，以前那里是堆放兽皮的地方。我和弟弟在给生产队里拾粪的时候都是借用邻居家的粪筐，到我家的粪筐坏掉或都被我母亲填进了灶膛，那些粪筐里也没装过一粒马粪或者牛粪。好在我父亲并不在意这些，他把粪筐编了出来就意味着结束，他注意的只是编的过程。在这个过程中，我父亲对付那些柔韧的柳条一直是在咬牙切齿，他仿佛跟柳条有着巨大的仇恨。进而，他跟编好的粪筐也有了巨大的仇恨，在每编完一个之后他都狠狠地踢上几脚，在粪筐散架之前放到一边，再不看它一眼。

父亲的再次自杀毫无征兆，他似乎对自己的再次自杀也同样没有任何准备。那天天气晴朗，我父亲好像也暂时远离了病痛，他专心致志地编织着一个硕大而笨重的粪筐，他把一支走调的歌曲也编到了粪筐里面去。这时，张大瘸子家的来了。(按理说我们该叫她一声张婶的，可后来我母亲命令我们只能叫她张大瘸子家的。之所以我母亲如此仇视她，我想就是跟她那天的到来有关。)

具体她的到来是什么原因我不知道，后来据她说是催我们家还她三两小米面，我母亲上个月借了来却一直没有想还的意思；具体她跟我父亲说了些什么我也不知道，她后来说就是催我家还那三两小米面除了这事她再也没说什么了。这话当然并不可信，我父亲是不会因为别人催他还那三两小米面就去自杀的，尽管当时全国到处灾年我们大队几乎颗粒无收，我家确实还不了她那三两小米面；其中肯定有更深的原因，我母亲肯定知道她说了些什么，若不然我母亲也不会去她家大吵大闹的，我母亲大吵大闹的结果是，张大瘸子一家人同意我们家再也不用还那三两小米面了。

现在，让我们的视线再回到张大瘸子家的一进门的那一时刻。我父亲站起来，脸上挂着一片相当谦卑的微笑，显然他知道我母亲借人家小米面的事。后来两个人谈了一会儿，我父亲的脸色突然就变得异常难看，两个人似乎发生了争吵，再后来，张大瘸子家的又坐了一会儿就离开了，我父亲继续编织他仇恨着的粪筐。他的粪筐对他也具有同样的仇恨，它丑陋极了。最后我父亲和它之间的战争终于爆发了，父亲把它抡了起来重重地砸在地上，他跳上去对着那些柳条疯狂地踩着，踩着，地上一片柳条折断的声音。这时我母亲回来了，我父亲没有理她。他继续着刚才的动作，折断的声音在他小腿下面响成一片，他大口大口地喘着气，喘着气。

在吃晚饭的时候父亲冷静了下来，因此那顿晚饭我们吃得相当平静，尽管气氛有些窒息。我父亲一言不发，相当仔细地对付着碗中的红薯叶，我和弟弟也因此一言不发，但在对付红薯叶的仔细上我们远不如我的父亲。只有我母亲是活跃的，她用极为轻松的语调讲述着今天她所遇到的一件并不有趣的趣事，然后把自己逗得笑出了声来。我原来也想附和我母亲笑几声的，但我听见父亲的鼻孔里轻轻地哼了一声，于是我把笑声又硬硬地咽了回去。我用力地咽了两口，然后对我母亲说：张婶来过。我母亲推了我父亲一把，她来干什么？她原本是想缓和一下气氛，可换回的是我父亲鼻孔里更为粗重和响亮的一声，哼！

战争终于在晚上爆发了。我和弟弟李博其实都已预知了这个结果，所以我俩早早地躺下了，但我们没睡。我听见他们开始低声地吵架，后来声音渐渐地大了起来，我隐约地听见"刘珂"，"这个秃驴"，"我不戴这个"之类的叫喊，单从这些词中是无法猜测他们吵架的内容的，但可以猜想，这次吵架不是关于柴米油盐，而是和队长有关。随后是母亲的哭声，什么器皿摔碎的声音，随后是谁使劲地摔了一下门，走了出去。过了一会儿，我母亲哭着走进了我们的屋子里，她的手中还提着一个包裹。"这日子真没法过了，"她哭着说，"这日子真没法过了。"她在我们的屋子里转了两圈，随手把一件衣服塞到她的包裹里。她犹豫着走到了门口，"我……这日子实在没法过了，你爹现在都成什么样啦……"我弟弟哭了，"娘，我不让你走。"我也哭了起来，我母亲看了看我们，软软地坐在了凳子上。"我本来是要走的，我本来是准备离开这个家的，可娘实在舍不下你们啊。"母亲说。母亲搂住了我们俩的脑袋，我们三个人，我们的哭声连在了一起。

突然我想起了父亲。我问，爹在哪里呢，他会不会再去，再去自杀呢?

我母亲愣了一下,她止住了哭声,快,快把你爹找回来。

我们是在东场的一个麦秸垛下面找到我父亲的,我们找到他的时候,他刚刚用一把生锈的刀子划破了自己的手腕。村上的人抬着哭叫的父亲向公社的医院走去。我,母亲,我弟弟李博,我们三个人远远地跟在人群的后面,仿佛我们只是一些与整个事件无关的局外人。这种局外人的局面一直延续到我父亲被送进医院。那时我父亲已不再吵嚷,相反那些送他的人们却吵嚷了起来,整个医院都充满了喧闹。他们都进去了。剩下我们三个人,我们三个人在一棵高大的柳树下蹲着。我母亲的身体隐在了阴影里,她的脸朝着医院大门外的灯光处探了探,然后又把脸缩回了阴影里:你们说,他不会有事吧?你们说,他干吗,干吗非要这样呢?

这样的问题让我怎么回答?当然,我母亲也并不需要我们回答。我的注意力放在了围绕着灯光乱飞的那些蛾子身上。一只蚂蚱从远处嗒嗒嗒地飞来了。两只蝙蝠在那群蛾子之间穿梭。墙上的壁虎跳跃了一下,我看见一只蛾子的翅膀在壁虎的嘴里扑闪着,细细的毛丝在壁虎的面前像一场雪一样飘散。——"反正是他自己非要死,谁也没逼过他,谁也没做过对不起他的事。"我母亲说。我母亲的脸再次伸到了灯光的下面。

跟在熙攘的人群后面,我父亲走了出来,他低着头,像做错事的孩子一样,滑稽地跟着。人们告诉我母亲,我父亲并无大碍,他的伤口不深而且是割的静脉,所以包扎一下就没事儿了。我母亲猛地站了起来,她指着我的父亲,哼了一声,甩手离开了医院的大门。我们跟在她的身后,父亲跟在我们的身后,许多人,许多人都大声笑了起来。

我们家进入了冷战。

我母亲又搬到了我们屋里去住,在深夜里我们常常被我父亲出来小解的关门声吵醒,随后是他唉声叹气的声音,往往这时我母亲就轻轻地拍一下我的背,快睡,明天的事多着呢。吃饭的时候我母亲只盛我们三个人的碗,父亲愣上一会儿就自己去找碗盛饭,他把锅碗瓢盆放得很响,然后把饭端到屋外去吃。我母亲不让我们管,她说,我父亲现在一身毛病,没人理他他自己就不再折腾人了,他才不是真的想死呢。

是的,在冷战期间我父亲再没有提过自杀这件事,他对我母亲把他的粪筐当作柴火烧水做饭也毫不理会,他和我们的生活分离了,我时常看见他在太阳刚刚升起的时候就晃动着一张苦脸出去,在吃饭的时候他再把那张苦脸晃回来。那段时间里我们甚至不知道他的病情,我母亲丢下了为他熬药的工作,我父亲在他的屋子里为自己煎药,他屋子里病的气息更重了。

我,我母亲,我们全家人都没有注意到我父亲在那些天里究竟干了些什么,我们忽略着他的存在,至少在那些天里他没有在我们面前表现出痛苦难耐的样子,至少在那些天里他没有去自杀,至少在那些天里,他是无害的,对我们,对他自己都是无害的。我,我母亲,以及我弟弟李博,我们希望这冷战能够继续下去，我能够看得出来，这样，总比没完没了的自杀好些吧。

可我父亲，他终于把这种冷战的局面给打破了。他和大队里的四类分子一起被捆绑着出现在游街人群中，这个消息是我弟弟的同学王海传来的，为了传递这个消息他跑得气喘吁吁，汗流浃背。我看不惯他那副幸灾乐祸的样子，我真想上去给他两个响亮的耳光，在我准备动手的时候邻居赵伯推开了我家的房门。他，和随后到来的那些人，都是为传递我父亲游街的消息来的。

那次游街，让我父亲丢尽了颜面。

事情的起因来自于我父亲。在进入冷战的那段日子里，在他从我们的生活里隐去的日子里，他一直在跟踪我们向阳大队的生产队长寻找机会报复。他先是在队长刘珂家的厕所里设下了机关划伤了队长妻子的屁股，后来他又四处传播刘珂和村上一个妇人有染的绯闻，要知道在那个年月，这可是一个不小的罪名。公社派人来调查此事时我父亲供认不讳，但他又拿不出队长和那个女人有染的证据，他只是觉得他们的眼神不对，他只是觉得从两个人的亲热程度来看应当发生些什么事似的，他只是觉得，他们之间没事儿才怪呢。于是，我父亲被愤怒的刘珂命人绑了起来。他先是被绑在大队门口安放喇叭的柱子上，这时，围观的人聚集了一片，从我父亲的方向看去是一片一片的黑色和黄色在相互移动，每一张脸和另一张脸都是相同的，它们是，脸。开始的时候我父亲在那群脸的中间还是慷慨激昂的，他讲述他在村长家的厕所里放置机关划伤队长老婆的屁股时引起了一阵哄笑，我父亲在那阵哄笑中更加神气，他根本没有注意队长的脸已变成了紫色。——说我跟别的女人睡，他妈的我就睡你的女人你又能怎样？

哄笑在这时立刻停止了。我父亲的神气还僵硬在脸上，他一时不知该把它抹去还是该继续留着，反正那时他的脸色异常尴尬和难堪。

你，你他妈真睡了吗？

——我就是真睡了，又怎么样？刘珂迎着我父亲的眼睛挺了挺胸，他根本就没把我父亲放在他的眼里。

哈，我父亲突然干干地笑了一声，刚才你还不承认有作风问题呢，现在可是你承认的，我说社员们，怎么能让这么个人当队长呢？

——你，你你……刘珂没有想到我父亲有这样的手段。他的眼泪几乎都要涌出来了：怎么会有，会有你这种男人！

原本非常严肃的批斗会眼看就要变成一场闹剧。还是公社里来的人聪明，他在喇叭里喊，把大队上的四类分子也带上来，游街！

游街，我父亲自然难以再完整地说什么了，这就避免了闹剧继续深入的可能。我们家是贫农，谁也不可能堵住我父亲的嘴，但用游街的方式就可以间接地堵住了。对待贫农的闹事，公社的人显然比队长经验丰富得多。

在游街时我父亲的头依然高高地昂着，我相信那一刻，他肯定把自己想象成了一个将赴刑场的烈士。甚至他还想喊几句口号的，但现在他是和四类分子押在一起，有种同流合污的味道，喊什么口号显然都是不太适宜的，闹不好就会变成政治错误，于是他只抬了抬手，张了张嘴，把涌到嘴边的口号又硬硬地咽了回去。看着他的样子队长刘珂愤怒到了极致，他突然大声地命令：停下！把他的褂子扒下来，把他的裤子扒下来！

我父亲被打败了，彻底地打败了，他的那副神气瞬间便消失得无影无踪。他使劲地并起了双腿，像一个泼皮一样大声叫骂但他的衣服还是被扒下来了，他的身上只剩下一条有着破洞的裤衩。要知道那时处在他和我母亲的冷战时期，他的裤衩根本得不到清洗，原本一条蓝色的裤衩现在是灰白色，上面点点的尿渍分明地点在上面，散发出一股难闻的骚味儿。队长刘珂夸张地用手扇了一下鼻子，随后是一副极欲呕吐的样子。围观的社员们哄笑了起来。我父亲在众人的哄笑中不知自言自语地说些什么，反正他被打败了，一寸寸地委顿了下去。刘珂意犹未尽。他叫人把我父亲往高处架了架，他的手伸向我父亲的裆部，隔着裤衩，刘珂掏了掏我父亲短小的阴茎：就这么小的东西，连自己的女人都喂不饱，还想管别人的事儿？众人再次放肆地笑了起来，我父亲却哭了。他很伤心地哭了，大声地。但在那个时候，在那群人的哄笑声中这哭声又能算得了什么？刘珂更为得意了，他的手再次伸到了我父亲的裆部：你不是不行吧？看着人家干你心里痒痒？父亲的身子拼命地蜷曲着，像一个孩子一样咧开了嘴……

如果不是我母亲的到来我真不知道该如何收场，我父亲的游街会游到什么时候。王海后来追到我家和我弟弟说我父亲的那个东西是出奇的小，只不过和他的差不多大，而他才十三岁还长呢。我气愤极了，其实更令人气愤的是我弟弟竟然无动于衷。我冲到王海的面前，伸出手在他的脸上狠狠地扇下了两个响亮的耳光。在父亲游街的时候我母亲也是这样把手伸向刘珂的脸，随后麻利地解开了父亲身上的绳索，推开架着他的人，然后，扶着我父亲朝自己的家中走去。我母亲怀中的我父亲还在一寸寸地委顿，他的腿使不出一点的力气，我的父亲，竟然趴在母亲的身上哭了起来。

冷战因为我父亲的游街而结束了，母亲为父亲第一个盛上了饭。父亲使劲地喝着汤。很快他就喝完了。放下碗，他便迫不及待地拉着母亲朝自己的房间里走去。他根本不顾母亲的挣扎，她把一些汤洒在了自己身上。他根本不顾惊愕的我们和惊愕的串门人，他显得那么迫不及待，还没到门口他就撩起了母亲的上衣把嘴伸向了她的乳房。我母亲低低地惊叫了一声，那些串门人，可恶的串门人，他们的目光被我母亲牵走了。父亲用力地关上了门。父亲粗重的呼吸。他用力的声音。母亲尖叫的声音。那些可恶的串门人！我和弟弟放下了碗，走回我们的屋里，临到门口，弟弟李博突然冒出了一句："咱爹真虚伪。"是的，他当时就是这样说的，咱爹真虚伪。我朝着他看了三眼。这像一个十三岁的孩子说的话么？

仿佛是一场大病。父亲的精力被抽走了，力气被抽走了，心也被抽走了，他躺在炕上朝着一块房顶一看就是半天。我们极其小心地，极其小心地害怕他自杀。

但谁能阻止他呢？谁能真正地阻止他呢？

……

那天早上，母亲给我们盛上饭后随口说了句，米已经不多了，今年冬天可咋过呢。小浩，她叫着我的名字，反正上学也没什么出息你就别上了下来挣工分吧。说完之后母亲突然意识到了什么，她的脸色变了几变，然后给我们讲了一个笑话。我母亲天生缺乏讲笑话的能力，那个笑话被她讲得毫无可笑之处，我父亲却笑了起来。母亲的神色更为灰暗，她问父亲："你笑什么，你笑什么？"我父亲仍在笑着，他指着我母亲的脸：你嘴角上有片菜叶，你讲笑话它就发抖——我母亲用手拂了一把脸，却发现根本没有那片发抖的菜叶。父亲说，它掉到地上去了。

吃过早饭之后父亲开始编他的粪筐，他把这件事搁置太久了，因此他编得更加难看。太阳暖洋洋的，落在他的手上、肩上。秋天马上就要过去了，太阳也暖不了几天了，父亲好像自言自语，也好像是说给我们听的。随后他就失踪了，我、母亲和李博都不知道他是在什么时间离开的，难看的那个粪筐搁在那里，张大着惊愕的嘴。

我父亲朝着队长刘珂的家中走去。他的背上背着消失了很久的猎枪。我父亲要在刘珂家门口自杀，因为刘珂让他丢尽了脸。那么多人跟着他,他背后的影子深得可怕。

刘珂出来了。他没有一丝恐惧的表情,相反,他因为能看到我父亲的自杀而兴奋无比。——你自杀吧,自杀吧,后边的人闪一闪,别让血溅到你的身上。你说你活着有什么用呢?死了也好让你的女人找个好主。刘珂说着拿起了我家的猎枪,朝着我父亲的脑袋瞄了一下准,然后找了件东西把枪支好:你说你干嘛非要用长枪自杀呢?还得别人帮忙,多费劲!

父亲的脸色苍白。显然,这样的结果绝对远离了他的设想,他的手伸向了扳机,他的手在抖着,腿在抖着。他闭上眼。——你可快点!你可是自……自绝于人民!刘珂说。

父亲的手猛地收了回来,他的眼泪又流出来了:刘珂,我操你妈,你可别——别欺人太甚了!

——我就欺负你了又怎么样?怎么不死啦?我告诉你吓唬你老婆孩子行可唬不住我。我家里还有瓶农药,要是你嫌用猎枪得不到全尸,那你就喝农药吧!刘珂把农药递到我父亲的手上。

父亲哭着。他再次一寸寸地委顿下去,最后蹲在地上捂住了脸。围观的人七嘴八舌。我父亲突然站了起来,他打开了药瓶把它递到了嘴边——围观人的嘴瞬间鸦雀无声——父亲的药瓶在嘴边举着——

他又蹲了下去。在他的耳边是一阵高过一阵的笑声。他狼狈地像一条……反正他狼狈极了,用手捂着脸,捂着耳朵,捂着头。刘珂也大声地笑了几声,社员们,都干活儿去吧,这有什么好看的？哈哈！我父亲站起来说，我才不会这么死呢，我比你多两个儿子，你家只有女娃，你不去死我怎么能死呢？他说的声音很低。说完后他就匆匆地朝人群外走去，他的走几乎是一种跑。——站住！刘珂叫住了他，你把药带走，什么时候想喝就喝几口！我父亲的耳边涌起了一片喧嚣，就像潮水。

（在我父亲这次狼狈的、令他丢尽了脸的自杀之后猎枪便再次失踪了，不知道是母亲把它藏了起来，还是父亲匆匆逃跑根本忘记了那支该死的猎枪。可他，却真的把那瓶农药带回了家。）

那真是一次耻辱的自杀，我、母亲和我的弟弟李博提着那瓶农药回家时我母亲狠狠地把他关在了门外：自杀自杀，你咋又不死了呢！

我父亲在门外蹲了一会儿便朝自己的屋里走去。他没吃晚饭就早早地睡了，整整一夜，我听见父亲在炕上辗转，他叹气的声音落满了屋子里的各个角落。那一夜，我的梦里出现了父亲的形象，但这个父亲并不是我的现在的父亲，他的脸极为模糊，他的身躯高大得就像队长刘珂。那是一个不闹自杀的父亲，快乐、没有疾病的父亲，我醒来的时候发现自己的脸上尽是泪水。

我醒来的时候早晨还早得很，空气还是灰黑色的，它们非常沉重。我听见院子里有着细细的响动，我的父亲，他又在编织那些毫无用处的粪筐了。他的影子很灰。我想，那条自杀的影子原来是假的。

没有在刘珂面前自杀的父亲在家里度过了一段异常艰难的埋藏。一家人的目光都包含了刀子。我们有意地漠视他的存在，在他面前敲敲打打地敲给他看，当他和那些可恶的串门人在一起交谈的时候，我和弟弟，我们哥俩都曾冲着他们的面前狠狠地吐过唾沫。——想一想吧，我们俩是多么的可恶，他毕竟是我们的父亲啊！

很长的一段时间里父亲是队上的笑料。几乎所有的人都认定我父亲并不是真的想自杀，他只是想吓唬别人罢了。我们恨透了队上所有的人，在他们的面前我和弟弟也矮了下去，我怕见所有的人，在别人面前我就像过街老鼠。此后一年多的时间里我父亲确实也没再自杀，只是他被日益严重的关节炎和糖尿病折磨得极其憔悴，他身上的药味也越来越重，他走到哪里，哪里就仿佛是一间药房。在这一年多的时间里他几乎没和我们说过几句话，有时候我母亲进他的房间里住一两个晚上，但他也什么都不说。我的父亲，他把自杀忘记了，他不会自杀的，我们也把他反反复复的自杀忘记了。

——可我父亲，却真的自杀了。

事情起因是队上记工分。那个年代，集体劳动都是要记工分的，作为麦收、秋收时按劳分配的凭据。我父亲拖着病痛的身体跟着社员们起早贪黑，可在秋收时队上的工分簿上他的工分少得可怜只能分20斤高粱4斤小米和20斤红薯——我父亲愣到别人都把分得的粮食背回了家才缓过神来，他背起高粱和红薯，把它们从桥上丢下去。（父亲的这个举动让我和弟弟整整在桥下打捞了三天，我俩捞出了7斤红薯4穗高粱以及十几只螃蟹。我俩和捡走我父亲丢下的红薯的嘎子打了一架，我和弟弟都有轻伤，但红薯最终也没能要回来。）

父亲在黄昏里坐着，晚霞在他的脸上划出了一道红红的烟。我母亲出去了，我弟弟回来说，她去刘珂家找刘珂理论去了。我母亲很晚才回来，那时黄昏的黄已消逝，只剩下了一片昏暗。我母亲她根本一无所获。我父亲望了望母亲的脸色，突然地站起来走回了自己的屋里，关上门，把自己关在了黑暗和浓烈的药味之中。我母亲气呼呼地坐在凳子上，一句话也不说，盯着我们看。突然，父亲的房间里一阵混乱的响动，母亲急忙站起来跑过去，她发现我父亲正在地上翻滚，他把刘珂给他的农药喝了。他，喝毒药了！

母亲不知哪里来的那么多的力气。她背着父亲朝公社的医院跑去，四里的路程，她一直是那么快速地奔跑，跑到医院门口的时候她的身上已尽是淋漓的汗水。她费力地敲门。过了很漫长的一段时间才听见鞋子移动的声音，鞋子移到门口停住了，一个老大夫的脸探了出来：什么事？他是咋弄的？这是你们村那个总闹自杀的人么？他怎么真的喝药了呢？

我母亲根本没有回答他的问话。她倒在了地上，脸上如同蒙着一层厚厚的黄纸。

父亲在两天之后出院了，两天的时间里他更加迅速地衰老下去，他出院的时候依靠一根竹棍的支撑才艰难地回到了家里。而我母亲，她还躺在医院里，背着父亲奔跑压垮了她。她对我们说，她觉得自己不行了，躺在医院里的这两天她思想了很多的事。她说，你们要好好地对待自己的父亲，千万不要让他自杀了，无论他怎样，这个家都不能再少了他呀。

阳光有些冷地挂在窗棂上。几只麻雀在树叶间叽叽喳喳地跳跃，有几片树叶飘零了下来，其中的一片贴在父亲的额头上。父亲的目光在树叶间伸展，他的目光伸出了手，把一只麻雀用力地抓在了手上。几只麻雀突然地飞走了，一只不剩。

这时我父亲叫我，有些急切地叫我，等我走到他面前他却忘记了为什么要叫我。他说，你看我现在的记性。他说，你先坐一会儿吧等我想起来了再和你说。

在想起为什么叫我之前父亲开始寻找另外的话题。他说这几天里他的糖尿病又加重了，他感觉得出来，而关节炎则带给他另一种痛法，他说每天和病打交道累也该把他累死了，烦也该把他烦死了。我说爹别老是想着死，你还得好好地活呢，这个家还得靠你呢。我父亲说，你别插话，让我说完。他接下来分析了自己糖尿病加重的原因，他把原因放在了他喝下去的农药上，他说农药里面有糖，喝下去的时候有些甜仅有一丝的苦，而在医院里大夫给他洗肠没有把糖洗干净。你们干嘛救我呢其实让我死了不更好吗，我得多受多少罪啊。我说爹你别老想着死你不能死啊你为自己想也得为我们想，我们还得过好日子呢。父亲说，我的好日子在哪里呢？从小时候就一直在等到现在也没等来。要不是挂念你们我早就死了谁也拦不住我，临死临死就想起你们想我死了你们的日子咋过呢？现在我才不想自己呢。父亲说你说人这一辈子拼死拼活地都干些什么？你不知道打猎有多危险，多数的时候几天都不会打到野兽，在雪地里饿得头昏眼花真想哭上一会儿睡上一觉可我不敢哭也不敢睡。我怕一哭就泄气了，一睡就起不来了。你爷爷当了一辈子的猎人到头来只留下了一支长枪。我这辈子连枪也保不住了。说到这里的时候父亲的神情异常黯淡。朝他身后看去，我看到他的影子淡淡地挂着，并不重。你不知道每天身上挂着个病是什么滋味，从早上一起来就浑身酸痛，痛得钻心，你不想都不行，它不给你一点的力气，也不让你高兴一会儿，痛着能高兴得起来么？你不知道一天一天都这么过是个什么滋味，一醒来，一开始痛我就想你咋还不死呢，这一天再熬到睡觉得多难啊。我说爹你别老想着病你会好起来的我们不能没有你。有我干啥，我还能干啥？不让我打猎了我下地干活儿可他们不给工分，我……我现在什么用处都没有，死了能省不少的粮食。我知道你们都瞧不起我，爹给你们丢脸了是不是？我急忙辩解：爹，我们没那么想，我们才不管别人怎么、怎么……你说的不是实话。爹不是傻子。爹能看得出来。顿了顿，他又说，人不就是活给人看的么？人都不拿好眼瞧你了活着又有啥意思呢？我哭了。我哭着说爹反正你不能再寻死了我娘还住着院呢不都是因为你吗！父亲重重地叹了口气：这些年也难为她了，我还瞎怀疑。人一病着就爱瞎想就禁不起风吹草动。人一病着，心情就烦躁。这时我父亲突然想起了叫我的原因，他说，你去医院看看你娘咋样了。

跨出门去时我停了一下，爹，你怕死吗？

他愣了愣，然后低下头想了会儿：怕。

就在我再次转身的时候，我母亲脸色苍白地出现在了门外。

……

此后数年我父亲又经历了多次的自杀，我们除了上学干活儿之外，还要担负起这样的任务，寻找自己的父亲。我不再上学，瘦弱的我一天能挣十个到十一个工分，但我一天也能吃下一家人的口粮，我只得省着吃，还要装出吃饱了的样子。出工回来我把一身酸痛饥肠辘辘的自己摔倒在炕上，有时候也想，这日子什么时候是个头呢？这日子过得有啥意思？这样想的时候我很害怕，自己叫自己拼命地背诵毛主席语录，背着背着很快就有些力气了，就睡熟了。父亲仍然和母亲没完没了地吵架，我们必须要熬过极其漫长极其漫长的每一天，一天天都是这个样子没有任何的改变。我很害怕回家。我宁愿在地里多待一会儿或者帮刘长锯为生产队喂牛也不愿在家里多待一分钟，我多想过一种平淡的生活，可生活里有着那么多的烦躁不安！

父亲除了和自杀没完没了地纠缠外，他还必须和自己的病纠缠。有一段日子他躺在炕上站不起来了，他的屋子里被药味、怪味和恶臭充斥着，他的后背因为缺少移动长满了黄色的疮，他把自己的大便统统甩在了墙上。这样的行径实在可恶，我母亲一气之下命令我们谁也不许打扫就让它在屋里臭着。两天后父亲开始绝食，绝食的第四天父亲终于支撑不下去了，他艰难地趴在窗台上向我们哀求，在母亲的授意下我们在第五天的中午才给父亲送去了饭，他就在满屋的药味、怪味和臭味中津津有味地把饭吃了下去。在我和弟弟打扫了他的房间换下了他的衣服之后，他的病情又开始了好转，他能自己行动了，每天早上晒晒太阳，或者编编粪筐，只是在那个时期，他的工作都是半途而废的，他没编完过一只完整的粪筐。

那天的锣声我们都听见了。它遥远地传来，我们都停下了手中的活儿朝锣声到来的方向望了一眼，随后锣声消失了，我们便再次继续手中的活儿。远远的王海跑过来了。他对我们说，快，快，你爹出事了，他，真的死了。

等我们到槐树下面已经围满了黑压压的人头，黑压压的声音。远远地我就看见父亲悬挂在槐树上，像一块破旧的布一样晃动。他真的死了，绳子把他的眼睛、舌头都勒了出来，舌尖上流淌着一条暗红色的血线，像一条蚯蚓在爬。他的眼睛！他鼓出的眼睛里好像充满了什么，又好像什么也没充满。

在他脚下丢着那面铜锣。

我身上的力气又被抽空了，我的脑袋里一片空白，奇怪的是我并没有多少的悲哀，脑袋里的空白让我有些轻松，我的身体在四周的喧嚣中沉了下去。我听见有个声音，他说我父亲这次是真的想死了，他敲响了锣把人招来是想让别人都看见他死了,他真的自杀了。另一个声音,不对,他要想死不就早死了,他还是想活,他又在要别人呢,他原本想敲响了锣等别人来到他再上吊,别人就会在他死去之前把他救活,他没想到周围没有一个人大家都在地里呢,这次他可是把自己要了。一个声音:你净瞎猜,你又不是他你怎么能知道他的想法?一个声音:哎,人这一辈子。一个声音:锣不在地上吗?一个声音:这些年他是咋过来的……

七嘴八舌。我张了张口想加入进去,但我的喉咙却没能发出任何的声音。我该说什么呢?在我背后突然传来了尖锐而沙哑的哭声。我听出那是我母亲的声音,她来了。在母亲的哭喊中我仿佛看到我父亲的尸体颤抖了一下,在他悬挂着的身子下面,那条粗粗的黑暗的影子,那条自杀的影子,也跟着,轻轻地颤抖了一下,两下……

父亲，猫和老鼠

那是我的父亲。他跷着腿，躺在床上，哗哗哗哗地翻着报纸。他下岗有些日子了。

他总是那样，躺在床上，跷着腿，哗哗哗哗地翻报纸。一副百无聊赖的样子。

如果看到某篇文章，如果他觉得精彩，我父亲就放下腿，直起身子，将文章读出声来。他似乎是试图让我们听见。原来，百无聊赖只是他的一个壳，一个侧面，一个可能的假象。我父亲读报纸的时候摇头晃脑，很像一个领导。他暂时放弃了下岗工人的身份，有些神采飞扬。

往往是，我父亲一旦读出声来，我母亲就开始出手打击了。在我父亲下岗之前她不是这样。她一边斥责我的父亲一边抢下他手上的报纸。你还是醒醒吧，我母亲说。

然后，我父亲重新百无聊赖下去，他躺下来，跷起腿。他又背起了自己的壳，任凭我母亲反反复复地数落，指责。躺在床上的父亲像一条巨大的蠕虫。

那是我的父亲，他一直这样，什么事也不做。跷着腿，躺在床上，哗哗哗哗地翻着报纸。他用这样的方式打发自己的时间。我发现，我父亲对国际国内的政治时事，体育新闻和一些评论文章感兴趣，而那些文娱新闻，奇谈怪事则无法触及他神经。他的一部分神经是麻木的。我还发现，我父亲对"奋勇前进"、"战胜困难"之类的词有着特殊的偏爱，无论这个词在报纸的哪个角落里，他都会凭借一种敏感很快将它们找到，然后将那篇文章读出声来。

那是我的父亲，是我天天的父亲。他下岗已经有些日子了。

我母亲的火气越来越大。她抱怨，家里外面的活儿一件也不做，也不知道想干什么。她抱怨，以后的日子怎么过啊。她省略了主语。

我和弟弟的眼都偷偷地瞄向了父亲。以前他可不是这样，他以前可不是，有一双麻木的耳朵，有一张沉在碗里的脸。

后来，我父亲的日常还是有了转折。转折的起因是，我们家里出现了老鼠，并且数量众多。我们先后在厨房里、厕所里、卧室里和院子里发现了它们，可以断定，这是一个庞大的家族，它们不知是从何处迁徙来的。

我母亲的一双皮鞋被咬出了三个洞，这三个洞，就像出现在她的身上一样让她心疼。厨房里的馒头也开始丢失，地面上留下了馒头的粉末和老鼠的屎。有一天我们在院子里吃饭,三只小老鼠竟然大摇大摆地走到了饭桌前,其中的两只还为争夺什么打起了架来。

我们运用了干馒头,扫帚和自己的脚,然而并没有将任何一只打死,虽然它们看上去相当笨拙。回到饭桌前,我母亲突然加重了语气:反正你也没事干,就想办法治治老鼠!光躺着不怕臭了啊,不怕发霉啊!

我父亲抬起头来,他说行。行。

开始,我们都没有将他的承诺当真。我父亲总是说行,行,是,是,可一般来说他说过了也就是说过了,他并不会真的做什么。他是一个懒惰的人,这点他也承认。

但那次真的不一样。我父亲竟然是认真的。

我们谁也没有想到他是认真的。他不是那种人。

然而在某一个上午,我父亲和老鼠之间的战争真的开始了。

他锁好自己卧室的门。然后一个人哼哧哼哧地挪动了床。沙发。旧报纸。鞋盒。一切可以挪动的物品他都挪动了一遍。再然后,他锁好卧室的门,锁好厨房的门:他在厨房里点燃了和老鼠的战火,厨房的战斗弥漫着硝烟和油烟。

第一天的战斗我父亲有了一个小小的胜利。他打死了一只老鼠，还有一只老鼠竟然被他活捉了。我母亲回来时，他从一个空鞋盒里提起了那只老鼠，他让我母亲看：我父亲用线将那只老鼠的腿、身体和尾巴都绑了起来。——还不弄死它！我母亲冲着他嚷。

我父亲并没有马上将老鼠弄死。在我和弟弟依次回到了家，看过之后，我父亲才将老鼠提到院子里，用一根木棍敲碎了它的头。老鼠的吱吱声小了下去，它还在抽动，它的眼睛闪着一种淡淡的光。我父亲重新将它放回到鞋盒里。

晚上，和我父亲一起下岗的赵叔来找我父亲下棋。他们以前就常在一起下棋，下岗后更是这样了。那天晚上，我父亲第一次没有和赵叔谈国际国内形势，而是一直在说老鼠。老鼠。老鼠。后来赵叔都有些急了：你有完没完啊？还走不走？我发现你谈老鼠比谈国际形势还烦人。

看得出来，我父亲有了一些挫败感。那天晚上他输得一塌糊涂。

晚上，我母亲被一阵奇怪的声音惊醒。她支起耳朵听了一会儿，唉，她对我父亲说，有老鼠！老鼠在咬床！

我父亲说你纯粹瞎说。卧室里肯定不会再有老鼠，他是一寸一寸找的，每个角落都找过了。我母亲说你听你听。看是谁瞎说。我父亲坐了起来，卧室里静得有些可怕，他能听到的只有我母亲的呼吸。

我说没有吧。当我父亲准备将他的头重新放回枕头上时，床下的声音突然又出现了。的确，我母亲说得没错。

那一夜我父亲一点儿觉也没睡，他把自己弄得筋疲力尽然而并没有捉到一只老鼠。甚至，他都没有看见老鼠的影子。

在我父亲筋疲力尽之前我母亲早就出来了，她不停地抱怨着然后挤到了我和弟弟的床上。很快她就鼾声如雷，并用力地咬自己的牙。

是的，我父亲的地毯式搜索并没有取得应有的效果。相反，老鼠越来越多，它们几乎无处不在。

我母亲在她的一个木箱里倒出了一窝幼小的老鼠，它们都还没有长毛，眼睛也没有睁开。我母亲尖叫了一声就将她的箱子抛出了屋子，这时，一只硕大的老鼠从她的旧衣服下面窜了出来，不知去向。

拿起一根木棍，我父亲追赶着那只早已不知去向的老鼠，他漫无目的的追赶遭到了我母亲的训斥。我母亲一边呕吐，一边将我父亲说得体无完肤。

许多天后，他开始自己制作老鼠夹子。他右手的食指被夹肿了，中指的指尖处也出现了淤血。后来，在赵叔的帮助下我父亲终于制成了三只老鼠夹。他将那三只难看的老鼠夹子放在老鼠经常出没的三个角落。

躺在床上，跷着腿，他哗哗哗哗地翻报纸。有时他会突然停下来，支起耳朵。

可惜的是，三只老鼠夹子在半个月的时间里只打到了一只不算大的老鼠，作用不大。何止是不大，它们甚至助长了老鼠们的胆量，更加肆无忌惮起来。

有一天我弟弟一觉醒来，感觉自己的脸上有一条细绳在动，他摸了一把，一只老鼠吱地叫了一声跳下了床去。

天天晚上，我母亲都能听见老鼠们咬床的声音，她将它们的这个举动看成是对我父亲的报复。她甚至怨恨我父亲，说如果不是他打老鼠老鼠也不会非要咬床。她还抱怨，老鼠吵得她整夜整夜睡不好，第二天上班都没有精神。我父亲对她的说法进行了质疑，他说他打不打老鼠和它们咬床无关，不打它们也会咬。再就是，你的鼾声哪天晚上断过？怕是你吵得老鼠也睡不好觉，才来咬床的吧。

没完没了。

我父亲买来了老鼠药。为了达到目的，他把药拌在馒头里，肉里。他还买回过一种很难闻的香，在各个房间里点燃，弄得各个屋子里都是那种让人恶心的气味。他说用这香可将老鼠熏走。

不知是谁提供的方法（赵叔说不是他），我父亲将一只抓到的老鼠绑起来，然后往它的屁股里塞绿豆粒，玉米粒。他还为这只老鼠进行了外科手术：他用针用线将老鼠的屁股缝上了。本来他是想让我母亲来做这个手术的，但我母亲坚定地拒绝了他。他只好自己笨拙地上阵。

他说你们等着吧。他说绿豆粒和玉米粒会在老鼠的肚子里发芽，它们在老鼠的肚子里慢慢膨胀，那时老鼠就会疼痛难忍，而又无法将豆粒和玉米粒排出。时间一长这只老鼠就会疯掉，并且凶残无比。它会将其他的老鼠都咬死的。

我父亲笑容满面地放走了那只屁股里塞满了绿豆粒和玉米粒，却因此也失去了屁股的老鼠。他制止了我们，看着它艰难地爬到院子东边的角落里去。你们等着吧，我父亲显得胸有成竹。

当然是又一次的落空，又一次的落空。我弟弟的语文课本被老鼠咬掉了很大的一片，拿这样的书上学他可能觉得很没面子，于是他将那本课本偷偷地烧掉了。这事儿我知道，但我没有和任何人说起过，包括对我弟弟。厨房里的鸡蛋被淘气的老鼠打碎了不少，木质的碗橱也被钻出了洞。这无疑给我们原本就不富裕的生活雪上加霜。我们只好听任我母亲层出不穷地抱怨。

后来她说，养只猫吧。还是养只猫吧。

这是我母亲的转折。一直以来，她都对猫对狗有着让人难以理解的厌恶，如果不是她自己提起，我们是不会提议养猫的。现在，她妥协了。

但我的父亲，却出人意料地表示了反对。他说，用不着。

我母亲将碗重重地砸在饭桌上，碗里的饭有一半儿洒了出来。用不着，用你么？你抓了几只老鼠？你自己看看，你是长了猫爪还是鸭子脚？

我父亲也火了，他手里的碗也重重地砸在桌子上，碗里的饭洒出得更多：我说用不着就用不着！

晚饭之后，我父亲用水桶提了水，倒在院子里。他把院子弄得一片汪洋。我的父亲，脸阴沉着，哼哧哼哧地喘着气。

一只老鼠也没有被他灌出来。我弟弟悄悄对我说，他的做法也是有道理的，即使淹不死老鼠，也必然会将老鼠洞弄湿，让它们得上风湿性关节炎。我弟弟说这些的时候一脸坏笑。

猫还是来了。它是我母亲花了十四元钱在街上买的，是一只有花斑的白猫。我母亲说它叫了一路，可能是饿了。但她还是听从了我父亲的意见，并没有喂它。

我父亲说，猫只有饿着才会拿老鼠。吃饱了的猫是不抓老鼠的。

老鼠突然地就少了下去，突然地就少了。我家院子里、厨房里、卧室里都再也见不到它们的踪影，也听不见它们咬床角时的声音了。而在此之前，它们是那么繁忙，肆无忌惮。

我父亲说，也没见猫拿到老鼠。他是一副失望的表情，怨愤的表情。

没有了老鼠，我父亲的生活又恢复了，他变回了蠕虫。躺在床上，跷着腿，哗哗哗哗地翻报纸。如果看到哪篇文章精彩，他就放下腿，直起身子，读出声来。

在饭桌上，我父亲总爱向我们兜售他从报纸上看来的时事新闻，并加以评论。好在我母亲能够及时地制止他，我母亲会一下子将他的热情打下去，浇上一盆凉水。没有完全浇灭的火焰嗞嗞嗞嗞地冒着白色的气。

我发现，我父亲对待那只猫很不友好。不只是不友好，甚至都有些恶意。我的发现很快也被我母亲和弟弟发现了。

他一个人在家的时候从不给猫喂食。还经常用扫帚、木棍、干馒头或脚对它进行殴打。有一次吃饭，我父亲的脚伸出很远踩住了猫的尾巴，猫尖声叫着，可他的脚就是不抬起来。我母亲只得狠狠地踢了他一脚。

他故作惊讶地哎了一声，是我踩住它了啊。

过了一会儿，他又说，猫不叫，就吓不走老鼠。

一有机会，我父亲就向我们表达他对这只猫的厌恶，他努力让我们感觉，他的厌恶是有道理的。它又馋又懒。总爱偷吃。大白天躺在沙发上睡觉，一睡一上午。弄坏了花盆和盆里的花儿。随地大小便，如果它不盖起来还好，一盖起来就容易忽略，结果弄得他不知踩了多少回猫屎，院子里屋子里都是猫尿的气味。

我父亲夸大了猫的缺点，我们都清楚，只是不说罢了。我们不说，他就可以名正言顺地惩罚那只有缺点的猫。我们说了又能怎么样？

可够那只猫受的。

不止一次，我父亲对我母亲说，反正也没老鼠了，还养它干嘛。不如送人算了。

不止一次，我父亲对我母亲说，你不是不愿意养猫么。这只猫也实在讨厌。

那只猫，被我父亲训练成了一只老鼠，敏感的老鼠。无论它是坐是躺是卧，只要一听见我父亲的脚步靠近，它马上鼠窜，像风一样窜过院子跳到房上。是我父亲，让它有了一双极为灵敏的耳朵，一颗极为灵敏的心。

有一次，我母亲终于忍无可忍了，她一把拉住我父亲就要抬起的脚步：也是这么老大一个男人了，非要和猫较劲，你说你丢不丢人！

积累下来的抱怨也由此开始了。我父亲一声不吭地听着，后来他躺到床上，哗哗哗哗地翻起了报纸。

我父亲将已经生锈的老鼠夹子找了出来。他像当初那样静静地等待着。可猫根本没有靠近过老鼠夹子。

他还找出了老鼠药，将药裹在几块切下的肉里。问题是，他没有能够得逞，我母亲无意中发现了他的举动。

这是以前放的。我是，怕它误吃了老鼠药。我父亲竟然想出了这样拙劣的辩解。后来他更可笑地纠正了自己：房上有两窝麻雀。它们将屋檐都给掏空了，我是想药死它们。

我母亲只冷冷地说了一句。你什么事都做不来，但连一只猫都容不下。

这句话，让我的父母陷入了冷战。

那只猫只要一在院子里出现，我父亲会立刻从床上跳下来，顺手拿起早就埋伏好的木棒——那只猫不得不再次鼠窜，它逃掉时的样子简直就是灰溜溜的老鼠。

我父亲和这只猫，这只有缺点的猫构成了敌人。

在我父母陷入冷战的那些日子，和我父亲一起下岗的赵叔天天晚上来我家下棋。有一天他喝多了。不来了，可我父亲却在电话里不依不饶。于是，摇摇晃晃的赵叔来了。

一边下棋，我父亲一边像往常一样给赵叔讲国际国内形势，我父亲在那个时候显得像个领导，神采飞扬。

那天赵叔喝多了。他指着我父亲的鼻子：老李，你下不下，还下不下？我父亲推开他的手，继续讲在报纸上看来的时事。

赵叔突然将棋盘推了。我听够了。我不听了。老李你在车间当小组长的时候我就听够了。我说老李，赵叔用力地拍着棋盘，干点正事吧，干点正事吧。

那天晚上赵叔醉得一塌糊涂。

看得出，我父亲遭受了打击。他有几天蠕虫那样躺在床上，却不再哗哗哗哗地翻报纸。他也不再那么尽力追赶那只猫了。

他变了一个样子，虽然这变化不大。他的样子让我们一家人赔着小心，包括我的母亲。其实也包括赵叔，后来他又来了，我父亲热情地摆上棋盘，沏好茶水。赵叔甚至动用了诱导，可我父亲闭口不谈国际国内形势，只专注地下棋。踩炮。吃车。将。

没有了国际国内形势，没有了感慨和议论，那棋下得没滋没味。甚至可算是一种小小的刑罚，赵叔在那么凉的天汗流不止。

躺了几天，我父亲终于褪掉了蠕虫的壳，他吃过早餐之后就走出了门去。一直到傍晚才回家。我母亲说，他是找工作去了。她知道。

我母亲说，既然你父亲那么讨厌这只猫，那就送人吧。反正早就没有老鼠了，养着它的确也没用。

我父亲早出晚归。他去了职介所,民政局,菜市场,煤炭公司。他找过去的朋友,看他们有什么能帮上的。这都是从我母亲那里得来的消息,她说,现在找个工作可真难。扫大街的活都有人抢。

我父亲的热情只持续了三周。

他的热情是应当怀疑的,也许这只是假象。

在热情之后,他重新回到了床上,回到了蠕虫的壳里去。跷着腿,哗哗哗哗地翻报纸。我母亲反反复复层出不穷的数落、抱怨又开始了,和以前一模一样。

不同的是,老鼠没有了,猫也没有了。两周之前我家的那只白猫就送走了。送给了我二姨家。她说她家里有老鼠,咬了她的一件衣裳,我母亲便急不可待地对她说,养猫吧,养猫吧。我们家的这只猫就送给你了,它可能拿老鼠了。而且,从来不偷食。非常乖。

某个傍晚,我弟弟从外面回来,从表情上看他带回了一肚子的气。他把生气的脸端给母亲和我,让我们看过了之后,他说,把咱家的猫要回来。

见我母亲没有任何表示,我弟弟跟在她的后面,把咱家的猫要回来!他说得咬牙切齿。

我母亲停下手上的活。看着他。

他说，我们家的猫太受虐待了。他说，我们家的猫成了霄霄的玩具。

霄霄是我二姨家的儿子，只有五岁。

接下来，我弟弟向我们描述了他所看到的场景。他去同学家玩，在路过二姨家的时候过去看了一下。他看见，那只猫的牙被拔了，爪子上的指甲也被剪掉了，而且裹上了布。它的脖子上拴着一条粗粗的绳子，另一头在霄霄的手上。

我弟弟看到，霄霄这个混世魔王，一会将绳子抡起来狠狠地摔它，一会儿拖着那只猫将它吊在树上、椅子上，整个院子里都是猫的惨叫。

我弟弟说得还多，渲染得还多。说完之后他盯着我母亲，咱们将它要回来。我弟弟的眼圈都红了。

过了一会儿，我母亲将洗过的碗放回碗橱里，要回来干什么？再说，要回来它就有好么？

我父亲跷着腿，挺着肚子，躺在床上。他哗哗哗哗地翻着报纸。他可能找到了"奋勇前进"、"战胜困难"这类的词，因为他直起了身子，坐了起来。

无处诉说的生活

一

　　一个人的早晨，丈夫刘流不在的时候肖雨总是把它当作是一个人的早晨。一个人的早晨是容易慵懒的，因此，肖雨好像比平时起得要晚一些。窗外有些昏暗的树叶动着，它们像一个人的人影，一些人的人影，乱乱的。

　　一个人的早晨屋子里也是乱乱的，拖鞋一只，一只，袜子，掉在地上的一件粉色的衬衣，茶几上的茶渍，几张写过字的纸，等等等等。肖雨看了两眼墙上的时钟，她想，那盆水仙应当换一换水了，都三天了。还不知道它们开成什么样子了。那盆君子兰叶子都干了，那么垂危，索性不去管它了。算了。

　　肖雨没有起床的计划，她觉得眼皮还相当的沉重，虽然这是个早晨，但疲倦感还是一而再，再而三的袭击她，仿佛她一夜没睡，一天没睡，一生都没睡似的。肖雨提示自己，起床，快点起床。但这提示毫无用处，相反，它更像新一轮的疲倦，重重地按在她的眼皮上。这时，在她背后的墙响了。开始还是很轻，后来就相对迅烈了一些。肖雨不得不醒了。

另一个人用敲墙的方式提示了他的存在。对于此时的肖雨来说，墙那边的那个人，隔壁房间里的那个人是突然出现的，它突然地进入了一个人的早晨，一下子堵住了肖雨的胸口。他进来了，肖雨的这个早晨也就和平日里的每一个早晨都连接起来了，三年来的所有早晨。肖雨把一个枕头狠狠地摔在了床上。真他妈讨厌，烦死了，肖雨对自己说。敲墙的声音败坏了肖雨的疲倦，败坏了她的睡意和所有的情绪。其实，即使没有敲墙的声音，肖雨也想不出自己有什么特别的好情绪。

她草草地收拾了一下屋子，似乎是，她把有点零乱的屋子弄得更为零乱了，就是这样的感觉。然后，她端着一个水杯来到了院子里。肖雨把节奏放慢了，她原准备是来刷牙的，可此刻她只是把水含在了口里。水有些凉，凉很快地进入了牙齿但退回来得很慢，在凉慢慢地退回的时候肖雨只是把杯子端着，她似乎还没有从睡意当中完全地醒过来。当然，她也觉得自己有必要，有理由浪费这一点点的时间。

隔壁房间里有了另外的一些声音。剧烈的但有些故意的咳嗽。似乎什么东西倒在了地上，它晃动着，夹杂着一两声呻吟。在肖雨听来，这呻吟也有些故意的成分，刘企是在用这样的方式叫她。她一直用这样的方式来称呼刘流的父亲，刘企，刘企，就是刘企。刘企，你干嘛还不死啊。

他把痰盂踢倒了。尿在地上缓缓地流着，它使房间里的气味更加复杂，难闻。肖雨先是用脚踢了一下地上的痰盂，它在地上发出两声尖锐的声响,然后,肖雨用她的两根手指将它端了起来。你干嘛将它踢倒啊。你闻闻屋里是什么味了。

——我动不了。我没想踢它,可是我的脚不听话。我的骨头都坏了。

——我的骨头里面全是虫子。我受不了了,我快要死了。

——你说,我这一个废人活着干嘛。我这么一个瘫子,真不如死了。

肖雨皱了皱眉,这样的话她听得太多了,一年至少有三百多次,都三年了。这么老了还这么虚伪,他干嘛不死呢。肖雨推开刘企的屁股,将他屁股下面的小褥子抽了出来,她的手上用了些力气。爸,你可不能这么说,好像我和你儿子都盼着你死似的。多活几年,这也是我和你儿子的福啊。

肖雨感觉自己的牙有些凉,仿佛依然含着一口凉水。这样的话她说过也不止一百遍了,现在说出它来,完全是一种机械。

她把小褥子放在晾衣绳上的时候听到了电话的铃声。等她跑过去拿起电话的时候电话却断了,她听到的是一串杂乱的忙音。她用力地挂上了电话,然后在屋子里转了两圈。屋子里空荡荡的,又似乎是被一些杂乱的东西所充满,让她有些窒息;我该干什么呢?我要干什么来着?想不起干什么来却又觉得有好多的事要做让肖雨心里乱乱的,有些焦急。

买回早点来的肖雨再次听到了电话的铃声。是单位的同事张望打来的,在电话的那端他用一种非常严厉的声调:都几点了还不来上班,领导都等急了,还想不想干了?然后,那端又转成了低低的声调:今天领导的心情不好,不是挨批了就是昨天晚上没做上好梦,你可得小心点!

肖雨再次看了一眼墙上的钟表,已经八点三十三分了。她想起自己原本在刚起床的时候看过表的,但她像根本没有看到时间。瘫在床上的刘企,八点三十三分,心情不好的领导,混乱的衣物和被子……它们一起堵在了肖雨的心口。肖雨把它们一一按下足足用去了半分钟,等她回过神来对着话筒说一声喂的时候,发现电话已经断了,她面对的又是一串忙音。

她把早点全部端到了刘企的房间里。复杂的气味吞没了早点的气味。她关闭了自己的鼻子,我不吃了,太晚了,你全吃了吧。

肖雨飞快地走出了刘企的房间,把气味和刘企的呻吟都关在了他的房间里。在推出自行车来时肖雨看了两眼靠在门边的拖把。刘企屋里的那些尿还在地上,它们还没有完全渗到地板里去。可自己太忙了。现在已经晚了半个多小时了。

去他妈的一个人的早晨,在路上肖雨想一个人的早晨是不存在的,想多睡一会儿发会儿呆都不成。

二

肖雨觉得自己有话要说,有许多的话要说,有许多的话要说,她自己想抑制都抑制不住。怎么会这样呢?仔细地想一下,肖雨自己都觉得可笑,都三十七岁的人了,还这样神经兮兮的，干什么呀。

想起来，肖雨觉得自己有话要说是因为网上的一幅画引起的，她平时是不上网的，看到它纯属偶然。那天对面办公室的一脸雀斑的小姑娘非要拉着她去做面膜，实在推脱不下她也就只好跟着了。一路上那个小姑娘一直不停地说些什么肖雨也没细听她只是点点头附和一下就是了，她注意到的是那个小姑娘脸上稠密的雀斑的抖动。做完了面膜，那个小姑娘还有相当的精力和热情，于是，她又缠着肖雨去上网。"反正，刘大哥也不在，你一个人那么早回家干嘛。"肖雨本想说我家里还有瘫在床上的老公公我得去做饭洗衣服的，可话到嘴边却又咽了回去。就是那一刻，肖雨决定去和小姑娘一起上网，即使小姑娘不去了她一个人也要去的。

肖雨是一只纯粹的菜鸟。她只有手足无措地坐在那里，看着满脸雀斑的小姑娘一项一项地操作着。小姑娘操作得很快。在她面前的屏幕上闪过了一个个窗口，一只小企鹅不停地闪着，音乐随后也响了起来。小姑娘的双手敲击着键盘。过了好长一段时间她才意识到对肖雨的忽略，于是，她歉然地对着肖雨笑了一下：其实上网挺简单的，你点就是了，随便点，你想看什么用鼠标一点就是了。她把鼠标递到了肖雨的手上：你试一试。

肖雨只得随意地点着。她的动作有些笨拙，有时想点的是上面的图标，可点下去时却点开了下面的。后来她干脆随便点了几下。于是，打开了那张图。

那是一幅女人的人体照片，一个背对镜头坐着的女人的照片，她有光滑的肌肤和流淌的头发。一幅人体照片是不太会引起肖雨多大的兴趣来的，吸引她的是有人在那张照片上的修改；女人的后背是一个笼子，笼子的颜色和人的肤色相同，在笼子的里面，有几只手努力地向外伸着。那幅画就那么突然地打动了她，甚至，她都来不及理清那幅画画出的是什么，就被打动了。（后来，她和张伟在电话里谈到，她刚看到那幅画时的心情：那一刻……我觉得自己百感交集，真是，百感交集。）

网吧不是一个允许百感交集的地方，那么多匆匆忙忙进进出出的人。而自己，也应当过了那种看到什么就百感交集的年龄了，可是，百感交集还是猝不及防地来了。肖雨看了两眼坐在她身边忙碌的小姑娘，她脸上的斑点还时时地晃动着，可是，坐在电脑前的小姑娘显得比平时多了几分妩媚。肖雨一直觉得她是一个丑姑娘，她拉着自己去做面膜的时候自己也一直在心里偷偷地取笑过她，可那一刻，丑姑娘有了一点的美。这是肖雨以前没有察觉到的。满脸雀斑的姑娘也注意到了肖雨的注意。

——肖大姐，你看什么啊？不会操作了？

不是，肖雨说，你看这一幅画，它……它真有意思。肖雨尽量压制住自己的情绪可还是显出了一些激动，她张了张嘴，张了张嘴。

——嗯。是有意思。肖雨的情绪没有传染给小姑娘，她返回自己的屏幕前开始了新的忙碌。可她还是附和了她，那么无动于衷地附和了她，有意思，什么有意思？

电脑前。只剩下肖雨一个人，对着那幅画发呆。她感觉自己的身体里也有这样的许多只手在挣着，抓着，甚至呼喊着。在她身体里的声音喊出来之前，肖雨匆匆地关闭了上面的全部窗口。她离开了电脑。

我家里还有病人。我得回去做饭，得洗衣服。肖雨好像是对小姑娘说的，也好像不是，小姑娘沉在了网里。看着她的样子肖雨忽然有了些嫉妒。

天已经黑了。瓦城在天黑之后更显得破败和丑陋。街上的行人很少，而一些小贩还站在街口处的寒冷里，用一种寒冷的语气吆喝，也听不清他们卖的究竟是什么。一个破旧的塑料袋挂在树上，它在风中沙沙地响着，随后，它掉了下来，缠进肖雨自行车的链条里。肖雨不得不停下，用手把塑料袋一点一点地撕出来。她的后背那里，关闭着的后背那里，手又在向外面伸着。

她想找个人说说，她觉得自己有话要说，有那么多的烦心事，要是不找个人说说，不闷死她才怪。

三

丈夫刘流打来了电话，说他在 B 市的营销很不顺利他可能要晚几天回来，他说，现在他的状况糟透了几乎要发疯了，想想吧，这些日子 B 市一直阴雨连绵路上极为泥泞可自己还得赔着笑脸去敲人家的门，一家一家。

肖雨说我听不到下雨的声音。

那端停了一下。我是在旅馆里打的电话，怎么，怎么会有下雨的声音？

肖雨说我看过天气预报，这些天 B 市根本没雨。约有两秒钟的停顿，肖雨说算了，我根本没看天气预报，有雨没雨你说了算。

后来他们又说了些什么，都是些可有可无的事。在挂断电话之前，刘流问了一句刘企的情况：老爷子怎么样？没有事吧？

他好着呢。没事。肖雨把电话挂断的同时又加上了一句：他死不了。肖雨自己也愣了一下，自己，是什么时候变得恶毒起来的呢，想想时间真是改变人啊。

挂上电话之后肖雨来到了刘企的房间。她推开了刘企的屁股，在她推动刘企的屁股的时候刘企发出了一串呻吟，仿佛肖雨对他有些虐待的故意，她有意弄痛了他。

——我的骨头……它们都散了，虫子把它们都咬成粉来了。

——我知道我快死了。我的尿里都是血。我连咳嗽的力气都没有了。

——这样活着有什么劲。真不如死了算了。

我明天带你去医院，我一定把你骨头里的虫子都拔出来。肖雨有些咬牙切齿，你就别胡思乱想了，你会好好地活着的，活着，活一百岁，二百岁。

眼泪在肖雨的眼睛里摇晃着。她跑回自己的房间，拿起电话——她拨通了 B 市的电话，可是没人接。这个刘流这么快就走了，他去哪儿了呢？肖雨冲听筒大喊了两声。

这是刘流听不见的。她本想说，刘企很好，我刚刚看过了他，他吃得挺多可总说什么也吃不下，他能够翻身可我在的时候就一定要我帮他翻而自己装出一副动也不能动的样子，他可以把痰盂拿起来撒尿可他非要把至少一半的尿尿在小褥子上……我受够了！

这是刘流听不见的。

张望静静地听着。他把一个杯子递到了肖雨的手里。我看过一本日本的小说，张望说，那个小说讲的是，有一对夫妻，因为受不了瘫在床上的公公的折磨，最后，两夫妻偷偷地把老人背进山里，扔掉了。

随后张望发了一些感慨，他甚至表示了对那对夫妻的理解。你接着说吧。

肖雨还能说什么？张望的故事已经引起了她的警觉，自己，怎么能跟随他说这些呢。

——其实老人也挺不容易的。都瘫了三年了，也没……我们得上班啊，做饭啊，应酬啊，总不能天天陪着他呀。哎，一直躺着，多受罪啊。

肖雨把水杯递回到张望的手上。她给了张望一个背影，她打开了一个又一个的橱子：总有干不完的活，可想想也不知道都干了些什么。

是啊,张望附和着,他可能还想再就此发感慨的,可是,肖雨只有一个背影在。她已经丧失了诉说的兴致,张望在她的背后站了一会儿,也就忙自己的活去了。

一个下午,肖雨都在为自己上午的傻事懊悔着。干嘛要和他说这些呢。干嘛要和他说呢,他会不会认为自己是一个恶毒的女人,狠心的女人,他会不会和别人说这些呢?他和别人说起这些的时候,那里的肖雨会变成一个什么样子呢?张牙舞爪?满脸狰狞?

……

想到"满脸"的时候肖雨也想到了那个满脸雀斑的小姑娘。闲下来后肖雨给她打了个电话,她很快地跑了过来。肖姐,你想去上网?她的雀斑抖动着,一副神采飞扬的样子:我把你拉下水了吧,哈哈,肖姐,我知道你会迷住的!

肖雨又不想去了,忽然地不想去了。我家里有病人啊。哎,我也不是你们这个年纪了。

能放松的时候就放松一下嘛,干嘛让自己那么累呢?小姑娘用她的雀斑说。

四

张伟的出现有些突然,他突然地在肖雨的生活中上出现了,似乎有着某种的韧性。细想起来,说张伟是突然出现的也并不确切,他在着,一直都在着,作为同学并且曾经关系相当亲密的同学，他们时常会在这个巴掌大的瓦城的街上或者什么地方见面，偶尔也有一些聚会，两个人还曾分别参加过对方的婚礼，相互赠送过这样那样的礼物。时间一长，许多的事都会变得淡然起来，譬如肖雨和张伟之间的关系，譬如同学们以及当初在学校里轰轰烈烈地恋爱过的同学们的关系，譬如，譬如。肖雨想不起更多的譬如，反正，她和张伟的关系不咸不淡地处着，有些无所谓有无所谓无的意思，各自过着自己的日子，甚至不再想起些什么事了。然而就在这时，张伟突然地又出现了。

张伟出现在肖雨想找个人说说什么的那段日子里。我说他出现在那段日子里并不意味着肖雨想找个人说说什么时就想到了他，恰恰相反，肖雨在自己头脑里找个可以诉说的人的时候首先就把张伟滤掉了。她不能和他去说。在对方的面前，一直，两个人都装出一副生活得很好的样子，就肖雨来说，她似乎刻意要在张伟的面前摆出一种幸福感，她不再需要另外什么人的关爱，更不需要同情和怜悯。她和张伟共同维护着其中的距离，这种维护让他们有些不太自然的冷漠。假如肖雨选择向张伟来诉说的话，那会意味着什么？自己的一切都是假的，装的，自己的心里有着这样那样甚至有些丑恶的欲望，自己，还在意着那个成为别人丈夫的男人？……

肖雨选择的是张红。张红或许是一个可以信赖的人，可以诉说的人，当然，对是不是要向张红说些什么要说多深这个问题肖雨一直犹豫着，她设想了多种的开始也设想了后退的方式。可是，当两个人在一起时，根本没等她用某一种想好的开始来进入开始，张红却首先向她散布了一个让她吃惊的消息。

张伟正在闹离婚呢。有一个二十几岁的小女孩，爱张伟爱得死去活来，两个人早住在一起了。

怎么会……肖雨突然有种手足无措的感觉，这个消息让她惊讶，尽管她努力表现出一副无所谓的样子。她躲闪着张红的眼睛。

张红没有看她。现在的男人，都是这样，没什么好东西。现在谁还相信他妈的什么爱情，那个上当的小女孩早晚会后悔的。对了，张红的眼睛放在肖雨的脸上：对了，刘流总是出差在外，你可盯紧了，别让他在外面……其实也无所谓，别让他把什么病带回来就行。

不会的……肖雨还在想张伟的事，好在仅用了一瞬间她就回过了神来：不会的，我对刘流是放心的，再说他要是真有那个能力，也说明我找的丈夫有魅力啊。哈，我光荣还来不及呢。对了，张伟离了没有？

肖雨再次把话题转向了张伟。关于自己，她的一切，肖雨都不再想和张红说什么了。人，怎么不是一辈子啊，其实也挺简单的。肖雨说的是这么一句，她不知道自己为什么会有这样一句毫不搭界的感慨，反正说了。说什么啊，哈，两个人一起笑起来。

张伟再次进入了肖雨的生活，确切地说，是他进入了肖雨的大脑。张伟的进入竟然是以他和别的女孩的外遇开始的，在路上，肖雨的脑子里尽是张伟，张伟，张伟的事。她的脑子被张伟和他的事所充满着，同时，又空荡荡的，肖雨感觉自己身体里生活里的许多东西都被抽空了，她显得那样轻，很淡的风就能吹走她，她什么也抓不住。可她什么也没有失去啊。

在骑车路过张伟单位时肖雨停了下来。她看了两眼张伟办公室的窗户，然后看了看表。现在，张伟还没到下班的时间。那个小女孩在什么地方呢？她长得什么样子啊？

肖雨觉得自己有些可笑。这是人家的事啊，和你有什么关系？你有什么理由……想到理由，肖雨的脸红了一下，心跳了一下，她飞快地骑上了自行车。她的样子是一种逃离。

张伟在下班的路上遇见了肖雨。她的一只脚踏在地上，整个身子的重量一半分给了这只脚，另一半交给了她的那辆自行车。那辆黑色的自行车有些旧了，张伟注意到，车子右边的脚踏板是新换过的。她的那个姿势基本上是种等待的姿势。

你看上去并不像心神不宁的样子。肖雨笑着。

——我能有什么心神不宁的？张伟的手按住了肖雨车子上的铃铛，它清脆地响了几声。你是在等我吧？

去你的，谁等你啊，我是想去买菜，发现脚踏板坏了，刚换上，就看见你来了。肖雨表现得非常自然，听说，有个小妹妹爱上你了？

——你，你听谁说的？张伟愣了一下，这种事传得真快。我自己都不清楚别人却都知道了，最后只剩我一个人……后知后觉。我一直都是后知后觉，慢半拍。要不然，你怎么会成为刘流的妻子呢?

你什么时候变得这么贫嘴了。那个小女孩怎么样?

——你想见见她?张伟再次按响了肖雨车子的铃铛,其实什么事也没有。我们是在网上认识的,本想轻松一下,快四十的人了也只有在网上才有点浪漫可言。只是想轻松一下,逗逗乐子的。停顿。一段停顿之后张伟又说,我珍惜这种被爱的感觉。尽管我知道这不是属于我的,不应该是属于我的,也不是我所能抓住的。但我。

张伟没有再说下去。他盯着肖雨的半张脸。那么,肖雨咬了咬嘴唇,你是不是喜欢她呀?

——喜欢?有一点。我承认。我想可能不是爱。我想你知道我爱的是谁,肖雨。这种感觉……有很大的不同。可我爱的人没有给我这个后知后觉的人什么爱的机会。

肖雨自行车上的铃铛又响了起来。相对空旷的街上,铃声显得格外清脆,绵长。肖雨突然有些晕眩,她的脚,要支撑不住她身体里那一半的重量了。

五

她所要面对的是一张张有着文字和数字的表格,一本一本带有一些霉败气味的档案。她面对的还有领导的脸,同事的脸,来查档案的熟悉的或陌生的脸,瓦城的脸。刘企的脸,张望的脸,以及小姑娘的雀斑。她要面对的是三个暖水瓶,其中两个是空的;她要面对的是办公室的钟表,它好像总不到下班的时候，同时又好像很快地过去了，她不得不想起刘流不在但刘企却在的家。她有两天没有自己做饭了，一个人的饭做起来吃起来都没滋没味。至少在两年时间里，刘流不在家肖雨就感觉自己的家里只剩下她一个人了，她知道忽略刘企的存在是不对的，但她的感觉却一直那么坚强地让她忽略。可是，多数的时候她是不能忽略那个人存在的，她的心里有一块石块，有一口痰，一只苍蝇。

她想起张望谈到的那篇日本小说。她想，那个作家的家里或许就躺着一个瘫在床上的病人，那个病人那么顽强、坚韧地活着，就像一只虫子，一天天撕咬着作家的大脑，他几乎要崩溃了，于是写了这样的一篇小说。他有了发泄的渠道。他躲开了崩溃的危险。可自己的渠道在哪儿呢？很多年，她不再看什么散文、小说、诗歌了，它们都已距离她非常遥远，就像那是上一辈子的事，或更为漫长些，她也不再写些什么小感慨啊什么的了，在她结婚之前她就抛弃了纸和笔，连同她的日记。那是上上辈子的事了。

肖雨忽然想，要是生活在上上辈子多好，上上辈子是满脸雀斑小姑娘的年龄，却不是这样的时代。肖雨的脸莫名其妙地红了一下，这是一个纯粹的个人行为，尽管没有任何一个人看到，但肖雨还是用另外一个动作进行了掩饰。她的办公室里空无一人，只有那些表格，档案空暖瓶，她的所有动作谁都没有看到。

肖雨再次想到了在电脑上看到的那幅画。想到了那些被关起来的手，在手的后面是眼睛和心脏。守着档案肖雨发了好长一段时间的呆，她在那段时间里忽然冒出了许多的感慨，这让她有了将它们记下来的冲动。桌子上就有纸和笔。

肖雨把那支钢笔在手上转了几圈。她将钢笔丢在了一张白纸上，一些墨点溅了出来。白纸上，出现了几个黑色的点。

三十七岁了。

一个女人，在三十七岁就已经老了。肖雨听到墙上的钟表里发出了一声叹息。肖雨盯着那钟表，在她的注视下它显得相当陌生，那是另一个钟表。肖雨笑了。这些天，自己是怎么啦，这么神经兮兮的。

为了驱散某些念头肖雨给隔壁办公室里的小女孩打了个电话。过了一会儿那个小女孩蹑手蹑脚地来了，她先吐了吐舌头：今天领导发火了。他的脸就像猴屁股似的，我真怕他在我背后咬我。我只好盯着他的脸。

肖雨笑了。小女孩的到来给她的办公室里带来了空气。下班，我给我公公买回饭去，咱们就去烫头发。要不，你上我家吃去吧，我有好几天没做饭了。

肖姐，你的生活相当幸福吧，要不然，你怎么会想到上网啊弄头发啊什么的。满脸雀斑的小女孩用一种甜得发嗲的声音：我猜得肯定没错吧？

六

星期日。B市已经有一周没来电话了，她打过去听到的只是一串串的忙音。肖雨想象着一场连绵不断的雨,一下一周的雨,努力想象刘流在雨中艰难行走的样子,可是,她无论怎么想也想象不出。她想到的只是一个面容模糊的人,滑稽地举着一把伞在阳光下走着。落叶飘零。B市距离瓦城相当遥远,现在那里应当还在夏天的炎热中才对,可肖雨却固执地把背景放在了瓦城的此刻。那个面容模糊的人走在瓦城的街上。

肖雨的心抖动了一下。她想到了张伟,是的,那个面容模糊的人应当是张伟,他正朝着她走来。

三十七岁的女人了。

我是三十七岁的人了,我是一个三十七岁的女人了。

这是瓦城。死气沉沉的瓦城。

肖雨把自己摔在床上。她的身体里有一股潮水,痒痒的。她的脚有种潮潮的感觉,手心也是。她用一张报纸蒙住了自己的脸。

她头顶上的墙又开始响了。

肖雨一动不动。她对此早有准备,这响声比她预计的要晚了一些。尽管她早有准备。

肖雨一动不动。敲墙的声音也就跟着坚持,后来,声音小了下去,墙不响了。就在肖雨准备长出口气的那一刻,它又来了。这次来得更为漫长。这根本就是一场比赛,这根本就是折磨。——你儿子在的时候怎么不这么敲啊!肖雨坐起来,她的两只脚全都踩在了地上。别敲了,我就来!肖雨冲墙喊,她想那边一定是能够听见的。果然,墙上不再有什么声音。

——我的腿上长了个泡。我够不到它但我知道它长出来了。

　　——它是从骨头里长出来的。我不行了，我知道这是癌。刘流怎么还不回来呢。

　　——他想不要他爸了。他盼着我死呢。

　　肖雨翻过了刘企的左腿。翻过了他的右腿。总是胡思乱想，肖雨把刘企的右腿按在了床上，什么也没有，连个红肿的地方都没有。爸，一上午你敲了五次了，不敲了行不行啊！

　　——是有个泡。就是有个泡。你骗不了我的。

　　那泡在哪里呢？肖雨抬起了刘企的左腿，又抬起了他的右腿：你说，泡在什么地方？早晚让你想出泡来，早晚让你想出癌来！

　　——我知道有。我要不是不能动。我知道有。

　　肖雨站着。她身后的影子悄悄地抖着。屋子里霉败的气味，汗味和尿味紧紧地捂住她的鼻子。那两条干瘪的老腿横在她的眼睛里。然后，那两条腿就变得模糊了。

　　爸，你别，你别。肖雨重重地叹了口气：吃药吧。吃过药了也就好了。

　　没等刘企有任何的表示，肖雨就转过了身子，她先拿出一个白色的小药瓶从中倒出3粒药来，停一下，她又抓出另外一个褐色的药瓶。它是玻璃的，透过玻璃可以看到里面紫褐色的药片，倒在纸上则是另一种颜色了。肖雨的耳边是张望的声音，他一遍一遍地讲着那个日本小说中的故事。

等她把纸片递到刘企嘴边的时候，纸片上只剩下 2 片白色的药片了，肖雨把其余的药片都又重新装回了药瓶里。

电话响了。肖雨支起耳朵来听了一下，是的，电话响了，你儿子可能打电话来了。肖雨把水杯放在茶几上，把纸片团成一团，丢在地上：你儿子打电话来了。

——可我什么也没听见。

你的耳朵已经不行了，当然听不见。肖雨拖着她的拖鞋。她一刻都不想多待，一刻也不想。

是的，根本没什么电话，刘流根本没有电话打来，这只是个借口，本来肖雨也没期待刘流会在这时把电话打过来。她想把电话摔了，回到房间里肖雨竟然有这样的冲动。多么可笑，我竟然想把电话摔了，我怎么会有这样莫名其妙的想法？

没有了敲墙的声音，没有了电话，没有了档案，公文和表格，肖雨又觉得时间慢得可怕，自己的心空得可怕。她盯着屋顶上的一个暗灰色的斑点，空白地盯着，什么也不去想，星期天的疲倦和整整一个星期的疲倦一起爬上了她的身体。

在那个短暂的时间里她先后做了两个梦。第一个梦是她一个人坐在晚上的列车上，像是一次旅行，可是她又不知道自己要去哪里。光线昏暗，一闪一闪地照过周围人们的脸和身体，似乎所有的人，都朝着她的方向偷偷地看。等她的目光扫过时，那些人装作沉睡或者朝窗外张望的样子，装出一副根本没有看到她的样子。在梦中，肖雨极力地掩饰着自己的紧张，她也装作睡熟了，直到列车员的出现。她站起来。列车员不见了，她面对的是一个刚刚打水来的矮个男人。她问，这列火车要到什么地方去啊，下一站是什么地方，那个男人摇了摇头。他说他也不知道它会走向什么地方，好像，好像不会停吧。那个男人匆匆走了，他好像也惧怕周围的那些人。那个男人的背影像是张望。一想到张望，车上的背影则全变了，所有的人都消逝了，肖雨看到的是一排排的档案，表格，它们排满了车厢。没有了其他的人，肖雨却更加手足无措。它真永远都不停么？

第一个梦还没有做完第二个梦就来了，在第二个梦中，她和一个赤身裸体的男人躺在一起。男人抚摸着她。那个男人有着好几张脸，刘流，张伟，张望，甚至还有一张戴着尖尖的帽子的脸，他不停地换着自己的脸，可他的手却始终在她的身上。她说不，她说不要，她说你走，可她使不出一点的力气。那个男人爬上了她的身体，这时墙，四面的墙都倒了下去。四面有很多的人，这墙原来是他们支着的，现在，他们把手松开了。那些人笑了起来。那些人有雪白的牙。男人没了。床上只剩下她，面对那么多的雪白的牙齿。那些人笑得都颤抖了。在他们的里面，肖雨看到有她的领导，张望，一大群认识不认识的人。肖雨在他们中间还看到了张红，张伟，刘流。他们都那么开心和恶意地笑着……

墙在响。墙其实响了好长的一段时间了，这声音被挡在了梦的那边，一直挤不过来。在梦中肖雨说你敲啊用力敲啊快点敲啊，那时，肖雨多么盼望敲墙的声音猛烈些，更猛烈些。

她的身体是湿的。有些冷。

七

刘流的电话终于通了。没等肖雨说什么,刘流就开始了解释。他说他去一家在 B 市外的厂家联系业务,人家不让走,为了把生意做成,他只好留下来。"每天都得吐两三回,没有清醒的时候,现在做生意,真他妈难啊。"刘流在电话的那边感慨了一番,肖雨有意无意地听着,她听见,在刘流打电话的同时有人在他的身边来回走动。

你身边是什么人?

身边?没人啊。只我一个人啊。

肖雨没再说什么。她仔细地听着,脚步声是没有了,或许,真的就没有过脚步声,没有一个其他人的存在。

我大约后天……最晚大后天晚上赶回去。肖雨淡淡地嗯了一声淡淡地挂上了电话。你永远都别回来。

她想给张伟打个电话。她想了很长的时间,可当她把手伸向电话机的时候,它先响了。电话是张伟打过来的,听到张伟的声音时肖雨的手抖了一下。他说,他想跟她谈谈那个小女孩的事。不知道她想不想听。

你说吧。肖雨的声音淡然了起来。

下午。两点,我到你办公室还是我们……去茶楼?

还是,肖雨说,还是到我办公室吧。我下午……其实也没多少事做,但我得在班上。总出去领导会不高兴的。

整个下午肖雨都没有去上班。下班时候张伟接到了肖雨的电话，你去了吗，她问。去了。我没去上班，我公公病了，我送他去医院了。嗯。其实他也没有别的病，都瘫了三年了，总是怀疑这怀疑那的，到医院里什么也没有查出来。嗯。我快让他烦死了，你说每天上班总得迟到早退啊在领导面前就像小偷似的，他一点都不体谅别人。在去医院前我问他要不要撒尿要不要拉屎他说不要不要，可一到医院门口他就拉了，弄得满身都是。他根本是故意的，他根本是故意的。我只好又把他弄到澡堂里洗洗。我快烦死了。我理解，张伟说，我理解。随后肖雨和张伟谈到了那幅画，她说，不知道在哪里还能再找到它。那一刻，真是让我百感交集，就是百感交集。电话那端肖雨的声音有些异样，我念两句诗你听听。在静静的夜里 / 花开的声音进入了梦中……我梦见的月亮 / 挂在花朵的一边……

肖雨说，它是我写的。我竟然还写过诗。假如不是我写的我可能还会笑话这样的句子，可它是我的一个日记里面的，我不知道自己是怎么写下的它。那端的肖雨肯定是哭了：我觉得早就把它们烧了，可我今天，今天又把它翻出来了，又想起来了。

刘流回来了吗，没有。那你是一个人在家，嗯，还有我公公。他还在那屋里。都折腾一天了他不会敲墙了。真让他烦死了。我过去，我马上就到，不，你别来了。肖雨的声音有些沙哑：我还得出去。我不在家，你别来了。

八

放下电话，肖雨漫不经心地看了一眼时钟。六点零三分。她望着窗外暗下去的天色，更远处的事物都隐藏在了昏暗之中。树叶摇晃。它们还沾染着一些没有碎掉的光，或者，那光是从树叶的内部发出的，肖雨突然产生了这样的感觉，一些光是从树叶的内部发出的。它们甚至有着心跳。肖雨在镜子的前面拢了下头发，这动作同样显得漫不经心。六点零三分。时间仿佛是凝滞的，它没有动。它停在了肖雨有些紧张，有些不安，有所期待却不知道期待什么，想要拒绝却又不知拒绝什么的那个时间里。

肖雨再次走到了镜子的面前。不知不觉。发现自己站在镜子前时她有些惊讶，她朝着镜子里的自己看了一眼，什么也没能看清就离开了镜子。窗外的树叶有些轻微的摇晃，它们正在把上面的光一一敛起，好让自己和接下来的夜色融在一起。门外有车铃的声音，它悠长，尖锐。肖雨飞快地看了一眼墙上的钟表：六点零三分。难道时间真的停了下来？或者是，钟表出现了某种故障，而让它无法继续走动了？

可是，秒针还在走着。现在，它终于来到了六点零四分。

肖雨把自己摔在床上。她拿起一本画册随便地翻着。她将画册丢在另一边，略有些重地喘了几口气。她的一根脚趾感到了凉，可能是袜子跳线了，她慢慢地坐起来：不是。那是一双新袜子，今天是第一次穿。她把两只拖鞋踢到了一起，可它们还是一前一后，于是，她俯下身子将两只拖鞋整齐地放好。朝着窗外的方向躺下来。她伸出手去，用两根手指将杂志随便地翻到了一页。门外是寂静的，寂静得那么杂乱，似乎有人骑车驶过，打招呼，或者一件什么东西从车子上掉了下来，一件不是很重的东西。仔细去听，这样那样的声音似乎一点也没有，它们寂静着。寂静得可以让肖雨听得见自己的心跳。心跳是可怕的。

六点十分。

六点十二分。

六点二十二。

时间显得极为缓慢，它是一只年老的蜗牛，肖雨想。一辆自行车从远处过来了，转过了胡同，在门外停了下来，敲门了，她支起耳朵。没有。什么也没有。肖雨坐起来，她想去给自己倒一杯水，然而她所做的只是，把两只拖鞋混乱地踢远了。它转过了胡同，在门外停下来了，敲门了。肖雨看着窗外的树叶。此刻，它们早已完全地暗淡了下去，和黑暗没有什么不同，它们只是在肖雨的意识里存在着。她叹了口气。都三十七岁的女人了。三十七岁。

它转过了胡同，在门外停下来了，敲门了。

屋子里也陷入了黑暗。肖雨感觉自己好像是窗口的那些树叶中的某一片，刚刚还是有光的，可很快它就熄灭了。或者光是不存在的，不是她的，她根本就过了有光的年龄了。黑暗中的肖雨想到了哭。哭可以是她的，因为她现在是一个人，在黑暗里。他不会来了。他只是说说罢了,他怎么还会去注意一个三十七岁的老女人呢,他不是正被一个小妹妹死去活来地爱着吗。肖雨觉得自己可笑:一个有夫之妇,三十七岁的女人,还这么可怜巴巴地等待一个有妇之夫来爱?这算什么啊。再说,他来了又怎样,又能怎样?……想到自己的可笑肖雨真的笑了,她一边擦了擦眼角的泪水,一边对自己说,其实我就是想找个人说说,我这些天太累了,太烦了,太没意思了。就是这样的,他不来就不来吧,这算什么。

肖雨俯下身子去够自己的拖鞋。有人敲门。没有自行车的声响,没有脚步声,没有任何的准备,敲门声就响了。

肖雨的手伸着。她的手有些发麻。她够不到自己的拖鞋。

敲门声又响了几下。声音很轻,但有漫长的回音。

肖雨站在她卧室的门口,麻已麻到了她的全身,麻让她进退两难。

敲门声。肖雨咬紧了自己的嘴唇。她想如果他再敲一次,她就去开门。管它以后的事呢,管它会有什么样的发生呢,管它有什么样的后果呢。

门。它又响了两声,带出了一种失望的情绪来。他会不会以为我真的不在啊,肖雨想,只要他再敲一次,再敲哪怕一下,我也去开门。在黑暗中,肖雨的眼睛开始有了潮湿,我要搂住他的脖子,我要,我要在他的肩膀上哭,管他有什么样的发生呢。

肖雨在等待着,她等待着门的声响,可是,门却不再响了。门真的不再响了。

肖雨重新坐回了她的床头，床边的黑暗吞掉了她，她是黑暗的一部分，是巨大的黑暗的一部分，在黑暗中她是存在的，她觉得这种存在也是挺好的。我的此刻心静如水，肖雨想到了这么一句，而且她对自己说了，用非常普通的普通话对着自己念了出来。可笑的傻子，可爱的傻子。

她的手伸向了开关，抚摸了一下然后又收回了自己的手。暗就让它暗着吧，在黑暗里多待一会儿也是挺不错的。

我的放弃是对的，肖雨对自己说，在张伟那里我早就不是一个重要的人了，从来我都不是谁的唯一，也根本没有唯一存在。他要来，他来，是为了得到我和我的爱，一个男人的情人总是不嫌多的，他也许期待每一个女人都是他的情人。

她对自己说，我的放弃是对的，三十七岁的女人经不起错误了，平平淡淡地过不是很好吗，干嘛非要胡思乱想让自己心力交瘁呢。此刻，张伟也许正在赶往那个小妹妹住的路上，肖雨对自己说，不要再理这个可恨的人，无耻的人。让他们心力交瘁去吧，满城风雨去吧。

她擦了擦自己眼角的泪水，此刻我的心情平静如水——她拿起枕巾捂在了自己的眼上。

此刻我的心情平静如水——

九

刘企在那边敲墙。而肖雨还在黑暗中待着，她没有把脸上的枕巾拿开,但刘企的敲墙改变了她的注意,她想起张望给她谈过的那本日本小说。有机会我也借来看看,看人家都说了些什么。她还想,那本书应床边放着,刘流回来后她就将它塞在枕头的下面,那么刘流就一定能够看到那篇小说了。他看到了又怎么样?他有看小说的心思么?他能明白她的意思,书的意思么?

刘企在敲墙。肖雨打开灯,在镜子的面前看了几眼里面那个三十七岁的女人,冲着那个女人做了一副莫名其妙的表情。她拿出了两件睡衣。想了想,肖雨选择了粉色的那件,它顺滑、柔软、性感,一个三十七岁女人的性感,呸。肖雨拒绝了这个词,但同时,她又觉得自己还是蛮喜欢它的。她就选择那件,在刘企延绵不断的敲击声中。

我觉得,我觉得,刘企对于肖雨这样出现在自己的面前一定有些惊讶,他的脸略略地偏了偏:我觉得很不好受。我的腿上,就是长了些东西。我感觉得出来。我的骨头也在痛,像有许多这样的虫子在咬。

是啊,肖雨尽量用一种轻柔的声音,我再给你看看,咱可别因为粗心而误了治疗的时机。

她抱起了刘企的腿,抱到和自己的左乳一样高的位置:他的腿上除了粗糙的皮肤干萎的纹路和一股尿味、霉味之外并没有什么异常。放下了他的右腿之后,肖雨又抱起了他的左腿,她用手抚摸着那条腿。当然没什么异常,肖雨早就看过了,这一次,她的眼睛尽管盯着刘企的腿但根本就没看。

可能瘤还没长出来呢，可千万别是恶性的。肖雨就是这样说的，爸，你感觉疼么，它们长得速度是不是很快？我们，后天就是周六了，我们去肿瘤医院查一查吧，最好，在早期就根除了它。

疼……倒是不疼。

后天我们就去。那时刘流也不知道能不能回来。肖雨给了刘企一个后背。她尽量让自己的声音轻柔，让自己的动作轻柔，让自己的情绪轻柔。这样的表现似乎毫无理由。

刘企叫住了她。他想了好一会儿，看我这病。让你受苦了。

肖雨哭了，她在门口那里摇摇晃晃：爸，你可别这么说……你可别这么说……

那一刻，肖雨觉得自己真是一个恶毒的、自私的女人。那一刻，许多的情绪朝着她的身体涌来，她在那些情绪的当中，它们席卷了她，吞没了她。

十

话题是由一杯水开始的，是从水里面的茶叶开始的，之所以话题从茶叶开始是因为张望端着他的水杯来肖雨的办公室里来倒水，是因为，两个人都有没话找话说的意思，说话的时候两个人都可以放一放手上的活儿。

从茶叶到水，然后谈到干燥的天气，张望说他的女儿已经发了两天的烧了，"可她说什么也不喝水，喝糖浆行，喝饮料也行，反正就是不喝水"。张望的身体在门边上依着，漫不经心地说着，漫不经心地喝上一口水。他说这两天他一直烦躁都快烦躁死了，那些没什么意义没什么意思的活儿缠得他。时间过了有近十分钟了，张望并没有要回自己办公室的意思，肖雨说一会儿科长就来找你，她说。张望显出一副愤愤不平的神态：我都加了一周的班了，还真想把人累死啊？再说那些破活儿，不干就没有，可干就没完，真是烦人。

是啊，真是烦人。肖雨晃动了两下手上的圆珠笔，现在，我一见到字就头痛，看什么也看不进去，写什么也写不进去。

因为这一个话题两个人似乎比往日有了些亲近，因为这一个话题，肖雨突然想到要和张望说一说昨天晚上刘企的那些事，当然，说出的过程中经过了过滤、篡改和选择。她说刘企总是怀疑这怀疑那的，一天说了三次他的腿上长了个东西，她只得老老实实地给他看了三次。她说，昨天晚上刘企良心发现了，他竟然很郑重地对她说，我病了这么长时间，也把你累坏了，把你累瘦了。"听了这句话我当时真是特别地激动，我都快哭了。人也挺贱的，累死累活地干了三年人家说了那么一句话，就觉得什么委屈啊怨气啊一下都没了。"肖雨笑了起来，"可今天的早上我去他房间时，这个老家伙又故意把尿尿到了床上。让人真是气不打一处来。"

两个人都又发了一些感慨，在张望的一个什么感慨正说到激昂处，电话铃响了。是张伟打来的。肖雨一边听着一边转着她的圆珠笔，嗯。嗯。我真的不在。嗯。好吧。我现在，事挺多的，我倒是想。嗯。

挂掉电话之后张望问起了刘流，肖雨说他可能今天回来。大约下午就到了。其实，她并不知道刘流今天能不能回来，等一会儿给他打个电话。她想。

张望仿佛想到了什么，你看没看过劳伦斯的小说？肖雨说我哪能像你啊，我都多少年不看书了，看也就看点妇女、家庭的杂志。我觉得没什么兴趣再看小说啊诗歌的，它们引不起我的兴趣。那是孩子们的事了。当我还是二十几岁的小青年啊。

张望说，习惯上人们总是把劳伦斯当成是一个专门写性的作家，其实多少是种误解。他想说的是，性是可爱的，是一种美，是冲动和激情。现代的人考虑得太多，都被束缚住了，想想这不行那不行，过于理性了，这样他的生存也就缺少了那种原始性的冲动，变得有规律有秩序，但是却是麻木的。

压抑太久了，人就会渴望激情。张望在肖雨的面前遥远地做了一个拥抱的姿势，他的这个动作突然地让肖雨有些厌恶，有些猜疑。你应该走了，科长要是看到你不工作还渴望激情，哼，会有你的好果子吃的。

这样的日子我过够了。张望把他的声音压低了一些，肖雨注意着他的嘴巴和他脸上的表情。想引诱我，哼，你还差太多了。——我倒是觉得挺好的，谁不是这样过啊。肖雨俯下身子，她做出一副忙着填写表格的样子，可是，张望并没有要走的意思。他又说了些别的什么。

科长没有出现，但局长却远远地来了。张望急急地往他的水杯里倒满了水,然后匆匆地赶回自己的办公室。

一个胆小如鼠的人的狗屁激情。

想着,肖雨自己偷偷地笑了起来。也许,张望只是随便发发感慨,他只是随便说说,并没有引诱自己的意思。在给张望下了一个定义之后,肖雨又给自己下了一个定义:一个半老徐娘的自作多情。

十一

张红的到来让肖雨有些惊讶,她早早地在自家门外等着了——你怎么来了?我刚还想给你打电话呢。呸,说得好听,张红自然地把肖雨的话当成是美丽的谎言,我要是不来你家你会想起我来么?

——我真的想给你打电话的。肖雨去开门,这些天都累死了,烦死了,就想和谁说说。

哼,想到的不会是我吧?你又不是没有知己。怎么能像我,有事就想找你来说说。

两个人嘻嘻哈哈地走进了肖雨的房间,在进门之前,张红停了一下,刘流呢?他怎么还没回来?一般来说他比你下班要早的。

肖雨说他出去了,然后把话题很快地转移到了别处。这话很容易让人误解,仿佛刘流出差早就回来了,只是今天有点事才出去,并且会在很短的时间里回来——对于肖雨来说,她似乎更愿意让张红有这样的误解。

坐下来，从衣服的颜色和款式开始，张红有些滔滔不绝。她一下抽出了那么多的烦心事，工作啊，生活啊，邻里啊，夫妻啊，公婆啊，她仿佛把不愉快，不快乐以及所有的烦心事都一一记了下来，放到了箱子里，到了肖雨的家里，她把箱子打开那些存起来的东西就一一倒了出来。

肖雨一边点头一边附和着。那些事其实也是肖雨的事，她们俩过着几乎一致的生活，因此上许多的感慨也是相同的。肖雨有些暗暗的庆幸自己没有率先给张红打电话，她没有率先把自己的烦恼先说出来。要不然，此刻的张红就是肖雨而此刻的肖雨则是张红。她没有先说，因此上她也就有了安慰别人的机会，表示同情和理解的机会，审视别人的机会。自己的烦心事也是别人有的，自己经历的苦恼别人也正在经历，肖雨觉得，她的心里的烦躁也减少了很多，比自己说出来的效果还好。

张红说到她的丈夫高桥，她说高桥其实也挺不错的也挺爱她的，就是不爱干活，拖拖拉拉，一有机会就往外跑，"仿佛我是阎王似的"。停了一下，张红看了一眼肖雨的表情，"其实我管他多少啊，不就是打个麻将吗我这个人不在乎输赢，可不能太恋了，每天都三更半夜才回来你说烦不烦人。"

肖雨说男人都这样，这也不是什么大缺点，两个人什么事都忍一忍想开点就过去了。"都这样？刘流就不这样吧？"

肖雨觉得张红的声音里有种试探的成分，她似乎要从肖雨的嘴里探出夫妻生活上的不愉快不如意，然后再对肖雨进行一下安慰，这样，她们的关系才显得对等，谁也不比谁更幸福，谁也没有理由小瞧对方。

肖雨张了张嘴。她确实有话要说有很多很多的话要找个人说说，她也认定张红是一个可以用心去说的可以信赖的朋友，但话到嘴边却是，"刘流怎么不打，也打的，只是他跑业务，时间上紧些。要不然他不死在麻将桌上怕拉不下他来。"

你可管好他，现在跑业务的，哼。张红用一副推心置腹的样子：我们隔壁那个小王，也是跑业务的，平时看上去挺文文静静的，怎么样，外面养了两个小老婆，要不是公安局的来查，他妻子什么也不知道。有一个都给他生了一个女儿了！

……肖雨不愿再延续这样的话题，她悄悄地躲避了一下张红的推心置腹，我昨天买了一件米黄色的大衣，你看好不好看。

张红也顺势收住了刚才的话题，她做出一副兴奋的样子：拿来，我看看。肖雨想她已经为找自己说这么多而感到懊悔了。想到这里肖雨也有些懊悔，自己不也想找个人说说吗，非做出一种优越感来干什么呢。——哎，张红，肖雨张了张嘴，张了张嘴——

刘流进了屋子。他对张红的出现好像也有些惊讶，但随即他就表现出了适当的热情：来了，来了，坐，你们继续说。把一个大些的包和两个小包放在门侧。

——你这是刚回来？张红的声音里有些故作的惊讶。

——是啊，赶不上车。B市前些天的雨下得真大。

肖雨有些恼火，去，给我们姐妹做饭去，对了，多做点，可别亏待咱张姐。

——不用了，不用了，张红灿烂地笑着，刘流刚出门回来，你们久别的夫妻肯定有好多事做，哈哈，再说刘流也累了，让他歇歇吧。

他累了，别人在家里不比他还累啊。肖雨做出要拉住张红的手的样子：不行，让他去做饭。在外面忙这么长时间只签了一个合同，这么笨的人煮了算了。

你舍得啊，张红把自行车推出了门外：对了，明天和我一起做头发去吧，我们家那口子嫌我了，说他喜欢淑女型的，我也不知道淑女型是什么样子。张红又笑了起来。

肖雨跟着笑了笑，她说一定一定。说着她把自己的手搭在了刘流的肩膀上；也不知道我们刘流喜欢什么样子的。接着，肖雨冲着张红的背影喊，那些乱七八糟的事也别往心里去，不想也就没了。

什么事啊，刘流对着肖雨的耳朵，肖雨已经把她的手从刘流肩膀上拿开了。院子里一片略带粉色的昏暗，而树的部分，墙的部分是褐色的，它们比昏暗更深。两个人有些尴尬地站在院子的中间，突然归来的刘流让肖雨感到有些陌生和疏远。

咱，咱爸还好吧。许久，刘流才在昏暗里说了这样的一句。

没事。除了折磨人的本事又长了之外别的什么事都没有。肖雨叹了口气，还没吃饭吧，我去做饭，张红真粘，不停地说啊说啊我没办法做饭。

她说什么事啊,刘流问。在肖雨看来这纯属没话找话说,所以她也没有回答。张红一走,却让他们两个人陌生了起来,疏远了起来。

肖雨还是做了几道菜。吃过了晚饭,看过了刘企,两个人躺在床上,刘流飞快地脱掉了自己全部的衣服。他抚摸着肖雨的肚子,然后摸向她的乳房。在刘流做出一副兴奋的焦急的样子的时候,在刘流用力地去扯她的短裤的时候,肖雨背过了身子。她用手打了他一下。

我知道你不高兴。我也是没办法。刘流的手在不停地摸索,这么多天让你受累了,我不是不想早点回来,可是,可是。刘流使劲地搂了一下肖雨的肚子,一个人出门在外几乎是寸步难行,不得不应付,眼看成了成了的事情可不知为什么又出现了变故,你就只好重新,开始。

刘流从肖雨的背后进入了她的身体。分别两周之后的性生活很快就早早地结束了,自始至终,刘流都显示出一种故作的激情,甚至肖雨感觉,在她的体内刘流的阴茎就小了下去,他不得不靠速度来维持,但这也就大大缩短了性生活能够持续的时间。当刘流把他的阴茎抽出来,把一些黏黏的液体涂在肖雨的后背上的那刻,肖雨的眼泪喷涌而出。刘流的这个动作是做给她看的,根本是一种此地无银三百两。

你撒谎。肖雨朝着背后说,你撒谎,我知道你在撒谎。顺着肖雨的眼泪,她觉得自己很快地悬浮了起来,然后是飞快地向着一个什么地方坠落。她处在一片巨大的坍塌之中,她被压在了那些坍塌的下面,几乎无法呼吸。

十二

肖雨向科长请了一天的假,在电话里她用种懒懒的语调说我有些不舒服。行啊,科长的语气透出些不太高兴的意思来:今天有很多的事做……好了,我自己做做吧,吃点药,明天早点来上班。

每次因为点什么事请假活儿马上就多了起来,肖雨对着话筒说。她对着话筒说这句话时那边的科长似乎还没有挂电话,也就是说,她的这句牢骚科长可能听到了。也可能听不到。还是听不到的可能性大一些。肖雨用力地甩了甩自己的头发,管它呢,听到了又怎么样,自己说的也是事实啊。

屋子里空空荡荡。无论是床,沙发,镜子,鞋架还是闹钟,都与她距离远了,仿佛她永远也走不到某一处那样。她和屋子里,屋子外的事物都隔了一层玻璃,能够看见,却永远也走不到。肖雨盯着床看。盯着窗子看。那些熟悉得几乎不能再熟悉的东西在仔细地注视下陌生了起来,它们好像是另外的东西,甚至,床都不像床了。那它是什么?

刘流早早地就走了,这顿早饭那么压抑,他肯定没有吃饱。他想逃。你就别再回来,可是,刘流的走还是把她的心一下子走空了。

她躺在床上。时间慢得惊人,慢得让人窒息,慢得可怕,慢得空空荡荡。一个人躺在床上容易想很多的事,什么样的陈芝麻烂谷子都会拾出来，对一个人来说，躺在床上可不是什么好事。我得找个人说说，我必须要找个人说说，被一些事压着我会崩溃的。

墙又响了。肖雨感到奇怪，今天又不是星期天，刘企怎么知道自己没去上班呢？这个老家伙，你真是无处不在，无时不在。肖雨伸出两支手臂，她堵住自己的耳朵：看谁能熬得过谁。

墙不响了，墙很长一段时间不响了。绷起神经等待墙的再次响起也是一种煎熬，肖雨听着时钟走动的声音，准备墙会在某一时刻突然响起，可是她的准备一次次落空。

她悄悄地走下了床。院子里很凉，可是阳光却异常强烈，它大片大片地涂在墙上，地上，像一块块黄色的纸箔。她踩着那些纸箔，它们在她的脚下发出清脆的断裂声，断裂之后它们还是凉凉的，没有一丝热度。透过窗子，肖雨看见刘企艰难地翻了个身，他把一块旧毛巾放在了自己的屁股下面。就在他准备把自己再翻过来时，肖雨跨入了他的房间。

——爸，你好些了吧？现在，你都能自己翻身了，再练上半年，你肯定能下床了。

对于肖雨的到来刘企没有一点的准备，他有些尴尬地侧着身子，不知道自己应不应当把身子翻过去还是保持这时的姿势。我，他说，我的后面被汗水和尿泡得太久了，都，都烂了，都长东西了。

——爸，你自己能翻身了，这就好了，总一个姿势躺着不舒服你就自己换一个姿势。多锻炼对自己的身体也是有好处的。肖雨笑着,她笑得几乎要松开了,在她的心里,有一种报复的快意。

……

十三

下午上班,在楼道里张望遇到了肖雨,哎,不是说你病了么,领导把你的活都压给我了,还让我今天一定干完。肖雨在用钥匙开门,她打开门后并没有急着进去:张望,晚上我请你吃饭还不行啊,你接着干吧,我还是有点不太舒服。

你真请我吃饭?张望尾随在肖雨的背后,说好,就请我一个人。

行啊。

对于肖雨这样简洁并且毫无色彩的应答张望自然不太满意。骗我。我才不干呢。再说,他见肖雨并没有别的表示,只得自己打个圆场:再说我也不能去啊,这么小的瓦城,咱两个人吃一顿饭明天就会满城风雨,刘流还不杀了我。

是啊,瓦城这么小。

张望愣了一下,肖雨的语气非常特别,但他无法猜测这句话里面有什么特别的含意。

要不,我们离开这里算了,在这个地方待着太没劲了。肖雨把她杯子里的水倒在了地上。她用的是,我们。

那,我们是离开这个单位还是离开瓦城?张望沿用了"我们",他晃动了两下自己的左腿——当然是离开瓦城了,我总想走得远远的,越远越好。找一个谁也不认识自己的地方生活。肖雨望了两眼窗外,然后在办公桌前坐了下来,这次,她用的是"我"。

我们,我们离开是什么性质?张望做出一副思考的样子,我们离开,是私奔吧?明天肯定会是一片混乱,大家见了面就问:你知道么?那个谁谁谁跟人家私奔了,以后再见面谁也不问你吃饭了吗,那多俗啊,都问你知道么?那个谁谁谁跟谁谁谁私奔了,哈哈哈。张望有些兴高采烈,他的兴高采烈让肖雨感到厌恶。

——我就是私奔也不会选你啊,你敢么,像你这样胆小如鼠的人。

我不敢?张望感觉自己的自尊受到了伤害,谁不敢啊?你敢我就敢。

——你就是不敢。咱们同事这么多年了我还不了解你,算了,说这干嘛。

我,张望看着肖雨摆了摆手:明天早上八点,不,七点吧,我们在车站见。看谁不敢去。

——你买好了票。肖雨翻出了一份档案:快去干活吧,要不科长会生气的。还没有贫够啊。

我们都要私奔了还怕科长干什么?谁还受这鸟气。张望虽然是这样说着,但他还是倒上水,退了出去。不见不散!他在楼道里喊了一句。

去你妈的不见不散。肖雨把手上的档案抖了一下，上面似乎有一层细细的灰尘，她觉得自己这么一抖抖掉了好多的字，里面有许多的表格都得重新填写了。我的精神出问题了，肖雨摇了摇自己的脑袋，没问题吧，能出什么问题呢？

她给张红打了个电话。在那端，张红显出一副兴奋的样子：你终于给我打电话了，说，有什么事吧！没别的事，肖雨觉得受不了张红这样的语调，我昨天，和刘流在商场里看中了一身衣服，蓝的，有些白色的花纹……我想和你再看一看。要是没时间……好的好的，哎，是啊真烦人。明天再说吧。

在给张红打过一个电话之后肖雨显得更为空闲。她重新拿起了话筒，可是，她不知这个电话该打给谁——就在她拿着电话不知打给谁的那一刻，她重温了那天晚上和刘流在一起时的陷落感，她在飞速地向下面沉去，仿佛要沉入大地的内部里去。在二楼，她的办公室里。肖雨确定了一下自己的位置，没错，就是在二楼，就是在自己的办公室里，周围是一成不变的桌子，椅子，文件和档案。我的精神出现问题了，她端起水杯用力地喝下了一口水，会好起来的，过一段时间就什么都会好起来的。

问题是，问题是，我的问题究竟是什么？肖雨又想起了张望谈到的那本日本小说，夫妻俩儿将瘫在床上的老人丢进了大山，他们的生活会是一个什么样的开始？他们，真的能将老人丢下吗，会不会噩梦连连？即使将老人丢进山里也不会遭受什么惩罚，他们的生活会不会因此就卸下了一块石头，而变得轻松起来呢?

不去想了,肖雨告诫自己不要再去想了,过一天,算一天,想又有什么用……可是,她忍不住。张望。一个胆小如鼠的人的狗屁激情。不见不散。肖雨用鼻子哼了一声,明天七点我去一趟车站,我非要看看你这个胆小如鼠的人的狗屁激情。

电话里一片忙音。肖雨这才想起自己是想给某个人打个电话的,手都举了半天了自己却把要打电话的事给忘了。

她拨了一个电话。她要找的人不在,那边说,她调离这个单位已经半年了。肖雨啊了一声,是吗。在瓦城这个小地方,一片树叶落下来都会有百分之八十的人知道的地方,竟然,她的朋友离开了半年可她一点都不知道。

她又拨了一个电话,我找张伟。他也不在?一天都没来上班?也不知他干什么去了……他?那好,算了。

这次,她又拨了一个号码,对她来说完全是陌生的一个号码,她是随意拨的。对方是一个男人。在那个男人的追问下肖雨不知道自己该说什么,于是,她只是听着,——晓晴,我知道是你。那个男人急促起来,我是没办法的,我是迫不得已,我一直都在,都在爱着你。你别放电话,你听我说。我知道你很苦……要哭你就哭出来吧,别憋在心里。我们的事我会想办法的,我会找——我不是你的晓晴。你表错情了!

挂上这个电话肖雨的心情有了一些舒畅。现在,她能够坐在桌子前面静下心来整理那些文件、表格和档案了。过了一会儿,她再次随意地拨了一个电话,可这次她并没等来什么,那个电话一直没有人接。

十四

下班前肖雨叫下了那个满脸雀斑的小姑娘，两个人一起去了一趟商场。没什么想买的也没什么可买的，所以两个人转了一圈儿就出来了，肖雨仍然叫下了那个女孩，我们在外面吃饭，别回家了，我请你。肖雨根本不由分说。她似乎很喜欢这个小姑娘，可是具体地喜欢她什么也说不上来。原来，她甚至是讨厌这样的女孩的，当然讨厌什么同样也说不上来，那种讨厌和喜欢只是感觉。感觉。感觉是一种非常奇怪的东西，而且，在这短短的两周内就有了转变。

她甚至有种，跟这个小姑娘进行诉说的冲动。她甚至开始说了。

她在点过鱼香肉丝和西红柿鸡蛋之后对自己的年龄发了一点小小的感慨，这是肖雨进行蓄谋了的导语部分，然后，她对她和小女孩的观念、行为上差异进行了比较。在等待菜端上桌来的时间里，肖雨谈到了自己的家庭，她说她的母亲是一个非常刻薄也非常世故的人，父亲的脾气暴躁两个人打了整整一辈子，她父亲得了癌症就要死去的前几天还和母亲打了一架，那时他已不能动了，说话都相当费力，可是他却非常清楚地对母亲说，出去，你给我出去。当初嫁给刘流多少是因为能快一些离开那个家。鱼香肉丝上来之后，肖雨谈到了自己的公公刘企，她有保留或有增添地讲述了两个人的斗法。要不是西红柿鸡蛋端上桌来肖雨还可能继续滔滔不绝,其实也不是西红柿鸡蛋打断的,只是,在它被端上来的时候肖雨注意了一下小女孩的表情,那个小女孩的脸沉在碗里,她似乎专心地对付着碗里的肉丝。

肖雨的诉说被止住了,她诉说的兴致被止住了,她的热情遭受了冷落。

人家根本没心思听你的话。她们这个年龄和你这个年龄的人不同,你的问题不是她们的问题,你所顾及的,难以拾起又难以放下的东西她们根本不屑一顾。她们能做的,而你是不能的。肖雨感到有点委屈,面前的这个小姑娘有着满脸的雀斑,此刻,她更找不出这些雀斑的可爱之处。我跟她说这些干嘛,有病啊。

——肖大姐,那个满脸雀斑的小姑娘也感到了气氛的改变,我觉得你得想开点。有什么大不了的,想做什么你就去做,错了也就是错了。哈,那个小女孩的雀斑抖动了起来:姐,像我活到现在,仔细想想也没哪件事做对过,可我不后悔。

我可没有你这个年龄了。这句话肖雨说得非常由衷,我要是像你这么大——我在你这么大的时候……肖雨有些心酸:我一直规规矩矩的,什么错也不犯,现在想犯也不太可能了。

最后,肖雨对小姑娘说,等到我这个年龄,等到我这个年龄你也可能和我一样了。在瓦城这个环境里,我们这样的单位,早晚,你都会变的。这没办法。

吃过饭后本来肖雨还想叫那个小姑娘和她一起去网吧的,她想重新看一眼那幅画,她想在画的下面留一段长长的留言,她还想将画下载下来,贴在一个属于她个人的但也相对显眼的地方。那个地方在哪里呢?家里不行,它会引起刘流的种种猜测。办公室不能。把它贴在橱子里面,贴在厕所里吧?找一个放一幅画的地方都如此艰难,肖雨觉得自己,做人做得真是很失败。

她把女孩送到了网吧的门口。我还得给我公公买饭回去,要是把他饿死了我的责任可就大了。她拍了一下小女孩的肩膀:以后找老公,千万要问清楚他父母的健康状况,这可来不得半点马虎!

两个人笑了,在网吧的门口,肖雨忘乎所以地,和满脸雀斑的小女孩一起笑了起来。

十五

张伟在路口等到了她。听说你病了。可往你家里打电话也没人接。张伟的手伸向肖雨自行车的铃铛,但他的手最终落在她的手上。

肖雨有些感动,晕眩重新笼罩了她:谢谢你的关心,我没事的。什么事也没有,都挺好的。

肖雨不知道自己为什么要说都挺好的,可她还是说了。她觉得,长长的沉默是由她的这句都挺好造成的,她好想对张伟说不,不,我过得很不好,累死了烦死了无聊死了难受死了,可她说的是都挺好的。

张伟的手离开了她的手。他按动了铃铛，一下一下，铃铛在他们之间响着。张伟似乎想不出，除了按响铃铛之外他还能做些什么。

——对了，肖雨的声音有些干，她咽了口唾沫，那个小女孩怎么样了，你，是不是准备娶她？

张伟说还是那样吧，他不知道该怎样处理他和那个小女孩之间的关系，他放心不下她，总想少给她一些伤害可是越这样却伤害越深。"我要是离婚，也会是追你的，你知道我真正爱的是谁。"张伟笑得也很干。

不管你说的是真是假，我都觉得很开心。肖雨没有提那天晚上的事，没提自己其实一直在房间里可没有给他开门，张伟没提她也就没必要再提它，那天晚上已经永不复存在。

我说的当然是真的，我骗过你吗？

怎样才能验证你是真的呢？要不我们私奔吧，反正我这样的日子也过够了。肖雨想起了和张望的约定。不见不散。

行啊，张伟来了兴致，当然行了。我们要不要先计划一下？

计划什么？肖雨自己按动了一下铃铛：明天早上七点，我在车站等你。要是你来晚了，我可能就先跟别人走了。哈哈，哈哈，我们明天见！

肖雨回过了头来：不见不散。

十六

我要离婚,张红在电话里的头一句话就是这样说的,我要离婚,这样的日子我过够了,我无法再过下去了。张红在那端哭得相当惨烈。

有什么大不了的事,别这样。肖雨只能说这么一句,她想给张红一些安慰,但她却不知道从什么地方谈起。

过了很长时间张红也止住了哭声,在她止住了哭声之后肖雨知道了张红和她丈夫之间的发生。她丈夫有了外遇。张红一直不愿承认这件事,可是最后事情真的摆在了她的面前不由她不承认。"我不想告诉你的,我不想让别人知道,肖雨你知道,我忍不住。我就你一个朋友了你可得给我出出主意。你说我怎么办呢?"

肖雨说你怎么能确定他们不只是朋友关系亲密的朋友关系,一个男人在妻子之外有一两个比较谈得来的女朋友是正常的。"那在床上接吻也正常吗?不穿上衣也正常吗?我要离婚。"

肖雨说我知道你心乱着。你上我这来吧刘流也不在家,现在家里只我一个。别说什么离婚,真的,在我们这个年龄,我们这个年龄还有什么。

——那我就这样过下去?还装作什么都不知道?你和刘流多好啊,他常年在外面可什么事也没有,你们多好啊。

好什么呀,你是不知道。谁家不是一样,哎,外面看到的和真正的总是不一样。本来，肖雨只是想借用这样的方式来给张红一些安慰的，她旨在说明，她们俩儿是推心置腹的姐妹，无话不谈的姐妹，并且，她们面对着同样的境遇——可是诉说就像一个打破了底部的玻璃水杯，水流出来了，流出来了就再也止不住。

在电话里，肖雨说出了自己对丈夫的种种怀疑，说出他两周回来之后急促和应付的性生活，说出了刘企的存在对她的折磨，说出了科长的存在对她的折磨，工作的存在对她的折磨，也说出了无法找个人说说这些折磨而遭受的折磨。最后，她和张红谈到了明天七点的私奔的计划，她说她是和两个人订下的这个计划。"我也不知道他们俩谁能去。可能两个人都不去，但是我去，一定去。不，不不，我不相信爱情，我不相信他们中的任何一个，我也不是真的要什么私奔。像我们这个年龄。可是。我想好了，明天谁去了车站我就答应做他的秘密情人，管他以后怎么样。还能怎么样啊？"……

电话打了整整一个小时。刘流还没回来，他不知道在干什么。天已经黑了，黑暗无边无沿，在黑暗中肖雨躺在了床上。想着刚才的诉说，想着明天的早晨。说出来真让人轻松，可也让人感到后怕。张红会不会把自己说的说出去呢？她会怎么看自己呢？毕竟，对张红来说是她丈夫的事而不是她的事，她显得只是个受害者，她会不会因此觉得……后怕慢慢地像另一块石头，它在慢慢地长大。

天完全的黑了。窗外没有了树叶和树，没有了楼房和院墙,黑吞没了它们。墙在头上响起来。

肖雨打开了灯。她的两只脚分别找到了拖鞋。在她走出卧室的时刻突然发现了刘流。

他不知道是什么时候回来的,他都听到了些什么。反正,在那时,刘流仿佛没有带出自己的耳朵似的,表情漠然地左手拿着皮鞋,右手拿着鞋刷——

他旁若无人的慢慢擦着那只黑色的皮鞋。

灰烬下面的火焰

爷爷的死和姑姑的出嫁发生在同一个夏天，当然，爷爷的死亡出现得更早一些。那时我还小，说还小，其实也已经八岁了，我觉得自己能记得很多事。只是，那些事太老了，太旧了，都已沉落到水的下面去了，想要从记忆当中打捞它们就必须要潜水。一遍一遍地潜下去，闭着眼，用双手在水底搜寻——这不是一件很容易的事，我的肺经受着一次次的考验，而沉在水下的事与物又太多，它们缺乏次序，有时又会遗漏——我想，我的这篇文字也只能如此。

印象中，爷爷刚死去不久，姑姑的婚期就到了，它们接的很近几乎显得相当拥挤——物理上的时间并不是如此，它们相距有一个半月，可我的印象却坚硬地那样。我感觉，刚刚将那些为我爷爷的丧事忙碌的姑姑婶婶送出大门，一转身，她们就又叽叽喳喳回来了，连表情都没来得及换，连鞋子和鞋子上面封着的白布都没来得及换。只是，这一次，平日一直待在角落里的姑姑，不得不呈现出来。她变成那些姑姑婶婶们叽叽喳喳的核心，尽管她木木的。婶婶们说她在装，她们伸出手指向我的姑姑，很快我姑姑在躲闪中笑起来，被我从记忆的水中打捞起的物件中，清晰印着她那时的笑容。那时我八岁，能记很多的事。只是，我记得她的笑容，却无法用什么样的词来描述它。现在也不会，我的厚字典里一直选不出合适的词。哪一个词都有各自的局限。

等我一下。我要潜水。三十七年积累的记忆之水并不很深，但有些浑浊，和我姑姑有关的物件不容易捞到，她从来都不是显性的，在我们家显性的是我奶奶，我母亲，我二叔，姑姑像是他们投下的影子。我爷爷也是那样的影子，可我记得他病倒前染布的姿势，以及躺在炕上最后几日的煎熬，它没有沉在水里所以不需要打捞。

姑姑出嫁前夜的灯光亮起来了，它照亮奶奶的半张脸，照亮我妈妈和我父亲的小半张脸。长凳的那边还有蜡烛，可能不只一支，但进进出出、此起彼伏来串门的人将它们挡下了。一地的瓜子皮，还有起起落落嗑瓜子的声音，许多的嘴嗡嗡地说话，乱哄哄的。五全婶婶家的妹妹用红纸抹成红嘴唇，不知为何突然地哭起来，尽管是在昏暗的晚上，她张大的红嘴还是有点恐怖。屋子里有厚厚的烟，它们将灯光都变暗了。

那年我八岁，有着一副大人的模样，我挺喜欢那副模样，我是说当年。我从烟雾的劣质气味中走出去，站在院子里，那些叽叽喳喳嗡嗡嗡嗡在墙的后面。大门外，挂起的灯笼有些摇曳，它的旁边飞满了大大小小的翅膀。仿佛是一层雾。那个年月，各式各样的虫子很多，现在已经很少见了。它们可能厌倦了飞来飞去的生活或者是生活一点点地抛开了它们。

姑姑也在院子里站着,她在一个相对里暗的角落。我走过去,她问我,"以后会不会想姑姑?"我记得我没有回答。尽管我已有一副小大人的模样,但我想不出出嫁意味什么,想不出"想"是什么意思,所以我只好发一发呆,没有回答。

在我打捞起的记忆里,姑姑还跟我说,"你看月亮。月亮里有一个姑姑,她叫嫦娥。"我记得她说了这样的话却没有记起月亮,那天晚上似乎根本没有月光。必须承认记忆的水流有些浑浊即使我用想象的砂纸进行一遍的擦拭。在物理的时间上,那个晚上是农历二十五,也不应当有月光出现,可是,姑姑的的确确那么说了。也许她有自己的月亮。

姑姑还说过,"小浩要好好学习,一定要考出去。"她的手放在我头顶上,"姑姑当年上学,一直都是第一。"她的手指有些特别的凉。

凳子上的人,进进出出的人稀了,散了,劣质的烟味和遍地的瓜子皮还在,踩上去发出噼噼啪啪的响。二叔走进屋子。他将那条瘸腿显眼地拖到长凳上,目不转睛地嗑着瓜子。没有人理他,只有一屋子的呼吸,奶奶的呼吸最为明显、粗重。没有人理他,他们之间也不应该相互说话。奶奶,爸爸,妈妈,和我。姑姑似乎不在,至少不在我的记忆里,剩下的一家人努力嗑着瓜子,仿佛是一家找到食物的老鼠。我的心在跳,它加快了速度。

时间却慢下来。它被奶油和乱草缠住了,粘粘的,生涩,缓慢。

终于,二叔拿下他的腿,将没嗑完的瓜子丢在地上,一瘸,一瘸,摇晃着走出屋子。二叔刚走,奶奶就用她的小脚踢我屁股,"去,插门!"她的语言里有恶狠狠的、咬牙切齿的成分。

只要潜水,我就能轻易将二叔和奶奶相关的记忆打捞上来,它们数量众多,水底到处都是。打捞上来,我将它们先放在一边,晒一晒,大概能防止发霉。此刻,我更愿意在浑浊的水中捞起和姑姑有关的记忆,可它们太少了,并且缺少凝结,像泥沙一样,并拢不牢便会从指间散去,流走。

姑姑出嫁的前一天晚上,我睡在奶奶的炕上,在奶奶和姑姑东侧。之所以总是感觉爷爷的去世和姑姑的出嫁只有一墙之隔。可能和那天晚上的睡眠有关:我睡不着。在一小块位置上辗转,枕头上似乎生长了刺猬的刺。"你总挤我干嘛?"奶奶用力将我推远,但很快,我就又回来了,紧紧挨着她的背。"这么热的天,你总挤我干嘛?"奶奶又用了些力气,她和姑姑又继续嗡嗡嗡嗡地小声说话,几乎就是她一个人说,没完没了。

说实话奶奶那夜的推搡在我心里种下了仇恨,的的确确的仇恨,多年之后我依然能触摸到仇恨的小胚芽,好在它并没有长成大树。这根仇恨的胚芽,让我很长时间在奶奶的面前充当哑巴,坚定地不和她一句话,有蜂蜜的馒头不行,灶膛里的烤红薯不行，即使炸油条也不行。"这个孩子。"我奶奶对我的行为很是不理解，她坚信我肯定受了我母亲的挑唆，那段时间她们正在针尖麦芒，指桑骂槐，勾心斗角。

但我对奶奶的仇恨和母亲没有任何关系。它只关于那天晚上。那天晚上，只要我一闭眼，我就"看见"躺在炕上的爷爷，他大口喘息着，嘴角是血迹和厚厚的痰，一向要面子的他赤裸着骨瘦如柴的身体，身上布满了黑褐色的斑点，尿液一点一点地滴着染黄了身侧的纸和玉米皮。重病时的爷爷就是那样，他在我姑姑出嫁前的晚上又复活了，在我身侧，就在我的身侧。我偷偷睁大眼睛，爷爷的身躯不见了，可他粗重的呼吸还在，仿佛里面有痰有石子还有沙子——

奶奶和姑姑都说了些什么我一无所知。我的全部注意力都在炕的东侧，在我身边不足半米的地方。在那里，我死去的爷爷又开始他的复活，他也许是来送女儿出嫁的，我姑姑却没能看到他。

我记得很清楚，那夜，很深很静的时候，院子里突然有了一声巨大的响动，仿佛一件什么样的重物被丢进院子。姑姑探起身子，却被奶奶按住了。"不用看。肯定是小二搞的鬼。他可不盼着谁有好。"姑姑真的就躺下去了，她默认了奶奶的话，这应当是真的。

"我害怕。"我终于鼓足勇气，二叔的破坏行动拯救了我，"我要和姑姑睡！我要睡在你们中间！"

奶奶嗡嗡嗡嗡地说着什么，才不管呢，我飞快地爬起来，带着满身凉汗水,钻进了姑姑的被窝。

将一块和二叔有关的石头从水中打捞上来,随手甩向一边,它和奶奶的那块碰撞一下,然后叠在一起。好吧,那就说说二叔的故事。它不关于火焰也不关于灰烬。

前面已经说过,二叔是个瘸子,他的右腿短了一截并且支撑不住身体的重量。在村里孩子们总爱模仿二叔走路,他们学得像一群鸭子,他们学得很像。有时候,二叔笑嘻嘻地看孩子们走。指导他们的动作,二叔的笑容看不出苍也看不出凉。

据我母亲说,以前二叔可不是这个样子,他的变化让人吃惊。现在,我二叔是一家人的敌人,甚至是全村人的敌人。

据我母亲说,以前二叔长得很英俊而腼腆,腿也不瘸,"都是那老妖婆害的。"她所说的老妖婆指的是我奶奶,坐在旁边的父亲用鼻孔哼上一声,狠狠瞪她两眼,不发一言。

据我母亲说,二叔的瘸完全是奶奶一手造成的,是她心里的狠和恶在驱使,事实并不是这样。我母亲,出于她的私心夸大了奶奶的作用。事实上,事情的起因是,三年前的某个傍晚,二叔在奶奶的催促和咒骂下,怀着一千二百个不情愿走向邻村西马,他要去姑奶奶家讨债,因为我奶奶得知姑奶奶在我爷爷的手里借走五元钱。

催促和咒骂都是在下午开始的,二叔的不情愿使他的行动一拖再拖,他甚至在村子里转了一圈然后空手而回——但一切一切都不能动摇奶奶的决心,她一定要将钱要回来,"这不是钱不钱的问题！"她甚至换了件衣服准备自己上路。

二叔出去没多久便回到家里，随后，他又被一堵堵吵吵闹闹的后背们簇拥着送到公社医疗所。那天我在家，但我没有看到二叔，他被一堵堵后背包裹着，只是一声声惨叫能清晰传来。他被抬走之后，地上有一大块黏黏的血，上面落着几只硕大的黑苍蝇，怎么赶也赶不走。

二叔落下了残疾，如果放到今天，他的瘸应当算作医疗事故——但在那个年月。二叔的受伤有两种说法，一说是他走到村外正赶上两队红卫兵械斗，败的一方从他身侧逃走可我二叔没想到躲闪，于是他被当成败走一方的红卫兵，于是棍棒交加……另一说法依然有红卫兵械斗。只是多了奔跑的牛——它们被其中一方用作武器导致另一方溃不成军，二叔的骨折是因牛的踩踏而致……清醒过来的二叔对两种说法都不否认，他说自己当时被吓傻了，同时又觉得很不真实，仿佛是一场重演的少年游戏。姑奶奶大病一场后将那五元钱送了回来。至死，她都没有再来过我们家，尽管奶奶的咒骂总是提到她。

有了这个残疾，二叔就变了模样。从骨头到肉到皮都变了模样。我有一个好吃懒做的二叔了，有一个心怀鬼胎的二叔了，有一个无所事事游手好闲的二叔了。再后来，他变本加厉，成为全家人的心痛和屈辱，这是后话。也可算作是前话，我的小说《生存中的死亡》曾记下二叔的作为，虽然部分略有夸张，部分则经过简略。

促使二叔变化的不只是他的残疾，还有二婶的离去，二婶的离去与我奶奶有直接关系。二叔变成瘸子的第二个月，奶奶叫上铜头叔金锁叔，包括长旺哥和刘家四嫂，组成一支虚张声势的"捉奸"队伍，悄悄溜进刘宝合家里，然后用力撞开了门。门并没锁。我的二婶确实在场，她完全是一副平日串门的模样，并没有像我奶奶她们想象的那样。而刘宝合，赤裸着上身，但这不能算是异常。捉奸队伍里大部分的男人也都如此，这是辛集村男人们的习惯，不好有特别的猜测。

事情的最终结果是，二婶连夜离开了我们辛集村，回到娘家，飞快地和二叔离婚，据说她后来嫁到了山东无棣。二叔在离婚之后还去过她娘家两次，看他垂头丧气的样子就知道他碰到了坚硬的钉子。"别想在我的眼睛里插针，"我奶奶说，"要是没事，她早就哭啊闹啊死啊活的了，要是没事，我将我的眼珠子挖出来！"我奶奶说。每次说这些，都会导致鸡飞狗跳碗筷乱飞，二叔就在那时候变了。他怨恨我奶奶，进而怨恨我们所有的人，仿佛是我们全家合谋，将他一步步推向深渊。我所说的"我们"中间也包括我，那时我只有八岁。八岁那年我记下了很多事，能够明显感觉二叔对我的厌恶、恶毒和仇恨。多年之后，我读到卡尔维诺的《分成两半的子爵》，先回来的那半个子爵很像我二叔，假如二叔有足够能力的话。这部让我着迷的小说常让我感觉一股莫名的冷。

文革后期，我父亲因为"写反标"被抓起来关了七天，放出之后他反复说的一句话就是，"恍如隔世，恍如隔世。"我父亲在"反标事件"后更加胆小如鼠，这属于后话。事件纯属子虚乌有，本来应当不难查清，可告密者的身份让工作组的判断屡屡出现失误，他们说什么也想不到二叔会用这样的伎俩算计自己的亲哥哥。是我二叔告的密，他自己也承认，"是我告的，又怎么样？难道这事他做不出来么？"

我奶奶，我母亲，都属于相当厉害的角色，可她们对二叔却毫无办法。"这个寄生虫"，我母亲这样叫他，又有什么用呢？我二叔，相当坚定地充当起寄生虫，他一边享受着寄生生活，一边给他的"宿主"制造麻烦，不快，甚至灾难。离开这个家，他还是怯懦的，仿佛一条真正的虫子。

潜水，潜水并不是每次都一定有效，我已经多次空手而回了，记忆变得越来越浑浊，里面甚至被丢进了旧渔网。它曾被用来打捞过什么？它怎么会被丢弃，成为三十七年河流中残余的部分？我想不起了。

不只一次，我想以姑姑为核心写一篇小说，这个念头真的由来已久。我为她设计了她所需要的关键词，这些关键词是：烧伤自己的火焰，孤独，聪慧，不期待。在一个褐色皮面的笔记本上我这样记下："她内心的敏感和她外表的平静完全不成正比，然而她也并不精心呵护自己，甘于那种随波逐流的、被安置的命运。我设想，她在二十岁前有过一场秘密的恋爱，完全的单恋，那个男人越来越属于幻想，幻觉。随着那个人的消逝她悄悄熄灭了自己全部的火焰，后来嫁人，波澜不惊的嫁人，三十一岁死于难产。"我记下："她有一个属于个人的封闭世界,这个世界从未向任何一个人敞开,从未……"她是我的姑姑。一个隐在影子背后的人,她的来和去几乎没有声息。我爷爷也是这样。他的死亡和姑姑的出嫁在同一年的夏天,那年我还小,八岁,可感觉自己记下了很多事。

姑姑出嫁前我见过姑夫两次,那时爷爷已经病重,赤身裸体地躺在炕上,因为新姑夫要来,他的下身还盖了一条旧床单。姑夫一走,奶奶就将旧床单从爷爷的身上拉下来,丢到一边——这不能怪我奶奶,他已经不太适合盖衣服或床单了,因为他的小便不受控制,总是滴滴漏漏,有股特别的气味。

姑夫来了。他显得木讷,忐忑,紧张,又有点心不在焉。那年我八岁,一直紧紧跟着他盯着他看,我的跟随更增添了他的紧张。不知他说错了一句什么话,屋子里的人都猛烈地笑起来,只有我爷爷和姑夫没有笑。那时,我爷爷已不会笑了,他的耳朵、眼睛都仿佛是一种无用的摆设。

姑夫第二次到来并不比第一次来情况好多少,虽然他带来了我爱吃的酥糖。他的话又引起了哄笑,我母亲将那句话抓在手上在不同场合重复多次,以致一向平和的姑姑都带出了脸色。他来去匆匆,我只是知道他是一个木匠,给姑姑做好了板柜。

受一个人的挑唆(我忘了是谁),我吃完姑夫带来的酥糖,直着腰板喝令我的姑姑:"你不准嫁给他!这个人不好!"我说得相当响亮。当时,屋子里面围满了人。

姑姑是怎么回答的?我的肺里呛进了水,可依然没能将她的回答打捞出来。她肯定回答了,肯定。

不止一次,我想以姑姑为原型,写一篇怎样的小说,我将她设计成大家闺秀,设计成李清照式的才女,可不将赵志诚给她,只给她一个商人,一个木匠。我设想,小说从一树桃花的缓缓飘零开始写起,语调缓慢,绵细,粘滞,沧桑,多少带有些华丽。我设想,她整日和诗书,和自己的琴声为伴,平静地待在后院的阁楼上等待出嫁,准备接受任何一个被父母选好的男人为自己的丈夫。她将心挂在了远处,高处。她并不是很漂亮,我要强调这一点,并不漂亮。她有我姑姑的聪慧和敏感,毫无挣扎地将自己交给粗糙的生活,安于角色的扮演。我设想她会在三十一岁死于难产,和未出生的生命一起离开这个充满责任和鬼火的世界,与我姑姑的结局一样。事实上,姑姑的死亡发生在她二十六岁那年,我很想再多给她几年时间,虽然我知道,多出的几年对她未必是种享受。

> 去年今日此门中,
> 人面桃花相映红。
> 人面不知何处去,
> 桃花依旧笑春风。

桃花,依旧。记得我们家院子里也有棵桃树,能开出满树水灵的桃花,但它在我爷爷去世之后也遭到了砍伐,早已了无痕迹。本来树是可以留下的，都怪我奶奶的多嘴。她对前来搭灵棚和盘灶的人们说，离那棵桃树远一点，别伤到它，随后又打出我爷爷的旗号，她说，树是我爷爷种下的，他活着的时候就爱到树下坐坐。去年秋天，他大概知道自己快不行了，搬个凳子在树下坐着，对着树说，明年你可开花呀，明年你可开花结桃啊。我奶奶说得声情并茂，她反复说，明年你可得开花呀，明年你可多结桃啊。

奶奶的话被二叔听到了。

他拿来一把斧子，绕过众人，对着桃树的根部，用力，用着满身的力，一直舍不得用出的力。没人能拉得住他。奶奶冲过来，可她必须躲开二叔扬起的斧子，她大声咒骂，她的咒骂甚至加快了二叔的速度——等我父亲和姑姑夺下二叔的斧子，桃树已被砍到了中心，再无继续生长的可能。"你没看到盘灶碍事么？灶能盘到炕上去？有它在，进灵棚都没法进，你让我们趴在外面，陪外吊？……"二叔的嗓门更大，他脸涨得通红，身子还一蹿一蹿，像被抓住脖子的鸭子。

我偷偷看见母亲，她远远站着，一副冷漠的表情。

那棵桃树，最终还是被砍掉了。第二天，二叔又拿出他的那把斧子，仔细清理着高出地面的树根和断茬，"别把人给绊倒了。"二叔弯着腰，抬着屁股，在那里挥动斧子的背影异常难看。

我的母亲，曾经是辛集村上的妇女主任，这一点有据可查，不属于虚构。那时叫生产大队，那时叫向阳公社红旗大队，我是村上的小社员。那年月，她的怀里揣着一本厚厚的斗争哲学，看我父亲都是一副阶级斗争的样子，特别是"反标事件"出现之后。可她，却基本没说过我姑姑的坏话。

"你姑夫根本配不上她。"即使现在，姑姑离开人世已三十几年，提到她，母亲都会叹气，"她要是生在城里。"唉。她的意思是，姑姑不该生在这样的家里，"她唱戏也唱得好。演过李铁梅。"

提到李铁梅，我自然想起我母亲的一次登台演出，那是她唯一的一次演出。事情是姥姥告诉我的，用她的话说我母亲那次可是"出尽了洋相。"

上台演出不是出于我母亲的自愿，她在这点上倒有些自知，然而无论她如何推三阻四也没办法推掉，只好硬起头皮。当时，每个生产队都要组织唱样板戏，这是担任妇女主任的母亲的工作任务。她四处拉人唱戏，好说歹说终于将人组织起来了，据说是扮演反面角色的二奎叔出的主意，他提议，我母亲必须带头，在演出中扮演角色。他的这一提议马上得到所有人的呼应，我母亲骑虎难下，最终选择了一个只有三句唱词上两次场的小角色。就是这一小角色，也让她丢到了大丑。（据二奎叔说，我母亲因此记恨上他了，处处和他作对，后来寻了二奎婶一个不是，带领民兵将二奎婶在大队部吊了半天。我母亲断然否认吊起二奎婶是出于对二奎叔的报复，公报私仇，她说二奎婶完全是咎由自取，她竟敢和公社的人撒泼，不吊她在公社那里也交代不过去。他们说过这些的时候事情已过去二十几年，他们是在麻将桌上聊起此事的。我母亲还要二奎叔感谢她，她说，二奎婶原是村上有名的泼妇，被她吊了半天，脾气可改了不少。）

可以想见，上台之前的母亲是多么紧张，坐在台下的姥姥都跟着出了一身身冷汗，她一直注意戏台一侧我母亲的举动，我母亲越来越让她不安。终于，轮到我母亲上场了。锣鼓的声音一下大了起来，至少姥姥感觉它响亮起来，急迫起来——

第一句，我母亲就唱走调了。

台下一片轰然。他们太熟悉样板戏的每一句唱腔了，太熟悉样板戏的每一句词了，即使他们多数人都不认识字。我母亲摇摇晃晃，在那片让人眩晕的轰然中又使劲喊出了第二句，下台的轰然更为猛烈，甚至开始前仰后合——因为慌乱，我母亲的一只鞋子还跑掉了，第三句她是无论如何也唱不出来了。

这时我的姑姑，台上的主角前来救场了。她先声夺人，篡改了戏词，顺理成章地扶起母亲，并悄悄将鞋子踢到我母亲脚下。接下来，姑姑继续着急中生智新编的戏词，将场下的注意力吸引过去——我母亲，灰溜溜地下场，从后台一路小跑跑回了家，第二次再轮到她上场时人已无影无踪。

县里的样板戏剧团曾叫我姑姑参加演出，但最终还是将她退了回来，我母亲打听到的理由是，姑姑唱念俱佳，但缺少英雄的刚毅和豪气，也不太能和人民群众打成一片。"都是命啊。"我母亲很为姑姑惋惜，但姑姑看上去毫无波澜。

姑姑的毫无波澜也许是属于伪装，像一面湖水，湖面下边暗流涌动，鱼群飞奔在湖面上是看不出来的，它平静得像镜子，像凝结成的巨大的玻璃。或者，用到那个比喻：灰烬中的火焰，它的外在呈现出的是平静、决绝，而内心里，却贮藏有热烈的火焰，它一遍遍的烧伤着自己。当然，这完全是我个人的猜度，姑姑从未和别人谈到过自己的事，从来没有。她有着极度的聪慧和敏感，却仿佛是一个无心的人。

在我打捞起的记忆中，有一段姑姑看戏的情景，这个情景只有部分清晰其他的则出现了破损和锈迹。那时姑姑已经出嫁，回来住娘家，正赶上县戏团来村上演出，在我母亲的一再怂恿之下，她也跟着去了。

那年我九岁或者十岁，具体年龄记不清了，反正是在上小学，比我父亲教的班低一年级。我不太爱看戏，尤其受不了"日本鬼子"、"汉奸"、"劣绅"的腔调和嘴脸，但因为姑姑在，还是去看了，并早早为她们占好座位。占座位这活儿对我来说是一件极为困难和难堪的活儿，但那一日我还是保住了自己的成果。

其实戏还没有进入高潮，冲突刚刚进行不久，周围的吵嚷、骂孩子的声音、嗑瓜子的声音还一片一片，我姑姑就悄悄地哭起来。她直着身子，眼睛朝着看台上，任凭眼泪顺着鼻翼的边侧下滑，紧闭着嘴唇。我看在眼里。

戏演得并不怎么样，后来许多人都这样评价，可我姑姑却一直哭到戏终人散。"太入戏了，"姑姑用红肿的眼睛冲着母亲笑笑，她转过身来指派我，"去，看看卖糖葫芦的走了没有。"她的声音里还含满了泪水，另外的泪水还在向外涌。我的母亲，一向粗枝大叶的母亲竟然也显出一副异常表情，她握了握姑姑的手。

戏已散场。台下的人流，喧杂和灰尘都在散去，随后，台上的灯熄了。四周尽入黑暗。

一枚淡淡的月亮，很脆弱地挂在角落里。

下潜，再一次下潜，我触摸到一只蜜蜂的尸体，接着，一大堆蜜蜂的尸体也随之浮出水面，它们密密麻麻，翅膀似乎还在扇动，而身体却早已死亡。沿着蜜蜂的线路，我闻到一股敌敌畏的气味，在夕阳灿烂的余晖下弥散，然后，整个黄昏在记忆里慢慢显影，清晰起来的还有蜂房前严严包裹住自己的我母亲，还有那些从远处奔赴到死亡中的蜜蜂。它们在敌敌畏未散的雾气里旋转，像黑雨点一样层层坠落。

那时我还小，但它是记忆中相当清晰的一幕，看看蜜蜂们层层叠叠的死亡，我有一种莫名的恐慌，似乎是，世界末日的来临——这一点毫无夸张。那些蜜蜂的尸体在我心上造成巨大的阴影，在这层大阴影里，还有我母亲和奶奶摔摔打打，吵吵闹闹的战争。

蜜蜂是奶奶养的，因为二叔，奶奶不得不暂时搬出自己的院子，并将蜂房也带到我们家里——最终让我母亲同意奶奶搬过来住，进而将蜂房也搬过来，是我父亲、我奶奶和我姥姥共同努力、斗争的结果。这个过程相当漫长也很费周折，在我的小说《蜜蜂，蜜蜂》中已有描述。记忆留给我的印象是，奶奶和母亲仿佛是前世的冤家，她们一直在斗，直到奶奶暮年。当然，记忆还留给我这样的印象，奶奶的存在就是为了跟爷爷争斗，争吵，并屡屡以爷爷的失败而告终——在我家人那里，也有一部丰富的斗争史啊。

还是说那些蜜蜂吧。蜜蜂本来是无辜的。

可是，一只蜜蜂用它尾部的刺蜇疼了我母亲。它是有罪的，它导致了整个蜂群的灭亡，我母亲正想将它们全部杀死找不到借口呢。奶奶不在家。母亲找来敌敌畏，喷雾器，然后用毛巾、纱布将自己层层包裹，她的样子像一个很笨拙的杀手，有着和她笨拙不相称的冷酷。她足以杀死所有蜜蜂。对了，那天我父亲也不在家，只有我，将她恶狠狠的举动看在眼里。

屠杀。让人心悸的屠杀。

天黑起来的时候，奶奶回来了。她有一双小脚。她和她那个年龄的人，都有这样的一双小脚。

姑姑去世后，姑夫又娶了一个女人，生下一个儿子和一个女儿。后来有一次他嫖娼被抓，是我父亲通过他的学生，为姑夫交了罚款，将他领出来，领进了家。那时的姑夫灰溜溜的，像第一次进我们家时的情景，很快他就喝醉了。后来，他做鱼粉生意，开始挺红火，没几年就一落千丈，据说他在无棣又有了女人有了孩子，据说他迷恋上了赌博几次被讨债的人追杀——后面的事都属于道听途说，他已经许多年没来了，就是我二叔被淹死的那年，他也没来悼念，是叫他儿子来的。那是一个很腼腆的孩子，给我们一家人很好的印象。我母亲说，他应当是我姑姑的儿子，举止中分明有我姑姑的影子。

一直没有落泪的奶奶，却旁若无人地哭起来，她的下巴上挂着泪水和鼻涕，把姑夫家的那个孩子紧紧抓着，抓住不放。奶奶的哭感染了很多人，最后，那个孩子也跟着哭出声来。

……

姑姑嫁过去的那些年，姑夫是一种什么样子，他的许多或可称为"劣习"的东西，是否早已开始，冒出了芽，扎深了根？我对此毫无印象，只记得姑姑姑夫来来走走，每次都是匆匆忙忙，有一次他喝醉了蹲进厕所不出来，槐叔和我父亲将他架出来时他正努力地哭着，仿佛有巨大的委曲。姑姑说他一喝酒就这样，有时还拿头撞墙。我爷爷活着时也有这样的习惯。

一个人回娘家，姑姑也很少提及婆家的生活，挺好的，挺好的，过日子嘛。她总爱看我写作业，翻着我的作业本，一遍一遍。有时，她还找我要一张纸用铅笔工工整整地抄我的课文，她写得一手娟秀的字。奶奶很看不惯她这个样子，她认为，女人应当好好做活，做活，学好缝缝补补洗洗涮涮，学好生孩子做饭才是正路。她也瞧不上我母亲，整天学习，开会，辩论，没有个正事儿。姑姑会替我母亲辩解，说那也是正事，但却从没为自己辩解过。她将写上字的纸用橡皮小心地擦一遍，再还给我一张干净的纸。

我这个姑姑，早早地就没了，她的去世比我二叔早了很多年，在那好多年里，二叔还要继续和一家人作对，还要继续他无所事事、惹是生非的生活。我母亲说，他简直是一条让人厌恶的寄生虫，是一只在饭桌前嗡嗡乱叫的苍蝇，"要真是只苍蝇，我早拿蝇拍打死他了！"只有在对待二叔的看法上，奶奶和母亲才出现些一致，她们没有因此争吵，多少还有点同仇敌忾。在我旧小说《生存中的死亡》中，用一种淡然的语调写下和二叔有关的一个场景，现在，这个场景依然不需要费力打捞，它在记忆这条河的水中浮着，它不具备下沉的质地："多余的二叔在他活着时候有一个固定的去处，那就是赵东家墙角的大槐树下，那有一块巨大的阴影随着时间和季节的变化而略有不同。我二叔也随着树阴的变化，他的位置也就略有些不同，即使在秋风凉了的日子里依然如此。冬天到来之前，我二叔会离开那些阴影到赵东家的墙角蹲上一会儿，他蹲下去的样子非常难看……我的二叔早已死去多年，其实在他还没有死去或刚死去之后他就被人们忘记着了，因为那片巨大的阴影，我们几乎就是陌生人。"

我的眼前，浮现着二叔躺在树荫下的情景，是的，在他给我们一家人制造新的麻烦和不快之前，他和我们的生活是隔开的，他甚至也外在于自己的生活，完全是一副多余的样子。在我想，他努力在自己身上涂抹灰烬的样子的时候，内里是否还有未尽的火焰？要知道，他和我的姑姑，是那么不同！

被我打捞起的是一些碎片，痕迹，或者流沙，它们或错开，或交叠，或闪现之后马上消失，或者被深深镶嵌在记忆的底部，我用尽力气，划破手指，却也只打捞了一些残片。即使是同一日的发生，其中某一部分会紧紧粘住河床，另外的部分却随波逐流，我在很远的地方才打捞起它们，带上岸来，却发现粘在河床上的那部分已被一些残片覆盖，再也找不到原来的位置。在文字开始，我就承认它们缺乏次序，缺少线性明确和时间的明确，但我决定：就用这样的方式来呈现它。

没错，爷爷的死亡和姑姑的出嫁发生在同一个夏天，现在，姑姑的坟前应当也是衰草一片，她已去世多年。在我十六岁时曾在父亲的带领下给姑姑上过一次坟，后来便再没去过，父亲也再没提及给她上坟的事。也许是因为那个姑夫。也许是，因为父亲开始遗忘这个姑姑的存在。也许是……

我常设想，坟茔里面应当是一座大房子，里面按照死者生前的房间布局一一摆好，在那里，那个世界里，死者会获得复活，过着一个人的家常。我姑姑的家常是什么样子？我想不出来。所以，我常常按我记忆中的印象去设想：她拿起一张纸，用铅笔在上面工工整整的抄写着小学课文。然后，用一块橡皮，将上面的字迹擦拭干净，她的手上仍然是一张干净的纸，没有字迹的纸。除此之外她还会做什么呢？

我爷爷在坟中的家常则是，绕过几口粗大的染缸，将一匹布从一个染缸里捞起，挂在高悬的横杆上。爷爷的每日只有黄昏，带有着凉意的黄昏，现在，他在余晖中坐下来，用苍老的眼神盯着死塌塌垂下的布。李家染房在我爷爷的手上结束了，早就没人再来染布，除了我爷爷自己。某一个黄昏，爷爷将我母亲从供销社买来的一匹红布丢进了染缸，他将那匹红布染成了难看的灰蓝。他佝偻着身子，将布高高挑起，挂到院子里的横杆上——这个场景加入了我的想象。它是否会成为我爷爷，在坟墓里的家常？

　　……至此，这篇小说也该结束了。它不关于真切的灰烬也不关于火焰，它只与，我的一些零碎的记忆有关。

图书在版编目（CIP）数据

无处诉说的生活/李浩著. -- 上海：上海文艺出版社,2022

ISBN 978-7-5321-7047-0

Ⅰ.①无… Ⅱ.①李… Ⅲ.①短篇小说－小说集－中国－当代

Ⅳ.①I247.7

中国版本图书馆CIP数据核字(2019)第119225号

发 行 人：毕　胜
责任编辑：江　晔
特约编辑：乔　亮
装帧设计：钱　祯

书　　名：无处诉说的生活
作　　者：李　浩
出　　版：上海世纪出版集团　上海文艺出版社
地　　址：上海市闵行区号景路159弄A座2楼 201101
发　　行：上海文艺出版社发行中心
　　　　　上海市闵行区号景路159弄A座2楼206室　201101　www.ewen.co
印　　刷：上海盛通时代印刷有限公司
开　　本：787×1092　1/32
印　　张：9.125
插　　页：5
字　　数：181,000
印　　次：2022年3月第1版 2022年3月第1次印刷
I S B N：978-7-5321-7047-0/I.5636
定　　价：55.00元
告 读 者：如发现本书有质量问题请与印刷厂质量科联系　T: 021-37910000